KB006481

딥뉴스

초판 1쇄 발행 | 2018년 3월 29일
초판 5쇄 발행 | 2023년 4월 29일

지은이 안형준
발행인 한명선

주소 서울시 종로구 평창길 329(우편번호 03003)
문의전화 02-394-1037(편집) 02-394-1047(마케팅)
팩스 02-394-1029
전자우편 saeum2go@hanmail.net
블로그 blog.naver.com/saeumpub
페이스북 facebook.com/saeumbooks
인스타그램 instagram.com/saeumbooks

발행처 (주)새움출판사
출판등록 1998년 8월 28일(제10-1633호)

ⓒ 안형준, 2018
ISBN 979-11-87192-91-6 03810

이 책은 저작권법에 따라 보호받는 저작물이므로 무단전재와 무단복제를 금지하며,
이 책 내용의 전부 또는 일부를 이용하려면 반드시 저작권자와 새움출판사의
서면동의를 받아야 합니다.

• 잘못된 책은 바꾸어 드립니다.
• 책값은 뒤표지에 있습니다.

딥뉴스

안형준 장편소설

새흘

언론 자유의 소중함을 믿는 분들께,
그리고
김세진 학형을 기억하는 이들에게
이 책을 바칩니다.

프롤로그

호주 동북쪽, 서경 165도 적도 부근의 사모아 먼바다. 은빛 날치가 시속 60km가 넘는 속도로 코발트블루빛 바다를 달리듯 헤엄쳐 다닌다. 원양어선 오션에이스호의 1등 항해사가 남태평양의 지루한 평화를 깨버린다.

"선장님! 소나에 뭔가 걸렸습니다!"

오션에이스호 조타실의 최첨단 어군탐지기 소나에 물고기떼가 감지된 것이다. 선장이 빠른 판단을 내린다.

"옥상 헬기 스탠바이!"

출격한 헬기가 10분쯤 뒤, 망원경으로 참치떼를 쫓는 고래를 발견했다고 무전으로 보고한다.

최고 속력으로 올리자 쫓아오던 돌고래떼가 점차 멀어져간다. 참치떼의 하얀 물보라가 육안으로 확인되자 선장이 다시 영어로 출격 명령을 내린다.

"Skiff, let's go(철선, 출격)!"

원양어선 측면에 실렸던 작은 쾌속정이 출발하면서 5km가 넘는 그물로 참치떼를 둘러싸기 시작한다. 축구장 네 배 크기의 큰 원이 그려지자, 그물이 서서히 당겨진다. 일부 선원은 닻줄을 묶는 쇳덩어리를 쇠망치로 내리치기를 계속한다. 그물을 치지 않은 원양어선 밑으로 참치떼가 빠져나가지 않도록 굉음을 내서 접근을 막는 것이다. 한 시간 넘게 당겨진 그물이 농구장 크기만큼 줄어들고, 잠시 후 펄떡거리는 수백 마리의 참치떼가 갑판에 올라온다. 1m가 훌쩍 넘는 황다랑어는 선원 한 명이 들어 나르다가는 허리를 다치기 십상이다. 원양어선은 곧 비린내로 가득 찼다. 하지만 생동감 그 자체인 환상적인 광경에 이세진은 할 말을 잊는다. 오션에이스호의 셰프인 조리사가 가장 싱싱한 가다랑어를 골라 심장을 도려내는 순간, 1등 항해사가 외친다.

"이기자님! 뭐 급한 전화가 온 것 같은데…… 어서 올라오세요!"

조타실 옆 선장실까지 한달음에 뛰어올라, 한 대뿐인 위성전화 수화기를 든다. 동료 기자의 전화다.

"이세진 씨! 그 마카로니 가이 전화번호, 휴대폰에 있는지 어서 확인해줘!"

"왜, 갑자기?"

"시간이 없어. 그 턱수염이 변사체로 발견됐어."

선장실 유리 너머로, 그물 밖으로 튀어나온 황다랑어가 갑판에서 팔딱거리는 모습이 눈에 들어온다. 젊은 선원이 다가가 나무망치로 머리를 내리친다. 황다랑어가 파르르 떨면서 펄떡거림을 멈춘다.

파랑새

한강에 걸린 오렌지빛 노을이 고층 빌딩을 감싼 유리에 선명하다. 서울 강남의 번화가에 S라인 팔등신 미녀들의 출현이 잦아진다. 여자들이 들어가는 곳은 '파랑새'라는 이름의 카페. 계단에 카펫은 깔려 있지만, 인테리어는 그다지 요란스럽지 않다. 넓지 않은 홀 한편에는 하얀색 그랜드피아노와 바이올린 케이스가 놓여 있다. 벽에는 몽환적인 초현실주의풍의 그림들이 걸려 있지만, 진품으로 보기에는 액자가 너무 평범하다.

파랑새는 회원제로 운영되는데, 잘나가는 1% 중년 남성들도 여간해서는 룸을 잡기가 어려울 정도로 상종가를 치고 있다. 이른바 '텐프로' 가운데 가장 잘나가는 곳이다. 내로라하는 재벌 2세와 3세들은 물론 유명 앵커와 중견 정치인이 몰리면서 다섯 개밖에 없는 룸을 예약하는 것 자체가 권력의 상징이 되었다. 성매매를 뜻하는 2차가 없는 것이 가장 큰 특징이다. 2차가 없다는 소문에 탁월한 학벌과 외모를 동시에 갖춘 20대 후반에서 30대 초반 여성들이 호스티스로 일한다. 다른 룸살롱보다 여성들의 나이가 많은 것은,

단골인 엘리트 남성들의 대화를 어느 정도는 이해해야 한다는 전략 때문이다.

이태원의 스트립쇼걸 출신인 마담 한미연의 이 전략이 룸살롱 문화에 식상해진 부유한 남성들에게 먹혀든 셈이다. 파랑새와 비슷한 영업 방식의 카페들이 하나둘씩 늘어가고 있었다. 아가씨들은 2차가 없는 대신 다섯 개의 룸과 홀의 테이블을 돌면서 팁을 곳곳마다 챙길 수 있다. 일부 인기 있는 스타급 아가씨들은 웬만한 월급쟁이의 한 달 기본급을 하루에 벌어들인다고 했다.

아가씨들 중에는 배우 지망생은 물론 미스코리아 출신, 해외 유학파도 있었다. 일부 아가씨들이 재벌2세를 스폰서로 잡으면서, 파랑새를 졸업하는 동시에 가난과 이별한다는 성공 스토리는 더 이상 비밀이 아니다. 다만 마담의 매출 전략에 따라 가슴이 작은 아가씨들은 돈을 빌려서 가슴 확대 수술을 한 뒤에야 일을 할 수 있었다. 마담이나 카페 사장이 아가씨에게 먼저 목돈을 빌려주는 이른바 '마이낑'인 셈이다.

지방도시 미인대회 입상 경력이 적혀 있는 프로필을 들여다보던 한마담의 시선이 검정 스키니진에게 멈춘다.

"일어나서 한 바퀴 턴 해봐……. 라인이 좋구나. 코는 좀…… 아쉽네……. 그건 뭐 리터치하면 될 것 같구."

검정 스키니진의 표정이 잠시 굳었다 싶더니, 내일부터 출근하라는 한마담의 말에 미소가 번진다.

"근데…… 어머니가 유방암 수술을 하셔서요……. 병원비가…… 먼저 좀 주시면 감사하겠는데요."

"당장 급한 게 얼마? 선이자 10%는 미리 떼고 주는 거 알지?"

검정 스키니진 옆에는 쇄골까지 찰랑거리는 생머리가 앉아 있다. 분위기가 사뭇 단아하다.

긴장한 기색이 역력해 보이지만, 그녀의 스마트폰에는 녹음 앱이 가동 중이었다.

"여기는 2차 안 나가도 되는 거 맞죠?"

생머리를 바라보던 한마담의 미간에 주름이 살짝 잡혔다 풀어진다.

"자기는 어찌 보면 신선한데 세련미는 없다 싶네. 실루엣 좀 보게 일어나볼래?"

단아한 분위기 속에 숨겨져 있던 생머리의 탄력적인 바디 라인이 드러나는 순간이다.

"지금 하는 일은?"

예상 밖의 질문에 생머리가 잠시 머뭇거린다. 사실과 가까운 거짓말을 해야 신뢰도를 조금이라도 높일 수 있다고 판단한다. 그녀는 실제로 졸업한 대학원을 선택한다.

"언론정보대학원 다닙니다. 논문은 잘 안 되고 생활비는 부족해서요."

"어느 대학이야?"

"Y대학입니다."

뜻밖에 명문대 이름이 나오자, 한마담의 눈가 주름이 위로 조금 올라가며 미소를 머금는다.

"손님들 대화에 적당히 아카데믹한 추임새를 잘 넣어봐. 오버는 하지 말구. 알아들었지? 그리구 다혜라는 이름은 좀 올드한 느낌이라, 여기서는 레이첼이라고 부르자. 오케이?"

위장 취업에 성공한 것이다. 노동운동 판에 학벌을 속이고 들어갔던 80년대 운동권들의 심정이 이러했을까? 파랑새를 빠져나온 다혜는 서둘러 휴대폰 단축키를 누른다.

"윤동우 선배, 저 성공했어요. 내일부터 파랑새로 출근합니다!"

"야~ 그거 정말 뜻밖인데. 거기는 정말 예쁜 애들만 뽑는다고 하던데……."

"윤선배, 이거 성희롱성 발언일 수 있어요. 어서 취소하세요!"

"아이고~ 농담이야. 정말 잘했어, 대단해! 오늘 것도 녹화 잘했어?"

"녹음은 된 것 같은데, 몰래카메라는 아직 확인 못 했어요. 지금 회사로 들어갈까요?"

"다혜야, 고생했는데 단골 호프집에서 맥주전략회의 어때?"

여의도 호프집으로 향하는 김다혜는 자신도 모르게 허리를 곧추세우고 걷고 있다. 지금까지 우리 방송 역사에서 여기자의 비밀 잠입 취재는 매우 드물었다. 피라미드 방문판매업체 잠입에 성공한 오경숙 선배의 이야기가 전설처럼 남아 있을 뿐이다. 신분을 숨긴 잠입 취재는 그만큼 난이도가 높은 데다 노출되면 위험도 크다.

사립대학의 주관식 문제 유출 제보를 받고, 출제 장소인 호텔을 잠입 취재했던 선배는 안면신경마비, 속칭 구안와사에 걸리기도 했다. 그 선배는 다행히 산업재해로 인정돼 치료비는 보험 처리가 됐다. 몰카에 찍힌 잠입 전후의 얼굴 모양이 확연히 차이가 났기 때문이었다.

김다혜는 올해 초부터 시사 프로그램인 〈딥뉴스〉에서 일해왔다. 한 시간 동안 하나의 주제로 깊이 있는 탐사 보도를 해야 하는 〈딥뉴스〉에서는 잠입 취재가 절실했다. 위장한 신분으로 진행되는 잠입 취재는, 내부의 상황을 입체적이고 구체적으로 몰카에 담아 보여줄 수 있는 강점이 있기 때문이다.

〈딥뉴스〉는 꿈의 시청률이라는 20%를 넘는 경우도 적지 않았다. 웬만한 공중파 드라마보다 높은 시청률을 유지하며 고정 시청자층을 확보하고 있었다. 내용적으로는 기존의 60분짜리 시사 프로그램의 한계를 극복했다는 평가도 받았다. 민완기자들의 취재력에 젊은 작가의 열정, 거기에 6mm 카메라맨의 '몰카'와 '뻗치기' 취재가 결합되면서 시너지 효과를 냈기 때문이다.

〈딥뉴스〉가 고발하고 제기하는 문제들은 새로운 정책이나 법 개정으로 이어지는 경우가 많았다. 종교기관의 탈세, 자동차 메이커의 국산용 판매차량 홀대, OECD에 휴대폰 성인 요금 대신 청소년 요금을 제출한 정보통신부 사례 등 일일이 열거할 수 없을 정도다. 또 형식적으로는 예능 피디와 결합해 딱딱했던 프로그램의 포맷을 유연하게 바꿔 친근하게 다가가는 측면도 있었다. 대기업 홍보팀들은 2, 3주 뒤의 〈딥뉴스〉 아이템을 미리 파악하기 위해 치열한 물밑 정보전을 벌이기도 했다.

'딥뉴스 상승세 속에, 최고급 유흥업소인 텐프로 호스티스 위장 취업이라니!'

이번 잠입 취재는 시사 프로그램 역사에 한 페이지를 장식할 만한 쾌거라는 자화자찬성, 아전인수격 의식의 흐름이 이어졌다. 그녀의 얼굴에선 미소가 사라지지 않았다.

호프집에 들어서니 턱수염을 며칠째 방치한 듯 보이는 윤동우 차장이 전기구이 통닭을 뜯고 있었다. 서글서글해 보이는 이목구비지만, 매서운 눈빛이 확연한 스타일이다. 맞은편에는 최지웅 기자가 각진 턱을 엄지와 검지 사이에 끼고 생각에 잠겨 있다. 최지웅의 턱은 수염이 없는 것처럼 하얗고 매끄러웠다.

"야~ 건배! 그동안 너의 미모를 무시한 나를 부디 용서하길, 하하."

최지웅의 짧은 축하 멘트가 끝나자, 윤동우가 바로 취재회의 모드로 전환했다.

"그런데 파랑새에 전직 대통령 아들과 J그룹 차남이 얼마나 자주 온다는 거야?"

김다혜는 500cc 잔을 단번에 절반 이상 비운 뒤 말했다.

"제 동기인 이세진의 교회 후배가 상황이 딱해져서 파랑새에서 일했다는데요. 그녀에 따르면, 최근 석 달 동안에 전직 대통령 아들 금재철과 J그룹 은지욱이 일주일에 한 번꼴로는 왔다고 하던데요."

이번 잠입 취재의 기획은 천문학적 액수의 추징금과 세금을 내지 않는 거물급들의 파렴치한 이중생활을 고발하는 것이다. 재산이 몇백만 원밖에 없다는 전직 대통령 집안의 커다란 씀씀이를 카메라에 직접 담는 것이고, 재산이 한 푼도 없다면서도 과거의 생활 수준을 그대로 유지하고 있는 몰락한 재벌가의 도덕적 해이를 비판하는 것이다. 활자매체라면 현장 화면이 없더라도 새로운 증거서류가 있으면 적절한 제목과 유려한 문장으로 독자들의 분노와 정의감을 끌어낼 수 있다. 하지만 방송, 특히 시사 프로그램은 다르다. 눈으로 보이고 귀로 들리는 새로운 팩트가 있어야 한다. 꼼꼼한 최지웅이 취재의 디테일을 지적하기 시작했다.

"위장 취업에 성공한 거 훌륭해. 계속 뻗치다가 둘이 최고급 텐프로 룸살롱에 와서 술을 먹는 영상을 잡았다고 치자. 그러면 사진 속 주인공 얼굴에 적당히 모자이크 처리하고 자극적인 타이틀 뽑아서 인터넷에 올릴 건가?"

모험적인 취재인 만큼 자칫하면 방송을 못 할 수도 있다는 가능성을 언급한 것이다.

"최소한 숨겨진 재산에 대한 새로운 팩트를 찾지 못한다면 60분을 끌고 가는 것이 불가능하다는 이야기야. 적극적인 태도는 평가할 만하지만, 2주 뒤 아이템으로 잡기에는 너무 모험적인 시도가 아닐까?"

잠입 취재의 한계를 우려하는 최지웅의 말투에는 후배 김다혜를 아끼는 마음이 배어나온다. 듣고 있던 윤동우가 생맥주잔을 들어 후배들 잔에 부딪친다.

"모험적인 측면이 있는 것은 당연하지. 하지만 전문 시사 프로그램인 우리가 이런 아이템을 하지 않으면 어디서 하겠어? 맨날 정부 부처와 대기업의 보도자료만 받아 적는 판박이 뉴스만 할 거야? 시청자들은 언제나 기자들이 자기들을 대신해서 싸워주고 따져주기를 바란다는 것, 경험을 통해서 알잖아. 만에 하나 아이템 꽝 나면 내가 스페어 하나 준비하거나 다른 방법을 모색해볼 테니까 일단 한번 밀어붙여보자."

윤동우의 격려에 다시 기운을 차린 김다혜가 잔을 비우며 입을 연다.

"그래요, 선배들. 내일이면 중국에 출장 갔던 이세진 선수도 돌아와서 측면 지원을 해주지 않겠어요? 최선을 다해볼게요!"

'선수'라는 호칭은 서로 취재력을 인정하는 기자 동료나 후배에게 친근함과 존경을 표시할 때 쓰는 경우가 많다. 그들의 술자리는 늘 자정쯤 포장마차로 옮겨 새벽 2시나 돼야 끝이 나곤 했다. 하지만 이날은 11시쯤 헤어졌다. 텐프로 호스티스로 꽃단장을 해야 하는 후배를 위한 특별한 배려였다.

잠입

    VVIP들을 모시는 대형 룸에 한마담이 들어선다. 그 뒤로 감청색 미니스커트에 흰색 시폰 블라우스를 입은 김다혜가 들어간다. 명문대 언론정보학 석사라는 타이틀에 어울리도록 한마담이 특별히 지정한 옷차림이다. 수수한 듯 단아한 컨셉.

    "너무 오랜만에 오신 거 아니에요? 오늘 머리 올리는 아이예요. 명문대 석사과정이구요. 대화가 잘될 듯해서 특별히 모시라고 했어요. 레이첼, 인사드려."

    TV 뉴스에 가끔 등장하는 국회의원과 균형저울 모양의 배지를 단 변호사. 그리고 단골처럼 보이는 호남형의 사장이 두 명의 아가씨와 함께 잔을 돌리고 있었다. 국회의원은 한때 권력의 2인자로 꼽히던 거물급 P의원이다. 검사 출신 변호사는 P의원과 사투리 억양이 비슷했다. 변호사와 K대 동기인 사장은 건설회사 대표쯤으로 보였다.

    'P의원의 국회 상임위는 건설교통위원회일 가능성이 높겠군.'

    김다혜는 최대한 말을 아끼면서, 조심스레 목걸이형 몰래카메라가 잘 작동하는지 점검했다. 하지만 과거의 영웅담과 허접한 농담만 지루하게 이어졌다. 양주와 맥주를 섞어 요란하게 잔을 부딪친다. 서로 손목을 걸고 마시는 러브샷을 하면서 조금씩 취기가 올라간다. 그러다 변호사가 정보 보고라도 하듯 조심스레 생뚱맞은 얘기를 꺼낸다.

"의원님, 결혼한 적도 없는 조의원이 아이를 낳은 적이 있다는 첩보 보고 받으셨어요?"

P의원은 말없이 고개를 가로저으며 변호사를 바라봤다.

"구체적으로 남자아이라는 이야기까지 도는 모양입니다."

P의원은 역시 말없이 고개를 끄덕였다. 오랜 야당 생활로 잔뼈가 굵은 그는, 이런 경우 아무리 호기심이 당겨도 신중하게 반응하는 게 유리하다는 것을 충분히 알고 있는 것이다. 조의원은 집권 여당의 대통령 후보로까지 거론되는 유력한 인물이었다. 어색해진 침묵을 건설사 사장이 깼다.

"대검찰청 정보팀에 있는 친구와 어제 한잔하면서 저도 비슷한 얘기 들었습니다. 그런데 아들이 아니라 딸이라던데요."

그들이 나누는 이야기에 다혜의 가슴이 뛰기 시작한 것은 두말할 필요가 없었다.

그때 아쉽게도 룸의 문이 열리고 한마담이 들어와 아가씨들을 로테이션했다. 인사를 하고 한마담을 따라 나오자, 그녀가 친언니처럼 다정하게 말한다.

"레이첼, 처음인데 불편한 건 없었니? 너무 긴장하지 말고 일단 분위기만 파악한다고 생각해. 잠시 대기실서 쉬고 다음 방으로 들어갈 거니까 좀 쉬고 있으렴."

"예, 사장님."

주방 옆 방에는 기다란 소파와 간이 화장대 세 대가 놓인 대기실이 마련되어 있다. 두 명의 아가씨가 담배를 피우고 있었지만, 공기청정기와 환풍기가 있어 큰 불편함은 없다.

"오늘 처음 온 Y대 대학원생 레이첼이야. 인사들 나누고, 음, 그래 나인이가 좀 가르쳐주렴."

다들 입가에 미소를 지으며 눈인사만 하는데, 한마담이 지목한 나인이라는 여자가 다혜 옆으로 다가와 앉는다. 나인은 잘록한 허리에 팔등신의 비율을 갖춘 서구적 스타일의 미인으로 김다혜보다 나이는 두세 살 많아 보인다. 다혜는 울컥 고마운 마음이 솟구쳤지만 표를 내지는 않는다. 그녀는 편하게 말을 놓는다.

"내 이름은 나인이야. 물론 가명이지만. 여기 나오기 시작한 지 3년이 됐네. 음, 난 무용을 했었어. 옛날 얘기지만……. 넌 대학원생이라니, 명품 가방 할부값 때문에 오지는 않겠고…… 소녀가장?"

"그건 아니구요. 집에 돈은 없는데, 대학원은 마치고 싶고……."

다혜는 목이 메는 듯 말끝을 흐렸다. 말을 잇지 못하는 게 리얼리티를 높일 수 있겠다는 계산을 한 것이다.

"그래. 레이첼이라고 했지? 여기 파랑새에서는 이코노미 타다가 퍼스트 클래스로 갈아탄 아가씨들도 꽤 있어. 한번은 이런 일도 있었어. 사극에서 왕비로 자주 나오는 정인화라는 배우 알지? 걔를 빼닮은 '희수'라는 애가 있었어."

아버지 회사 부도로 미국 커티스음대 유학을 접고 돌아온 희수의 전공은 바이올린이었다. 간간이 손님들이 원하면 마담의 지시로 바이올린을 켰는데, 우아하면서도 역동적인 몸동작과 연주가 매우 인상적이었다. 평소 테이블에 앉아 있을 때의 다소곳하고 현모양처 같은 이미지와는 천양지차였다. 희수의 극히 대조적인 두 모습은 개성 없는 룸살롱 아가씨들에게 싫증 난 손님들에게 매우 강한 임팩트를 남겼다. 희수를 찾는 손님들이 많아졌고, 마담은 희수를 에이스라고 부르기 시작했다.

일주일에 두세 번씩 파랑새를 방문해 희수를 찾던 자동차부품 회사 사장 A씨가 레이스를 시작했다. 노총각인 A사장이 희수에게 신형 BMW를 선물한 것이다. 희수는 기뻐도 감정을 드러내지 않는 캐릭터여서, 감사하다는 말과 짧은 미소만 보내는 것으로 리액션을 마무리했다. 파랑새에서는 희수가 A에게 입술을 허락했다는 루머가 잠시 퍼졌지만, 곧 사라졌다. 고참인 나인에 따르면 단골손님들 사이에서는 얘기가 다소 왜곡되어 전해졌다.

"희수가 신형 BMW를 받고도 눈 하나 깜짝 안 했다는데……."

이런 식의 얘기들이 회자되다가 두 번째 레이스가 들어갔다. 부동산 재벌 2세인 B씨가 1억 원에 육박하는 희수의 마이낑을 파랑새에 갚아주고, 한강이 멀리 보이는 고급 오피스텔을 희수 명의로 선물했다. A가 어림잡아 1억 원을 배팅했다면 B는 1억 받고 2억 정도를 더 배팅한 것이다. A와 B는 술자리에서도 자주 어울리는 사이로 미국 유학시절 같은 대학에 적을 두었던 것으로 알려졌다. 싱글인 친구끼리 치열하게 물밑 레이스를 벌인 것이다.

그러나 매력적인 바이올리니스트, 미스 커티스를 둘러싼 경쟁은 여기서 끝나지 않았다. 이혼으로 '돌싱'이 된 재벌 2세 C씨가 기존 판돈의 세 배가 넘는 파격적인 배팅을 했다. '리버 뷰River-view'가 가능한 성동구의 15억짜리 아파트를 희수에게 건넸다는 것이었다.

이 믿기 힘든 루머가 파랑새에 돌자마자 희수의 모습은 더 이상 카페에서 볼 수 없게 되었다. 공식적으로 2차가 없는 파랑새에서는 아가씨들이 느낌과 코드가 맞는 스폰서를 잡은 뒤 파랑새 둥지를 떠나는 일이 간간이 일어났다. 이런 소문이 이어지면서 파랑새는 상종가를 이어갔다. 사내들은 파랑새 룸을 확보하기 위해 인맥을 팔고 재력을 과시하는 등 다양한 방법을 동원했다. 파랑새를 벤치마킹한 템프로 카페들이 빠른 속도로 늘어났다. 하와이, 열대어, 거북이…….

한마담의 안내로 레이첼과 나인이 함께 다음 방으로 들어갔다. 파랑새에서는 보기 드문 화려한 색상의 캐주얼 복장 남자 셋이 앉아 있었다. 나인은 그중 한 명과 잘 아는 사이인 듯 반갑게 다가가 친한 척을 했다. 나인이 익숙한 동작으로 30년산 발렌타인과 맥주를 섞어서 폭탄주를 준비했다. 그런 모습을 바라보며 다혜는 속으로 혀를 찼다.

'저 비싼 술에 맥주를 왜 섞을까?'

이해하기 힘들었다. 이곳의 맥주잔은 일반적인 것보다 4분의 1 정도 크기가 작아 보였다.

어제 같이 면접을 본 오프숄더 원피스 차림의 아가씨가 상석인

가운데 자리 남자 옆에 앉았다. 그녀는 자신의 이름을 진희라고 소개했다. 남자 셋이 잔을 부딪치며 원샷을 하고, 다음 잔은 아가씨들과 러브샷을 마신다. 화제는 뜻밖에도 발라드와 아이돌그룹의 매출 비교 등 연예산업 관련 이야기였다. 상대적으로 젊은 두 명은 연예기획사 대표와 임원으로, 가운데 앉은 곱슬머리 사내는 라디오 음악방송의 책임자쯤으로 추측된다.

술잔이 두 순배 더 돌자, 곱슬머리의 손이 슬며시 진희의 허벅지를 더듬기 시작한다. 파랑새는 아가씨가 동의하지 않으면 스킨십을 하지 않는 것이 불문율이다. 그리고 이 규칙을 받아들이는 남자들만 손님으로 받는 게 특징이다. 진희가 조심스레 남성의 손을 치우자, 곱슬머리가 버럭 화를 내며 호통을 친다.

"아니, 이거 뭐 하는 짓이야! 이런 대접 받으려고 한 병에 백만 원하는 양주를 시켜 먹는 줄 알아? 당장 마담 데려와!"

오늘 첫 출근인 진희의 눈에 이슬이 맺힌다. 잠시 후 한마담이 급히 들어왔다. 일단 아가씨에게 사과를 시킨 뒤, 파랑새의 보이지 않는 규칙에 대해 애교 있게 설명한다.

"사장님, 잘 아시잖아요. 여기서는 스킨십 동의해야만 가능하다는 거. 일방적인 스킨십을 원하시면, 그런 곳으로 안내해드릴 수 있습니다."

술기운에 화가 난 곱슬머리가 버럭 소리를 질렀다.

"2주 전에 여기서 아가씨 데리고 밖으로 나갔었잖아? 왜 갑자기 딴소리야?"

한마담은 그때서야 어떤 기억이 떠올랐는지 고개를 끄덕이곤 자리에 앉더니 말했다.

"아, 기억나네요. 그때는 여기 단골이신 김사장님이 정말 중요한 비즈니스라고 미리 말씀을 하셨어요. 그래서 그 아가씨와 합의한 뒤에 예외적으로 이루어진 일이었어요. 아무튼 사장님, 오늘 홀 테이블에 조선일보 기자도 와 있어요. 여기서 큰소리 나면, 공연히 일이 커질 수 있어요. 그만 화 푸시고 즐겁게 드세요. 아가씨들 바꿔 드릴게요."

한마담의 지시로 다혜는 나인, 진희와 함께 그 방을 나왔다.

"진희 씨, 그냥 재수 없었다고 생각해. 별 인간이 다 있으니까, 마담 언니가 잘 해결할 거야."

나인의 위로에 진희는 고개를 끄덕였다. 잠시 후 나타난 한마담은 다혜와 나인을 세 번째 방으로 안내한다.

방에 들어서는 순간 쑥을 태운 듯한 매캐한 냄새가 났다. 독일서 수입한 최고급 전자모기향 덕분에 모기가 거의 없을 터인데……. 다혜의 머릿속에는 '대마초 냄새를 숨기려고 지하 룸살롱 업주들이 여름에 모기 퇴치를 명분 삼아 쑥을 태우기도 한다'는 선배 기자의 말이 스쳐 갔다.

허리 굽혀 인사를 한 뒤, 다혜는 자신의 몸이 가늘게 떨리고 있음을 느꼈다. 전직 대통령 아들 금재철과 몰락한 J재벌 2세 은지욱이 드디어 파랑새에 나타난 것이다. 은지욱은 나인을 초이스했다. 은지욱은 얼굴에 살이 많이 올라 이마에 패인 주름을 거의 메우고 있었다. 반면 턱 아래 축 늘어진 살집은 늙은 사자를 떠올리게 했다. 다혜는 애써 태연한 표정으로 금재철 옆에 앉아서 목걸이형 몰래카메라를 체크했다.

"너 처음 왔다면서? 한 잔 말아봐라."

금재철은 건너편의 은지욱에게 시선을 고정한 채 거만하게 말을 내뱉는다. 초점이 없는 금재철의 눈동자는 끊임없이 주판알을 튕기는 듯 보였다. 둘은 술 마시는 것도 지겹다는 듯 아가씨 둘에게 술을 마시게 하며 낄낄거렸다. 그들이 시킨 코냑은 생전 처음 보는 브랜드였다. 얘기를 주로 듣던 은지욱이 질문을 던졌다.

"금대표, 그런데 거기 와인은 프랑스산에 비해서 좀 깊이가 처지지 않나?"

"형님, 꼭 그렇지는 않아요. 프랑스보다 토질이 나쁘지 않으니까, 품종에 따라서는 오히려 좋은 것도 있죠. 하지만 잘 아시다시피 중요한 것은 와인의 품질이 아니잖아요."

금씨 집안이 소유했다는 의혹이 제기된 미국 나파밸리 와이너리에 대해 얘기를 나누는 듯했다. 금재철이 윗옷에서 작은 상자 하나를 꺼내 은지욱에게 내밀었다.

"형님, 이거 어머니가 십여 년 전에 홍콩 소더비 경매에서 마련하신 건데요. 형수님 결혼기념일 선물로 준비했습니다."

은지욱은 오른쪽 입술이 올라가는 야릇한 미소를 지으면서, 보석 상자를 무덤덤하게 들어 올렸다. 호두보다 조금 작은 크기의 카슈미르 사파이어 원석이 영롱한 푸른빛을 내뿜는다. 다혜는 목걸이 몰카가 보석 상자를 정면으로 향하도록 방향을 바꿔 앉는다.

"술 취한 수컷들 틈에서 아가씨 역할 하면서 취재한다는 게, 너무 위험한데……."

카페 파랑새 주차장이 보이는 뒤쪽 건물 옥상에 검푸른 트랙 재킷을 입은 호리호리한 남자가 혼자 중얼거렸다. 미간에서부터 시작된 오뚝하고 긴 콧날이 인상적인 사내다. 김다혜의 동기인 이세진 기자로, 방송 취재의 기본이라는 '뻗치기' 중이다. 위장 잠입해 취재 중인 김다혜에게 돌발 상황이 생길 가능성에 대비해 데스크가 뻗치기를 지시한 것이다. 세진은 겉으로는 투덜댔지만, 속으로는 데스크인 윤동우에게 '고맙다'고 인사했다.

김다혜는 세진의 입사 동기지만 세 살 아래라 동아리 여자 후배 대하듯 해왔다. 하지만 세진에게 그녀는 때로 여성으로 느껴지는 두 얼굴을 가진 존재였다. 취재 현장이나 아이템 회의를 할 때의 공격적이고 적극적인 태도와는 달리 회식 자리에서 보이는 섬세한 배려와 여성스러운 몸짓이 그의 눈길을 사로잡곤 했다. 수습기자 시절, 동북경찰서 형사계 숙직실에서 있었던 일을 떠올리며 세진은 빙그레 웃음을 짓는다.

"이세진 선수, 내가 여기 가방 두 개 놓을 거야. 여기 넘어오면 완전 짐승이다."

수습기자들은 경찰서에서 잠시 눈을 붙이며 형사계 야간 사건과 화재, 교통사고 현장을 챙긴다. 형사계 숙직실은 야근하는 형사들이 쉬는 곳으로 대여섯 명은 잘 수 있는 크기의 공간이다. 베테랑 형사들은 여기자가 숙직실에 누워 있어도 일반적인 상황으로 받아들이는 경우가 대부분이다. 여기자는 기자일 뿐, 여성은 아니라는 인식이 확고한 것이다. 다음 날, 연쇄살인 사건 수사 결과 발표가 있어 세진과 다혜는 공조 취재를 해야 하는 상황이었다.

"김다혜 선수, 너무 큰 걸 기대하는 것은 아닐까? 하하."

잠시 당황했던 세진이 어렵게 궁리해낸 대답이었다.

"우리 엄마가 남자는 다 늑대라고 가르쳐주셨거든……."

둘은 누운 채로 동료 뒷담화와 다음 날 취재 역할 분담에 대해 잠시 얘기를 나누다, 누가 먼저인지도 모르게 잠이 들었다. 수습기자가 하루에 누워서 자는 시간은 많아야 두세 시간 정도다. 머리만 대면 잠이 들고, 서 있는 상태에서도 얼마든지 잘 수 있는 게 수습기자다.

"때르르릉~"

몇 시간 뒤 요란한 알람 소리에 눈을 비비며 깨어났다. 아날로그 탁상시계의 쇠를 두드리는 듯한 파열음이 작동한 것이다. 휴대폰 알람만으로는 일어날 자신이 없었기 때문에 취해둔 조치였다. 먼저 눈곱을 떼고 일어나 앉은 다혜가 누워 있는 세진에게 싸늘하게 한마디를 던진다.

"짐승만도 못한 놈!"

"뭐라구?"

"약 오르지? 앞으로 오빠 별명이야. '짐승만도 못한'. 호호호."

다혜는 그렇게 마음을 편하게 해주는 입사 동기였다. 그녀는 때로는 세진을 오빠라고 불렀다.

세진은 그런 다혜에게 마음이 있었지만 그녀의 속마음을 헤아리는 것은 불가능한 일이었다. 무엇보다 경찰 1진 선배 기자의 추상같은 취재 지시 앞에서 그런 낭만적 생각은 사치에 가까웠다.

수습을 마치고 부서를 달리했던 둘은 올해 초부터 〈딥뉴스〉에서 다시 같이 일을 하게 됐다. 이번 잠입 취재에서 보여주는 다혜의 파이팅은 매우 인상적이다. 입사 동기로서 묘한 경쟁심이 들 정도였다. 그러나 지금은 오로지 그녀의 취재가 성공하도록 돕고 싶은 마음이 간절할 뿐이다. 파랑새 주차장은 더 이상 빈자리가 보이지 않았다. 아무리 2차가 없는 곳이라지만, 세진은 걱정을 멈출 수 없었다.

'다혜한테 술 취한 놈들이 엄청 들이댈 텐데…… 어쩌나…….'

첫 심부름

"와우! 정말 예쁘네요. 저 한번 만져봐도 될까요?"

고참인 나인이 황홀경에 빠져 부탁을 했다. 사파이어는 얼핏 봐도 집 한 채 값은 족히 될 듯 보였다. 은지욱은 못들은 척 무시하며 보석 상자를 서둘러 자신의 주머니에 찔러 넣었다. 무시당한 나인의 얼굴에 싸늘한 그림자가 스쳐 지나간다. 썰렁한 분위기를 바꾸기 위해 다혜가 용기를 내서 입을 열었다.

"교회의 상징으로 쓰이는 9월의 탄생석, 사파이어네요. 바티칸 교황청 추기경들 모두 사파이어 반지를 낀다는데요."

"대학원에서 그런 것도 배우나? 제법인데……."

은지욱이 처음으로 고개를 돌려 다혜를 쳐다보았다.

술이 한 순배 더 돌자, 금재철이 비밀 대화 모드로 전환했다.

"야! 너희들 잠깐 나가 있어."

돈이 없다며 추징금과 세금을 안 내고 버티는 집안의 자제들이 값비싼 양주는 물론, 몇 억은 될 듯한 사파이어 원석을 금반지처럼 주고받다니…… 몰카에 이상이 생기지만 않았다면 선명하게 보석의 영상이 담겼을 것이다. 다혜는 위장 잠입 취재에 파란불이 켜졌다고 직감한다.

대기실에 들어서자 나인은 안 피우던 담배를 꺼내 물었다.

"은지욱이라는 자식 봤지? 잠깐 좀 보겠다는데…… 사람을 개무시하고. 치사한 새끼! 나도 언젠가 소더비에서 꼭 사파이어 사고 말 거야."

나인의 반응이 너무 강한 것이 다소 의외였다. 은지욱에 대해 더 알고 있는 것일까? 다혜는 맞장구를 치는 것을 넘어 욕설까지 섞으며 공감의 톤을 높였다.

"정말 TV에서 보던 것보다 더 재수 없네요. 내라는 세금은 안 내고 버티면서…… 나쁜 쉐이들!"

나인은 목소리를 최대한 낮추면서 비밀을 털어놓듯이 진지한 표정으로 말했다.

"내가 잘 아는 사람한테 들은 이야기인데, 이태원에 은지욱 엄마 명의로 된 저택이 있대. 그 집 지하실에는 엄청나게 큰 금고가 있다네. 그 안에는 현금으로 바꿀 수 있는 여러 서류와 귀금속은 물론이고, 달러와 엔화 고액권이 가득 차 있대. 은지욱의 손자까지도 충분히 흥청망청할 정도의 어마무시한 액수래."

"어머, 언니, 정말요? 와! 그런 얘기는 어디서 들었어요?"

"나랑 친한 오빠가 은지욱과 어려서부터 잘 아는 사이거든. 더 이상 물으면 매너 아닌 거 알지?"

다혜가 호기심 어린 눈으로 나인의 눈을 바라보자, 그녀는 검지를 입에 갖다 대며 작은 목소리로 한마디 덧붙인다.

"한마담이 친절하고 쿨해 보여도 늘 조심해야 돼. 강남 조폭들과도 라인이 있어. 여기 웨이터들 일부도 그쪽 똘마니들이래. 왜 가슴 수술도 마이낑으로 하잖아. 그 관리도 사실은 웨이터들이 하는 거지. 또 룸에서 들은 사생활 얘기 가지고 아가씨들이 장난치다가, 두들겨 맞고 다음 날부터 안 보인 애들도 있었어. 한마담이 조폭 똘마니들 시킨 거 아니겠어? 레이첼, 방심해선 안 돼!"

다혜는 화장실로 옮겨 문을 잠근 뒤, 데스크 윤동우에게 취재 진척 상황을 텔레그램으로 보고했다. 텔레그램을 선호하는 이유는, 데이터를 저장하는 서버가 유럽에 있어 한국 정부의 압력이나 수색영장 앞에서도 비밀이 보장된다는 장점 때문이었다. 굴지의 SNS 기업과 통신사들이 정부기관의 압력에 굴복해 고객의 사생활 정보를 제공하는 일이 곳곳에서 벌어지고 있는 게 지구촌의 현실이다.

'금재철과 은지욱이 나타나 소더비 경매에서 구했다는 보석 주고받음.'

'잘했어. 방송 가능할 수도 있을 듯. 후속 취재 가능한 상황?'

그렇다고 답하자 다소 뜻밖의 메시지가 날아왔다.

'파랑새 아가씨 한 명이 투자사 대표 홍 모 씨의 스폰을 받고 있음. 홍씨는 은지욱과 척을 져 견원지간 된 사이. 이상은 이세진 취재 결과.'

'그 아가씨 이름은?'

'김소연, 파랑새에선 가명 사용. 무용 전공.'

앗! 나인 언니가 무용을 전공했다고 자신을 소개했던 장면이 떠올랐다. 그렇다면 나인이 은지욱의 원수인 홍 모 씨의 스폰을 받고 있다는 건데…… 나인이 스폰서를 통해 은지욱의 약점을 더 알고 있을 가능성이 높은 것이다. 은지욱의 이태원 본가 지하에 엄청난 비밀 지하금고가 있다는 보고를 끝으로 대기실로 향했다.

문득 다혜의 뇌리에 특수부 검사 출신 변호사가 술자리에서 한 얘기가 스쳐갔다.

'장충동이나 이태원에는 대형 비밀금고를 숨길 수 있는 특수한 지하실을 처음부터 설계해 지은 저택이 많죠. 금고에는 다이아몬드와 금덩이 등 귀금속이 들어 있구요. 무기명 장기채권이나 양도성 예금증서, 회사채 등도 단골 메뉴죠. 물론 100달러나 100유로짜리 지폐 다발도 빠지지 않구요. 또 큰 기업가들은 해외지사를 통해 비자금을 빼돌려 해외에 호화 주택과 별장, 비밀계좌를 마련하죠.'

나인은 대기실 화장대에 앉아 마스카라를 다시 바르고 있다. 다혜가 옆에 바싹 붙어 앉는다.

"여기 언니들 몸매가 다들 좋던데…… 비결이 무용인가? 혹시 언니 말고 또 무용 전공한 사람 있어요? 언니 S라인은 정말 부러워요."

엄지 척과 함께 몸매 칭찬으로 위로를 마무리한다. 동시에 선배가 토스해준 정보를 재치 있게 확인하려는 것이다.

"내 기분 띄워주려고 그러니? 무용하던 애들은 다 나가고 없지. 어쨌든 고맙다."

은지욱과 척을 진 홍 모 씨가 나인의 스폰서라는 게 확인된 것이다. 넌지시 화제를 바꾸며 질문을 이어갔다.

"그런데요, 언니. 그 두 놈들 보석 말고 다른 걸 주고받기도 할 것 같은데요? 엄청 가까운 사이인가요?"

나인은 원피스의 등 쪽 지퍼를 올려달라고 다혜에게 부탁하면서, 작은 목소리로 속삭였다.

"누런색 서류 봉투를 서로 주고받기도 해. 뭐가 들었는지는 모르지만⋯⋯."

나인은 홀로 화장실로 향했고, 다혜는 텔레그램으로 재빨리 데스크에게 누런 봉투에 대해 보고했다. 잠시 후, 윤동우는 누런 봉투 안의 서류가 현금화가 가능한 양도성예금증서일 수도 있으니 카페 주차장에 취재팀을 보강하겠다고 알려왔다. 주차장에는 금재철과 은지욱의 자가용 운전기사들이 차 안에서 대기하고 있었다.

다혜와 나인은 다시 푸른빛 사파이어가 있는 방으로 들어갔다. 뜻밖에 보석을 선물 받은 탓인지 은지욱은 기분 좋게 취해 있었다. 금재철은 분위기를 띄우라고 나인에게 손짓하면서 테이블 아래로 몇 장의 수표를 팁으로 건넸다. 나인은 파랑새의 고참 아가씨답게 비음 섞인 아양으로 은지욱을 유혹하면서 수표에 대해 답례를 했다.

"형님, 오늘 마지막 홀 칩샷 버디는 정말 예술이었습니다. 늘 한결같은 지도 편달을 부탁드리겠습니다. 자, 다 같이 한잔하시죠~"

술잔 비우기를 차례대로 끊어지지 않게 하는 속칭 '파도타기'가 시작됐다. 분위기가 무르익자 금재철은 검은색 구찌 가방에서 누런 봉투를 꺼내 은지욱에게 건넸다. 김다혜의 목걸이는 민첩하게 누런 봉투를 향했다. 은지욱은 봉투에 시선을 고정한 채 오른손으로 자신의 턱을 만졌다. 양복 안주머니에 넣기에는 봉투가 좀 커 보였다. 방에는 잠시 침묵이 흘렀다.

"음…… 새로 온 아가씨, 레이첼이라고 했지? 자기가 주차장의 내 운전기사에게 이 봉투를 좀 전해주고 오지."

갑작스레 다가온 기회에 다혜의 손끝이 가볍게 저려온다. 애써 천진난만하게 생글거리며 가볍게 되묻는다.

"사장님 차가 어떤 건데요?"

스스로에게 '침착하자'고 다짐하면서 태연한 척 서류 봉투를 집어 들고 일어섰다.

다혜는 홀을 지나 지상으로 연결된 계단에 오르기 시작했다. 계단이 끝나는 지상 입구에는 CCTV 카메라가 설치돼 있다. 다혜는 계단을 서너 개 오르다 멈춰 선다. 그리고 봉투 안의 서류를 꺼내려 시도하지만, 테이핑이 되어 있어 안을 들여다볼 수는 없다. 봉투의 전체가 몰래카메라에 잘 찍히도록 거리와 앵글을 조절한 뒤에 스마트폰으로 메시지를 보낸다.

'은지욱 운전기사에게 봉투 전하러 주차장 진입.'

윤선배가 과연 이 시간에 바로 메시지를 확인할 수 있을까?

난데없이 날카로운 고함이 들려왔다.

"야, 레이첼! 거기 계단에 서서 뭐 하는 거야!"

계단에 멈춰 선 시간은 기껏해야 3, 4초에 불과했다. 누군가 지켜보고 있었던 것이다. 다혜가 고함 소리가 들려온 계단 아래로 몸을 돌렸다. 팔뚝이 유난히 굵은 웨이터가 인상을 쓰고 있다. 당장이라도 잡아 가둘 듯한 험악한 분위기다. 다혜가 냉정을 되찾으려 애쓰며 별일 아니라는 듯 대꾸한다.

"손님 심부름으로 주차장에 가는 길이에요. 왜 소리를 지르세요? 깜짝 놀랐잖아요!"

"올라가다 말고 서서, 왜 봉투를 살펴보는 거야? 여기가 너네 놀이터인줄 알아? 빨리 가서 전하고 얼른 돌아와!"

거들먹거리는 듯한 위협적인 말투. 조금 전까지 친절하게 고객들을 대하던 웨이터의 태도가 아니다. 경찰서 강력반을 취재하다 마주친, 조직폭력배의 태도와 흡사했다. 다혜는 일단 분위기 좋게 상황을 넘겨야 한다고 판단한다.

"예~ 금방 다녀올게요. 수고하세요."

나긋나긋하게 높은 톤으로 대답한 뒤 서둘러 계단을 올라간다.

넓지 않은 주차장에 들어서자 은지욱의 제네시스가 바로 눈에 들어왔다. 공무원 스타일의 단정한 뿔테안경을 쓴 운전기사가 차 앞에서 대기하고 있다. 은지욱이 바로 기사에게 연락을 한 것으로 보였다. 자연스럽게 봉투를 받아 든 기사는 바로 운전석으로 들어간다.

'주차장 조명이 좀 어두운데…… 몰카가 촬영이 잘돼야 할 텐데.'

다혜는 기도하는 심정으로 조심스레 주차장을 빠져나왔다.

그때 바로 건너편 건물 옥상에서 카메라를 돌리고 있는 취재팀의 존재를 그녀가 알 길은 없었다. 술을 마시면서도 테이블에 올려놓은 휴대폰을 틈틈이 확인하는 윤동우의 기자 근성이 간만에 빛을 발한 것이다.

다혜가 주차장에서 사라지자 은지욱의 운전기사가 차 밖으로 나왔다. 트렁크 문이 올라가고 기사의 모습이 순간 시야에서 사라진다. 운전기사가 트렁크에서 귤상자만 한 크기의 상자를 꺼내 들고 하얀색 랜드로버 SUV로 걸음을 옮긴다. 잠시 후 랜드로버의 뒷문이 열리고 상자는 더 이상 보이지 않는다. 이 광경은 건너편 옥상 취재팀의 카메라에 고스란히 담겼다. 이세진이 카메라 기자에게 나지막하게 내뱉는다.

"와! 저 상자 안에 5만 원권이 가득하다면, 완전 초대형 특종인데."

하얀 블라우스를 입은 다혜가 다시 룸으로 들어오자, 금재철이 목을 돌려 쳐다보며 반가움을 표했다.

"대학원 다니다 왔다구? 센스 있게 생겼어. 언행도 깔끔하고. 자, 수고했어."

지갑에서 5만 원권 지폐를 손에 잡히는 대로 꺼내서 세어보지도 않고 다혜에게 건넸다.

"레이첼, 내일 늦은 오후에 한강변에서 커피 한잔 어때? 오빠랑 친해져야 한마담한테 점수 많이 딸 수 있어."

금재철은 나인에게 고개를 돌리며 눈짓으로 동의를 구했다.

"그럼요, 금사장님 커피 얻어 마셔야 한마담이 인정해주시죠."

금재철은 잠시 후 한마담을 불러, '아가씨들 서비스가 좋았다'고 칭찬까지 했다. 은지욱은 '불가리아 여자가 최고'라는 얘기를 혀가 꼬인 발음으로 되풀이했지만, 술자리는 화기애애하게 마무리됐다. 금재철은 헤어지면서 한마디를 더 남겼다.

"내일 아가씨도 차를 몰고 오면 좋겠어. 그럴 수 있지?"

그 룸을 끝으로 서둘러 퇴근한 다혜는 여의도 호프집을 향해 총알택시를 탔다. 금재철이 따로 밖에서 만나자고 제안한 것은 시나리오에 없는 돌발 상황이었다. 선배들의 지혜와 경험을 빌려, 최대한 내일 상황을 시뮬레이션해서 취재를 준비해야 했다. 호프집 구석 테이블에 자리 잡은 윤동우 최지웅 이세진 세 기자의 표정은 비교적 멀쩡했다. 수염이 덥수룩한 윤동우가 먼저 말을 꺼냈다.

"다혜야, 네가 주차장에서 빠져나간 뒤에 어떤 일이 일어났는지 알아?"

"아니. 제가 어찌 알겠어요. 그나저나 배고파요. 계란말이 하나 먼저 시킬게요. 아주머니~"

이세진이 재미있는 불구경이라도 한 듯한 표정으로 입을 열었다.

"파랑새 건너편 건물 옥상에 내가 카메라팀과 뻗치고 있었거든. 너 들어가고 3분쯤 뒤에 제네시스 운전기사가 트렁크에서 과일 상자를 꺼내들었어. 그다음에 어찌 된 줄 알아?"

이야기를 하다가 뜸을 들이자, 다혜가 짜증을 내며 슬쩍 취재 성과를 노출시킨다.

"아이. 질문하면서 시간 끌면 반칙이야. 난 내일 오후에 금재철을 따로 만나야 해서 정말 시간이 없거든요."

"뭐? 금재철을 따로 만난다구?"

듣기만 하던 최지웅의 리액션이 빨랐다. 가장 덜 마셨다는 증거다.

최지웅이 먼저 브리핑을 했다. 누런 봉투를 전달받은 제네시스 운전기사가 과일 상자를 랜드로버 운전기사에게 전달했다는 것이었다. 랜드로버는 금재철의 자가용이었다. 윤동우가 정색을 하며 취재전략회의로 모드를 전환했다.

"자, 정리해보자. 은지욱의 운전기사가 누런 봉투를 넘겨받고 나서, 금재철의 자가용에 과일 상자를 옮겨 실었다. 누런 봉투가 유가증권이고 과일 상자가 현금이라면, 김다혜 선수가 바라는 최고의 시나리오인 거지."

최지웅이 바통을 이어받았다.

"금재철이나 은지욱의 얼굴은 많은 사람들이 알아볼 거야. 파파라치나 취재진이 따라붙는 경우가 많다는 것은 이 바닥에서는 상식이지. 그래서 CCTV가 없는 주차장에도 처음 온 아가씨인 김기자를 보내서 봉투를 전달했을 가능성이 높지. 만일 금재철이 현금이 급한 상황이라면, 내일도 다혜에게 비슷한 일을 시킬 가능성이 제법 높다고 봐야겠지."

선배들 얘기를 듣던 세진이 끼어들었다.

"취재 성공의 관건은 과일 상자 안에 든 것이 현금이냐의 여부 아닐까요? 다혜가 내일 다시 관여한다고 해도 상자 안을 들여다보기는 어려울 거예요."

최지웅이 진지한 표정으로 아이디어를 제안했다.

"짧은 시간이라도 과일 상자에 접근할 기회가 다혜에게 주어진다면, 무얼 해야 하지? 상자를 뜯지 않고 안을 촬영해야겠지. 그러려면 수술용 복강경 카메라가 필요해. 내 친구 녀석이 용산전자상가에서 몰카를 포함해서 다양한 카메라를 팔아. 세진이가 오전에 움직여서 복강경 카메라와 상자를 뚫고 빛을 쏠 수 있는 특수한 랜턴을 준비하자. 내 친구 연락처 휴대폰으로 지금 보낼게."

최고참인 윤동우가 맥주잔을 치켜들었다.

"다혜의 잠입 취재 성공을 위하여!"

"위하여!"

잔을 내려놓기도 전에, 다혜가 진지한 표정으로 색다른 보고를 시작한다.

"깜빡할 뻔했네요. 오늘 파랑새에 P의원과 같이 온 일행이 쇼킹한 얘기를 했어요. 미혼인 조의원이 딸을 출산했다는 첩보가 있다구요. 검찰 쪽 정보라는 얘기도 덧붙였어요."

잠시 침묵이 흐른 뒤, 윤동우 차장이 입을 열었다.

"여권의 대권 후보로 거론되는 3선 의원 조경혜 얘기인 듯한데…… 사실이라면 정계에 파장이 엄청나게 클 거야. 게다가 막장드라마 같은 옐로우성도 있으니…… 일단 보안 유지하면서 각자 조용히 취재해서 성과 나오면 구두로 보고하는 것으로 정리하자."

첫 출근에 저녁 내내 긴장했던 다혜는 맥주가 잘 들어가지 않았다. 대신 계란말이와 골뱅이소면을 혼자서 해치웠다.

섀도우 스폰서

다음 날 오후 3시 한강대교 북단의 시민공원 주차장. 다혜가 노들카페에서 금재철을 만날 4시까지는 한 시간이 남아 있다. 주차장에 이세진의 낡은 하이브리드 아반떼가 먼저 들어섰다. 잠시 후, 다혜가 새로 뽑은 소형 SUV가 그 옆에 멈춰 섰다. 세진이 노트북 가방을 들고 다혜의 차로 옮겨 탔다.

"분칠 세게 하셨네요?"

세진의 농담에 반응이 싸늘하다.

"시간 없거든. 빨리 사용법 알려줘."

지름이 4mm인 복강경 카메라와 특수 랜턴을 꺼내 작동법을 설명한다. 볼펜 길이의 송곳처럼 생긴 랜턴은 종이 상자에 찔러 넣은 뒤 스위치를 켜면 불이 들어온다. 복강경 카메라를 먼저 찔러 넣은 뒤, 가까운 이음새에 송곳 모양의 랜턴을 찔러 넣어야 하는 것이다. 세진은 끝으로 10원짜리 동전만 한 크기의 위치추적 장치를 건넸다.

"이 테이프를 떼어내고 상자 바닥에 붙이는 거야. 경찰 빨대 한

명이 추적해주기로 했거든."

'빨대'란 비밀 취재원을 뜻하는 은어다. 이세진이 다혜에게 윙크를 하면서 말했다.

"세진 오빠, 나 사실 조금은 무서워. 잘할 수 있을까?"

다혜가 오랜만에 세진을 오빠라고 불렀다. 경찰서를 돌며 수습기자를 같이 겪은 동병상련의 정이다. 동아리 선배 같은 믿음이 더해진 호칭이랄까. '사츠마와리'라 불리는 경찰 수습기자들은 일주일 내내 경찰서에서 먹고 자면서 취재 방법과 팩트의 소중함을 배운다. 소방서와 병원 응급실, 화재와 사건사고 현장을 함께 발로 확인하는 것이다.

"그럼 잘할 수 있고말고. 서울시내 경찰서 형사계 벌벌 떨게 하던 김다혜 선수 아냐? 걱정 마. 그리고 내가 계속 자기를 따라붙을 계획이야. 데스크 지시사항이야."

세진이 다소 드라이하게 다혜의 어깨를 허그한다. 세진이 떨어지려는 순간, 다혜가 세진의 팔을 잡는다. 다소 어색한 상황이 연출됐지만, 세진은 좀 더 강하게 허그를 한 뒤, 농을 치면서 순발력 있게 탈출한다.

"야, 향수가 너무 진한 거 아냐? 향수의 유해물질 기획 취재도 진행 중이라던데……."

다혜의 미간이 순간 일그러진다. 주먹을 쥐어 세진의 가슴을 한 대 밀어 친다. 세진은 그녀에게 하이파이브를 제안하면서 다른 손으로 자동차 문을 열었다. 차로 돌아오는 세진은 심장이 평소와 달리 박자감을 잃고 있다고 느낀다.

한강과 시민공원, 다리를 건너는 차들이 한눈에 들어오는 통유리 노들카페. 손님들 대부분은 연인들처럼 보였다. 짧은 반바지를 입은 젊은 여성 하나가 같이 온 남자의 허벅지 위에 앉아서 커피를 즐기고 있다. 약속 시간이 5분쯤 지나자, 커다란 선글라스를 낀 금재철이 들어왔다. 카페모카를 주문한 그가 한강을 바라보며 얘기를 꺼냈다. 베이지색 니트 미니원피스를 입은 다혜의 다리에 그의 시선이 느끼하게 머문다.

"자기 인상이 좋아서 따로 보고 싶었어. 요즘은 지적인 여자들이 옛날보다 장점이 많아졌다고 하더라구. 흐흐."

밝은 태양 아래서 쳐다보니, 영혼을 저당 잡힌 듯한 초점 없는 눈동자가 더 역겹게 느껴진다. 다혜는 이성을 부추겨 불쾌한 감정을 억누르며 최대한 생글생글 웃었다.

"나랑 잘 지내면, 파랑새에서 에이스도 되고 팔자도 고칠 수 있어. 나랑 친하게 지낼 거지?"

다혜는 목걸이 몰카의 방향을 바로잡으면서 환한 미소로 긍정의 메시지를 보냈다. 그러자 그가 목소리를 깔면서 제안을 시작했다.

"오빠가 레이첼 위해서 멋진 선물을 준비했어. 그런데 그전에 작은 심부름을 하나 해줬으면 해. 내가 좀 유명해서 알아보는 사람이 많아서 말이지. 이해할 수 있지?"

"네, 당근이죠."

다혜는 세상물정 모르는 젊은 대학원생처럼 보이기 위해 해맑게 대꾸했다. 어젯밤 호프집 전략회의의 시뮬레이션대로 흘러갈지 모른다는 생각에 관자놀이 주변에 약한 전율이 밀려왔다.

"내가 주는 쇼핑백을 한강변 주차장에 세워진 아우디 기사에게 가져다주면, 운전기사가 자기 차에 물건을 실어줄 거야. 그러면 차를 몰고 골든호텔 지하주차장으로 와서 내게 주면 되는 거야. 할 수 있겠지?"

"물론이죠. 아우디 차 번호는요?"

차 번호를 받아 적은 다혜는 핸드백에서 분홍빛 선글라스를 꺼내 썼다. 건네받은 쇼핑백을 들고 경쾌하게 자리에서 일어나 사뿐사뿐 발걸음을 옮겼다. 잠시 고개를 돌려 금재철을 향해 손을 흔든다.

카페에서 조금 멀어지자, 그녀는 걷는 속도를 조금 늦춘다. 고개를 살짝 숙여, 손에 든 쇼핑백 속을 슬쩍 내려다본다.

'이 안에 들어 있는 게 뭘까? 수십억 원 어치의 유가증권?'

쇼핑백 입구는 투명 테이프와 스테이플러로 막혀 있다.

평일 오후라 주차장은 그다지 붐비지 않았다. 습관적으로 주차장 CCTV 카메라의 위치를 확인한 뒤, 문을 열고 운전석에 앉았다. 주변을 빠르게 한 번 살핀 뒤, 핸드백에서 복강경 카메라를 꺼내 쇼핑백 안에 넣어 버튼을 눌러보았다. 책이 몇 권 들어 있을 정도의 무게지만, 보라색 포장지로 싸여서 보이지 않는다. 시간을 오래 끌면 오해를 살 수 있다.

다혜는 시동을 걸고 아우디를 찾기 위해 출발했다. 시계 반대 방향으로 운행한 지 1분이 되기도 전에 같은 번호의 차가 눈에 들어왔다.

다혜는 그 차 바로 옆에 나란히 주차한 뒤, 운전석 유리창을 노크했다. 검게 썬팅된 유리창이 내려가자 눈썹이 유난히 짙은 30대 남성의 얼굴이 나타났다. 어디선가 본 듯한 인상이다. 하지만 누구인지 메모리가 출력되지 않았다.

자연스럽게 쇼핑백을 받아 든 그가 사투리 억양이 없는 낮은 톤으로 명령하듯 말했다.

"트렁크 문 열어요!"

트렁크가 열리고, 운전기사가 상자 두 개를 다혜 차로 옮겨 실었다. 스포츠용 선글라스를 쓴 그의 눈동자는 움직임이 파악되지 않았다.

한강대교 북쪽 끝에 세워둔 자전거 사이로 먹구름을 뚫고 나온 태양 빛이 반사돼 번쩍였다. 방송용 카메라 렌즈에 햇빛이 반사된 것이다. 선블럭용 스킨마스크로 얼굴을 감싼 이세진과 카메라 기자 구준혁이다.

상자 두 개를 다 옮긴 운전기사가 차에 시동을 거는 모습이 카메라에 담겼다. 분홍빛 선글라스를 쓴 다혜의 모습도 잠시 스쳐갔다.

"상자가 어제 것과 비슷한 건가? 좀 더 큰 거 같지 않아?"

촬영에 집중한 구준혁은 대답할 겨를도 없는 모양이다.

"충분히 잘 땡겨지고 있지?"

대답 대신, 다급한 소리가 들려왔다.

"이선배, 놈이 출발했어! 어서 따라붙어야 해요! 취재 차량 부를게요."

무전과 동시에 100m쯤 뒤에 서 있던 취재용 승합차가 출발했다. 손이 빠른 오디오맨이 자전거 두 대를 접어서 트렁크에 급히 실었다. 이세진이 단호하게 호령하듯 외쳤다.

"김기자 차에 최대한 따라붙어. 행선지는 현재로는 골든호텔이야!"

선글라스를 쓴 운전기사의 체격과 인상이 예사롭지 않았다. 운전석에 들어선 김다혜는 조금 전 위축됐던 자신을 꾸짖으며 시동을 걸었다. 강북 강변으로 길을 잡자마자 전화벨이 울렸다.

"레이첼, 지금까지는 잘했어. 호텔을 스탠포드로 바꾸자. 김포공항 근처에 있는, 알지?"

"예, 잘은 모르는데요. 내비 찍고 갈게요."

대답이 채 끝나기도 전에 전화는 끊겼다. 차를 갓길에 세우고 데스크에게 행선지를 새로 보고한 뒤, 내비게이션으로 목적지를 변경했다. 핸들을 잡은 손가락 끝이 살며시 저려오는 듯했다. 이런 묘한 기대감과 긴장감이 동시에 교차하는 것은 새로운 경험이다.

어느덧 스탠포드호텔 주차장에 들어섰다. 가능한 한 눈에 덜 띌 만한 구석 자리를 찾아 후진으로 주차를 마무리했다. 자연스레 차에서 내려 트렁크 문을 높이 열고 최대한 몸을 숨겼다. '똑딱 똑딱' 초침이 움직이는 소리가 귓가에서 점점 크게 들리는 듯했다.

이세진이 챙겨준 복강경 카메라와 특수 랜턴을 핸드백에서 꺼내는 다혜의 손이 가늘게 떨린다. 두 시간 전 배운 대로, 상자 모서리에 복강경 카메라를 찔러 넣는다. 이어서 가장 가까운 모서리에 특

검사의 죄

윤재성 장편소설

검사가 지은 죄를
검사가 받는다
얼마나 공명정대한
가족의 율법인가

새흙

과분한 정의를 꿈꿨다
서울에서 밀려난 일개 평검사의 목숨은 평등하게 하찮았다

평검사 권순조. '법전과 합법'만으로는 세상의 '거대 악'을 단죄할 수 없다는
강한 신념의 소유자. 어릴 적, '보육원'에 불을 지르고 12명의 원생을 살해한 원죄에 묶인
심신불안증 환자. 그가 탈법과 위법의 경계를 위태하게 넘나들며 정계와 재계,
언론이 결탁한 공고한 카르텔 속으로 뛰어든다.

적법하나, 힘이 약한 '선택적 정의'
위법하나, 강한 법집행의 '보편적 정의'
당신의 선택은 무엇인가.

윤재성 장편소설
검사의 죄

윤재성

현실의 지평을 꿰뚫는 문장을 쓰고 싶었다. 지은
책으로 외로움을 살해하는 대행업체 직원의 이야
기 『외로움 살해자』(2016년), 화마에 맞서는 알콜
중독자를 그린 『화곡』(2019년)이 있다. 『검사의
죄』는 대한민국 사법의 총본산, 서초동 한복판에
서 벌어지는 검사들(칼잡이들)의 이야기다. 『13번
째 피』로 '한국전자출판대상'을 수상했다.

수 랜턴을 꽂고 파워를 켠다. 그리고 초소형 위치추적 장치의 테이프를 벗겨내고, 상자 바닥에 붙인다.

'불이 제대로 켜졌을까? 안에 있는 물건이 포장돼 있으면 어쩌지?'

다혜는 순발력을 발휘해 복강경 카메라를 조금씩 더 밀어 넣어 보았다. 딱딱한 물체에 닿았다 떨어지는 듯한 감촉이 반복되었다.

"끼~익."

그때 검은색 승용차가 주차장에 들어섰다. 다혜는 얼른 복강경 카메라와 랜턴을 빼내 핸드백에 넣었다. 서둘러 동시에 두 개를 넣다가, 특수 랜턴이 트렁크 바닥에 떨어졌다.

위기 상황이다. 어느새 차가 주차를 하고 있었다. 다혜는 재빠르게 랜턴을 트렁크 구석에 놓인 스노우체인 뒤쪽으로 감췄다. 다행히 차에서 내린 금재철이 다가왔을 땐 그녀가 모두 마무리한 뒤였다.

"잘 가져왔어?"

"그럼요. 호호. 저 잘했죠?"

애써 미소 지으면서, 카메라와 랜턴을 찔렀던 상자의 상처 난 부분을 살폈다. 자세히 보면 티가 났지만, 모서리여서 얼핏 보면 넘어갈 수도 있는 수준이었다.

"자, 그러면 우리는 스카이라운지로 올라갈까? 차 키는 꽂혀 있지? 내 비서가 마무리해줄 거야. 자~ 갑시다! 석사 아가씨."

다혜는 떨어뜨린 특수 랜턴과 상자의 구멍 때문에 불안감이 밀려왔다. 하지만 선택의 여지가 없었다. 금재철을 따라 스카이라운지로 향하는 엘리베이터에 올라탔다.

　엘리베이터에서 30m쯤 떨어진 곳에 취재용 승합차가 접근해왔다. 구준혁의 카메라가 엘리베이터에 타는 남녀의 모습을 놓치지 않았다. 이세진 기자는 얼굴의 스킨마스크를 제거하고 넥타이 정장 모드로 전환했다. 구준혁은 이세진에게 몰래카메라가 장착된 노트북 가방을 넘겨주었다. 영상팀은 이번 주에 방송될 다른 아이템 취재를 위해 떠났다. 이세진만 홀로 몰래카메라 가방을 들고 스카이라운지로 향했다.

　한편 상자를 실은 금재철의 검은색 승용차는 올림픽대로를 올라타고 있었다. 희미한 불빛을 깜박거리며 위치추적 장치가 계속 작동했다. 그 뒤를 하얀색 미니밴이 따라붙었다. 그 안에는 최지웅 기자와 그의 오랜 취재원인 국세청 무한추적팀 이강원 팀장이 타고 있었다. 무한추적팀은 체납자의 은닉 재산을 끝까지 추적하는 특수조직으로 몇 년 전부터 유명세를 타고 있다.

　"이강원 팀장, 이거 오늘 제대로 걸리면 승진하시겠네."

　"아이고 최기자님, 김칫국부터 마시지는 말자구."

　초년병 시절부터 국세청을 출입한 최지웅 기자는 서울지방국세청 조사4국의 공무원들과 친분이 깊은 편이다. 조사4국은 검찰의 중앙수사부에 비견되는 조직인데, 무한추적팀은 조사4국의 에이스들로만 구성된 팀이다. 최지웅 기자는 현장에서 은닉 재산의 실마리를 발견한 만큼, 현장 압수와 긴급체포가 가능한 상황이라고 판단했다.

검은 승용차가 양화대교 끝에서 홍대 쪽으로 방향을 잡았다.

"이팀장, 차적 조회는 하셨나?"

"그럼! 보자마자 바로 했지. 곧 결과 알려올 거야."

최지웅의 미끈한 얼굴에 하회탈 같은 미소가 피어났다.

검은색 승용차와 따라붙은 하얀 미니밴이 36층 호텔 스카이라 운지에서 점점 멀어져갔다.

다혜가 앉은 테이블에는 날씬한 샴페인 잔 두 개가 놓여 있다. 술을 한 모금 마셨는데도, 평소와 달리 긴장이 전혀 풀리지 않았다. 첫 잔을 비운 금재철이 어딘가에 전화를 걸었다.

"곧 도착할 테니, 일단 거기에 잘 넣어두라구. 알았지?"

"사모님이신가 봐요?"

"아니, 뭐 집사 같은 직원이지."

혹시라도 속옷이 노출될까 엇갈리게 꼬고 앉은 다혜의 다리에 그의 시선이 집요하게 따라왔다. 다혜는 느끼한 눈빛이 싫어서 몸의 각도를 30도 정도 옆으로 틀었다. 그러자 금재철은 의자를 당겨 앉으며 '못 참겠다'는 듯 말했다.

"석사 마치고 박사과정도 들어가야지. 공부하려면 무엇보다 재력이 뒷받침돼야 하잖아. 한국이든 외국이든 학위라는 게, 사실 노력도 해야 하지만 돈과 시간이 있으면 그냥 쇼핑하는 것과 큰 차이는 없거든. 그래서 하는 말인데, 내가 섀도우 스폰서를 해줄까 하는데…… 어때? 파랑새 아가씨들 상당수는 섀도우 스폰서가 있어요."

'섀도우 스폰서shadow sponsor'란 그림자처럼 은근하게 용돈을 주고 성관계를 하지만, 카페 출근을 유지한다는 뜻으로 맥락상 이해했다. 다혜는 아직은 파랑새 카페 아가씨로 위장하는 것이 필요하다고 판단했다.

"말씀은 감사한데요. 제가 아직 파랑새 문화를 잘 몰라서요. 며칠 생각해보고 말씀드릴게요."

불쾌한 표정을 드러내지 않기 위해 중학교 연극반 시절의 연기력을 총동원해서 상냥하게 대답했다. 하지만 그는 욕정이 동한 듯 노골적으로 계속 들이댔다.

"며칠은 무슨……. 내가 지금 한마담한테 전화해줄까? 자, 오빠 말 듣자. 바로 아래 35층 스위트룸 예약해뒀으니까, 저쪽 비밀 계단으로 같이 내려가자."

금재철은 비서로 보이는 젊은 남자에게 계산을 하라고 고갯짓으로 지시한 뒤, 다혜의 손을 잡아끌기 시작했다. 다혜는 순간적으로 판단을 하지 못한 채 계단을 따라 내려갔다. 대학시절 호신술을 배운 적은 있지만 남자와 일대일로 과연 이길 수 있을까? 두뇌 회전에 가속이 붙는 가운데, 문득 이세진이 힘주어 했던 말이 떠올랐다.

"내가 계속 자기를 따라붙을 계획이야. 데스크 지시사항이야."

특종

스위트룸에 들어서자 금재철이 현관문을 걸어 잠겄다. 입구에 놓인 고딕풍의 소파와 테이블이 꽤 럭셔리해 보였다. 금재철이 안주머니에서 작은 상자를 꺼냈다.

"레이첼, 사파이어 좋아하는 것 같아서…… 선물이야."

초록빛이 감도는 사파이어 목걸이가 영롱하게 반짝였다. 다혜의 시선이 사파이어에 머무는 짧은 순간, 금재철이 허리를 거칠게 잡아당기며 입술을 들이댔다. 밀쳐내려는 순간, 금재철이 오른발로 침실 문을 밀어젖히며 침대로 잡아끌었다. 끌려가는 다혜의 미니스커트 아래로 금재철의 손이 다가오자, 다혜가 힘을 다해 밀쳐 떼어냈다.

"아이~ 이러지 마세요!"

"괜찮아. 처음에만 좀 어색한 거야. 왜 이래? 선수끼리. 이리 와!"

금재철이 달려들어 다혜를 침대로 밀어 넘어뜨리는 순간, 도어벨이 울렸다.

"딩~동."

잠시 동작을 멈추고 머뭇거리던 금재철이 소리를 쳤다.

"뭐야? 어떤 새끼야?"

뒤뚱거리며 급히 현관으로 걸어갔다.

"VVIP께 드리는 스페셜 서비스입니다."

호텔리어의 정중한 설명이 이어지자 그가 직접 현관문을 열었다. 그러나 눈앞에 나타난 것은 제복의 호텔리어가 아니라, 카메라를 가방에 숨긴 정장 차림의 남성이다.

"당신, 지금 싫다는 여자 억지로 끌고 들어와서 뭐 하는 거야!"

"이거 뭐 하는 새끼야? 너 당장 안 꺼져?"

금재철이 휴대폰을 들고 누르는 사이, 다혜가 민첩하게 이세진 뒤로 이동한다. 세진은 바닥에 떨어진 핸드백을 챙겨주며 다혜를 현관으로 이끈다.

현관문을 여는 순간, 세진의 얼굴에 주먹이 날아들었다. 금재철의 비서 겸 보디가드인 덩치였다. 세진이 민첩하게 옆으로 피해보지만, 바로 발차기가 들어왔다. 한 발 물러나며 깻잎 한 장 차이로 가까스로 피했다. 세진이 테이블에 놓인 크리스털 접시를 보디가드에게 힘껏 던졌다. 보디가드가 몸을 돌려 피하는 순간, 세진이 바짝 다가서며 허벅지 측면 풍시혈에 정확한 니킥을 날렸다. 합기도 3단인 이세진이 가장 잘 쓰는 기술이다. 웬만한 놈은 풍시혈을 맞으면 바로 쓰러지기 마련이다. 그런데 이 덩어리는 벽에 의지하긴 했지만 두 발로 서 있었다. 세진이 기합 소리와 함께 서너 걸음을 도움닫기 한 뒤, 오른발로 녀석의 턱을 돌려 찼다. '픽' 소리와 함께 마침내 덩어리가 주저앉았다.

"아~~!"

비명이 나는 쪽을 돌아보니, 금재철이 다혜의 목에 흉기를 들이대고 있었다.

"이 여자 살리려거든 내 말 들어. 당장 침대 안쪽으로 들어가."

"이봐 금재철 씨, 우리는 ABC방송 기자들이야. 지금 이 상황 몰래카메라에 다 찍히고 있어. 이쯤에서 포기하시지."

"뭐, 기자라고? 그걸 나더러 믿으라구?"

조금씩 줄어들던 금재철의 목소리가 맥없이 갈라지기 시작했다. 상황이 조금씩 파악되는 듯 보였다.

"어제와 오늘 연이틀 과일 상자를 넘겨받는 모습, 모두 카메라에 담겼어. 물론 수사기관도 동행했지."

흉기를 잡은 손에 힘이 빠지며 팔의 각도가 조금 벌어졌다. 다혜가 그 순간을 놓치지 않고 하이힐로 금재철의 발등을 힘껏 내리찍었다. 오래전 배운 호신술 동작을 떠올리며 한 걸음 떨어진 뒤 돌아서서 낭심을 발끝으로 걷어 올렸다.

"윽!"

저음의 신음소리를 내면서 전직 대통령의 아들이 벼락 맞은 고목나무처럼 쓰러졌다.

쫓고 쫓기는 차량은 마포구 연남동의 좁은 골목길에 들어섰다.

"차는 금재철 처가 쪽 회사 명의라네. 근데 검은색 제네시스, 어디 갔어?"

이강원 무한추적팀 팀장이 걱정스레 묻는다. 반면 최지웅 기자의 오디오에는 자신감이 묻어났다.

"워낙 오래된 좁은 길이라서 자꾸 시야에서 사라질 수밖에…… 그래도 뭐 위치추적 장치 붙어 있어서 대세에는 지장 없을 거야. 그리고 연남동 언덕에 금재철 처형 명의로 된 집이 있다네."

금재철이 처형 명의로 된 집의 비밀금고에 상자를 숨기려는 시나리오로 추정되는 상황이다. 금씨가 내지 않고 버티는 세금과 추징금은, 언론에 보도된 것만 200억 원에 육박했다.

다시 시야에 들어온 검은 제네시스가 담쟁이넝쿨로 뒤덮인 2층 주택 앞에 멈춰 섰다. 속도를 올린 미니밴이 급브레이크 굉음과 함께 바싹 붙어 정차했다. 무한추적팀 팀원들이 각 잡힌 몸동작으로 순식간에 뛰어내렸다. 좁은 주택가에서 옴짝달싹못하게 된 운전기사는 국세청 직원들의 신분증을 확인하고는 고개를 떨구었다. 트렁크가 열리고 이강원 팀장이 상자를 둘러싼 청색 테이프를 벗겨내기 시작했다.

테이프가 제거되는 상자의 화면이 슬며시 흐려지고, 5만 원권 다발이 가득한 상자가 크게 확대된 스튜디오의 크로마키 대형 화면이 선명해진다. 이미지를 연결시켜주는 디졸브 편집 기법이다. 〈딥뉴스〉 녹화 스튜디오에 윤동우 앵커와 김다혜 기자, 최지웅과 이세진 기자가 나와 있다. 박진감 넘치는 드럼 소리와 함께 시사 프로그램 〈딥뉴스〉의 타이틀 음악이 울려 퍼진다. 방청객들의 박수소리가 잦아들자, 앵커가 오프닝 멘트를 던진다.

"전직 대통령 아들과 몰락한 재벌 2세의 숨겨둔 재산 수백억 원이 국고로 귀속됐습니다. 위험을 감수한 김다혜 기자의 위장 잠입 취재가 큰 몫을 했습니다. 지금 제 뒤로 금재철 씨에 대한 구속영장이 집행되는 영상이 나오고 있습니다. 금 씨에게는 탈세와 재산 은닉, 그리고 성폭행 미수 등의 혐의가 적용됐습니다. 또 은지욱 씨는 탈세와 은닉 등의 혐의로 오늘 영장실질심사를 받았습니다. 은 씨가 법원 출입기자들 앞에서 한 얘기를 잠시 들어보시죠."

"비밀창고에 그렇게 재산이 많았는데, 왜 세금과 추징금을 안 내신 겁니까?"

"제 재산이 아닙니다. 억울합니다. 저는 빈털터리가 된 지 오랩니다."

가운데 카메라를 바라보던 앵커가 몸을 돌려 김다혜 기자에게 질문을 던진다.

"끝까지 자신은 빈털터리라고 주장을 하는데요. 김기자, 속칭 텐프로라는 고급 카페에서 본 은지욱 씨는 가난해 보였나요?"

"그의 주장대로 빈털터리로 보기는 매우 어려웠습니다. 100만 원이 넘는 양주에 웬만한 월급쟁이 한 달 월급이 넘는 술자리를 하룻밤에 벌였으니까요. 몰래카메라로 촬영한 이 영상을 보시면 아마 더 놀라실 겁니다."

대형 스크린에 영롱한 푸른빛이 감도는, 가공되지 않은 보석이 클로즈업됐다. 최소 5억 원이 넘을 것으로 추정되는 카슈미르 사파이어 원석이다. 그 보석을 금재철이 은지욱에게 선물하는 영상이 처음으로 공개됐다. 인터넷 포털사이트에서는 '카슈미르 사파이어'가 실시간 검색어 1위로 올라섰다.

"이번에는 압수수색 현장을 취재한 최지웅 기자에게 좀 물어보죠. 이태원의 은지욱 씨 차명 소유로 추정되는 저택과 금재철 씨 차명으로 추정되는 연남동 저택의 수색 결과는 어땠었나요?"

"은 씨 집에서는 조금 전 사파이어 보석을 비롯해서 김환기 화백의 초기 작품 등 고가의 미술품 15점이 압수됐습니다. 김화백의 작품 가격은 수십억 원대로 추정됩니다. 또 100달러 지폐 약 5천 장과 5만 원권 20만 장이 압수됐습니다. 금 씨 주택에서는 1억 원짜리 양도성 예금증서 150장과 100돈이 넘는 금붙이 30여 점, 그리고 은지욱 씨에게서 받은 5만 원권 현금 12억 원이 압수됐습니다."

이번에는 이세진 기자와 윤동우 앵커 투샷을 잡은 카메라에 불이 켜졌다.

"이세진 기자는 이번에 평소 갈고닦은 무술 실력도 발휘를 하셨다는데요. 김다혜 기자의 몰래카메라에 잡힌 격투 장면이 제 뒤 대형 화면에 흐르고 있습니다. 시청자 여러분, 잠시 함께 보시죠."

이세진이 금재철의 보디가드를 오른발 돌려차기로 쓰러뜨리는 영상이 화면에 흐른다.

"와! 이 기자, 발이 꽤 높이 올라가는군요."

이세진 기자를 잡은 원샷 카메라에 불이 들어오자, 마지못해 입을 연다.

"상황이 긴박해서 집중한 덕분입니다. 운도 따랐구요."

"이 기자, 그런데 텐프로 카페 외곽 취재 과정에서 은지욱 씨의 비밀을 추가로 밝혀냈다면서요. 그리고 금 씨와 은 씨가 로또 1등 당첨자들의 복권을 사들였다는 것은 무슨 얘기입니까?"

"예, 지금은 사이가 틀어진 은 씨의 오랜 지인과 인터뷰를 했는데요. 그들이 로또 1등 당첨자들에게 몰래 접근해서, 차명으로 소유한 아파트나 주택을 복권과 바꿨다는 것이었습니다. 복권 당첨자들은 세금을 피하면서 불필요한 소문도 차단할 수 있고, 은 씨와 금 씨는 은밀하게 차명 부동산을 효율적으로 처리하는 거래라는 설명이었습니다. 물론 당첨된 복권을 당첨금으로 바꾸면서 합법적으로 돈세탁을 하는 것이구요. 그만큼 차명 부동산이 많다는 얘기입니다. 또 국내 차명 골프장은 물론, 해외 부동산 등 압수되지 않은 재산도 엄청나다고 덧붙였습니다."

녹화는 윤동우 앵커의 클로징 멘트로 마무리되었다.

"이번 특별취재팀, 정말 수고 많으셨습니다. 특히 텐프로 카페에 위장 취업한 김다혜 기자, 특종 축하드립니다. 딥뉴스는 이번 취재가 성공을 거둘 가능성은 매우 낮다고 예상했습니다. 하지만 '삼진 아웃을 당하지 않으려고 스윙을 살살 해서는, 담장을 넘기는 홈런은 결코 칠 수 없다'는 실리콘밸리의 격언이 힘이 됐습니다. 딥뉴스, 다음 주에도 시청자의 편에 서는 취재로 다시 찾아뵙겠습니다. 감사합니다."

"자, 다혜야, 진짜 축하해! 건배~"

맥주가 나오자마자 딥뉴스팀 기자들이 모두 제각기 건배사 배틀을 시작한다. 자연스레 '특종 축하' 번개 회식이 마련된 셈이다. 대부분의 신문과 방송이 1면이나 톱기사로 받은 대형 특종이건만, 그들의 술자리는 여전히 회사 앞 상가 호프집이다. '입맛이 고급이 되면, 시청자의 편에 서기가 점점 어려워진다'는 대선배들의 말씀을 따르기 때문이다. 최지웅 기자가 수상 소식 1보를 전한다.

"다혜, 너 한국기자협회와 방송기자연합회 두 곳에서 모두 '이달의 기자상' 타게 됐다는데. 참, 국세청 이강원 팀장도 이번에 승진할 것 같다네."

"본부장도 두둑한 격려금을 준비하고 있답니다. 기자회와 노동조합에서도 가만있지 않을 거랍니다!"

다혜보다 2년 선배인 문승후 기자가 사내 움직임을 전하며 느끼하게 너스레를 떤다.

"다혜, 프레스센터 시상식에 꽃돌이 할 남친을 먼저 구해야지."

다들 한마디씩 섞으면서 행복 바이러스가 빠르게 전파된다. 500cc 생맥주잔에 만든 '소맥 칵테일' 덕분에 취기도 빨리 퍼져간다. 특종은 묘한 중독성이 있다. 적지 않은 기자들이 한동안 특종에 중독된다. 세상을 바꾸었다는, 바꿀 수 있다는 자신감을 느낀다. 그러면서 자신의 존재감을 확인한다. 실제로 정책을 바꾸고 휴대폰 요금을 내린다. 친일인명사전이 탄생하고, 대통령의 가족을 구치소에 보낸다. 밥을 먹지 않아도 배가 고프지 않고, 감기몸살에 걸려도 행복감이 가시질 않는다. 물론 그 바닥에는 출세주의가 아닌 휴머니즘이 있어야 한다.

"선배들, 오늘 저 먼저 일어날게요."

다혜의 말에 동기인 이세진이 서운해하며 대꾸한다.

"오늘 다들 자기 때문에 모였는데, 너무한 거 아냐?"

"사실은요…… 파랑새 고참 아가씨랑 포장마차에서 한잔하기로 했어요. 취재원 관리가 기자의 생명이라면서요. 막내인 제가 여기서 멈추기를 원하세요?"

"자, 그러면 우리 다 마지막 잔 비우고 일어나자. 오늘 아이템이 잘 나와서, 다음 주 방송하는 선수들 엄청 부담될 테니까. 자, 건배!"

윤동우의 클로징 멘트로 번개 술자리가 끝나고, 다들 바삐 움직인다. 윤동우는 세진과 함께 버스정류장으로 걸어간다.

"참, 세진아. 너 중국 출장 중에 사장 바뀐 거 알지? 지난 대통령 선거 때 후보 캠프에 있던 안형배 선배가 새 사장으로 왔어."

"어떤 분이에요?"

"젊을 때는 기자회나 노동조합 일도 열심히 했다는데, 최근의 정치적 행보는 좀…… 왜 노래 제목도 있잖아. 사람들은 모두 변하나 봐♬"

"아무리 주인 없는 공영방송의 사장이라도, 최소한의 기준은 있어야 하지 않나요? BBC나 ZDF 같은 유럽 공영방송 사장은 어떻게 뽑는지, 비교해서 대책을 세워야 하지 않을까요?"

"그래, 맞는 말이지…… 일단 좀 지켜봐야지 뭐."

일산행 버스가 도착하고, 윤동우가 버스와 함께 사라진다.

마카오의 두 남자

회사 정문, 대리운전 기사를 기다리던 문승후 기자는 조용히 휴대폰을 꺼내든다.

"본부장님, 통화 괜찮으신지요?"

"어~ 그래. 뭐 좀 있나?"

본부장 쪽 오디오에 잡음이 섞여 분명하게 들리지 않는다. 문승후는 오디오 톤을 다소 높여, 보고를 이어간다.

"그 건은 아직 오픈돼서 진행되는 분위기는 아닙니다. 파랑새 건 후속타는 현재로는 없어 보입니다."

보고에 만족한 듯, 본부장의 목소리가 다소 온화한 톤으로 이어진다.

"그래, 잘하고 있어. 계속 아이템 추이를 잘 지켜봐. 그리고 윤동우의 일거수일투족을 수시로 보고하는 거 잊지 말고. 승후야, 이 형이 너 정치부장, 미국 특파원 다 챙겨줄 거야. 형 믿지?"

본부장 곁에 있는 사람의 날카로운 목소리가 휴대폰으로 들려오기 시작한다.

"이봐, 해외 나와서 무슨 전화를 그리 오래 하나? 자, 어서 잔 받으시지."

전화를 끊은 본부장의 좁은 어깨에는 비치가운이 걸쳐져 있다. 검은 뿔테안경에, 나이에 어울리지 않게 피부가 뽀얀 편이다. 달빛이 내려앉은 야외 테이블에는 먹기 좋게 손질된 바닷가재 요리와 화이트와인이 놓여 있다. 테이블 옆에는 길이 15m의 수영장 물이 넘실거리고, 비치용 간이침대 네 개가 눈길을 끈다. 두 측면이 통유리로 둘러싸인 수영장에 늘씬한 외국 여성들이 들어간다. 첨벙대는 물소리와 깔깔거리는 웃음소리가 요란하다. 수영장 통유리로 보이는 바디 라인은 실제보다 좀 더 크게 시야에 들어온다.

"채차장, 우리가 어디까지 얘기했지?"

"시사 프로그램 정리하는 거 말씀드렸잖아. 피디노트에 돌발현장, 시사토크쇼 X에 딥뉴스까지…… TV만 켜면, 속 시끄러운 얘기들뿐이야. 한국 시청자들이 좀 편하게 즐길 수 있는 예능 프로그램을 늘려야지. 사실 이문도 예능이 가장 많이 남는다면서?"

채차장이라고 불린 남성은 턱선이 살아 있는, 아직은 수컷 냄새를 풍기는 중년이다. 부탁을 하는 듯하면서도 태도는 이례적으로 거만하다. 오랜 세월을 갑으로만 살아온 사람만이 가질 수 있는, 내면화된 습관이다.

"시사 프로그램을 없애면, 방송사 내에서 기자회와 노동조합의 반발이 만만치가 않아요."

"배본부장, 방송 출입하는 우리 회사 애들 통해 알아봤어요. 딥뉴스 없애는 것은 반발이 그리 크지 않을 것이라는 보고야. 피디노트나 다른 시사 프로그램에 비해 역사가 짧아서 사내 지지세력이 약하다는 거야. 게다가 VIP 다니는 교회를 왜 건드려? 청와대 심기가 얼마나 불편한지 내가 전에 얘기했잖아. 내가 아주 죽겠어요. 딥뉴스, 올해 안에 없앱시다. 내가 배본부장 한번 더 영전시켜드린다니까."

'영전'이라는 단어가 나오자, 본부장은 뿔테안경을 추켜올리며 누런 치아를 드러낸다.

"하하, 그러려면 이사회를 움직여야 하는데, 채석규 너, 할 수 있겠어?"

"야, 배석호. 너 나 못 믿냐? 네 경쟁자인 A본부장은 얼마나 독한 줄 알아? 그놈은 이틀 전에 우리 회사 사람 만나서 '기자 피디 한둘쯤은 근거 없이 그냥 해고를 시켜야 군기를 잡을 수 있다'고 했단다. 너 사장 하려면 정신 바짝 차려야 해!"

중앙정보국 간부로 추정되는 채석규 차장은 본부장과 이름을 부르며 말을 놓는 막역한 사이다. 채석규가 와인잔을 들며 건배를 제안하자, 배석호 본부장은 말없이 야릇한 미소를 지으며 잔을 살짝 부딪친다.

"자, 형님들 말씀 대충 마무리되셨으면 애들 불러서 한잔 진하게 하시죠."

마카오 현지 사업가로 추정되는 마흔 전후의 검게 그을린 남성이 수영장의 여성들을 부른다.

J호텔 30층 복층 펜트하우스 정원 아래로 마카오 시내가 한눈에 들어온다. 통유리 수영장은 펜트하우스 투숙객만 사용이 가능하

다. 배타적인 운영이 마케팅 전략이다. 여섯 명만을 위한 수영장 반대쪽에는 라이브 밴드를 위해 마이크 설치가 한창이다. 필리핀 출신으로 보이는 젊은 여성 셋이 테이블에 합류하자, 채차장과 배본 부장의 눈빛에 생기가 돌기 시작한다. 마카오 현지 남성은 지갑에서 꺼낸 달러를 나눠주며 분위기를 띄운다. 건배와 함께 음악이 흐르기 시작한다.

"Wonderful tonight♬"

딥뉴스

여의도 ABC 8층 〈딥뉴스〉 제작실. 굽이쳐 흐르는 한강이 고층 빌딩으로 끊어지며 미완성 퍼즐을 연상시킨다. 〈딥뉴스〉를 총괄하는 오형석 부장이 주재하는 아이템 회의가 시작됐다.

"자, 선수들! 3주 뒤 아이템, 오늘은 확정합시다. 자칫하면 방송 펑크 나게 생겼어."

방송용 테이프 보관함과 편집기를 갖춘 편집부스 세 개가 20평 남짓한 사무실 벽의 절반을 차지하고 있다. 나머지 측면은 작가들의 책상과 책꽂이로 빈틈이 없다. 가운데 놓인 회의용 테이블에 부장과 데스크, 취재기자 네 명이 둘러앉는다. 이번 주와 다음 주 아이템을 취재 중인 기자는 현장에 나가고 없다. 앉은키가 1m는 될 것 같은 덩치가 얘기를 꺼낸다. 10년 차 기자인 조승헌이다. 구릿빛 피부에, 입가의 깊은 주름이 눈길을 끄는 스타일이다.

"유상은 전 대통령의 오사카 부동산 차명 보유 의혹과 사생활 의혹을 다뤄보겠습니다."

등을 돌리고 앉았던 작가들이 일제히 귀를 쫑긋하며 테이블을 처다본다. 이 회의에서 결정되는 아이템은 대외적으로 비밀에 붙여진다. 아이템 회의 결과는 정치권과 권력기관은 물론, 단골손님인 대기업의 홍보팀에게도 최고급 정보에 속한다.

"뭐? 유상은 전 대통령의 부정축재 의혹은 이미 몇 년 전에 검찰에서 수사해서 다 클리어됐는데, 뭘 하겠다는 거야? 계좌 추적도 못하고 압수수색도 할 수 없는 기자들이 검찰의 수사 결과를 뒤집을 수 있을 것 같아?"

오형석 부장이 목에 핏대를 세우며 언성을 높인다. 청와대와 여당을 공격하는, 예민한 아이템을 최대한 피하려는 의도가 내비친다. 오부장이 눈동자를 재빨리 좌우로 굴리며 후배들의 반응을 살핀다. 늘 강자의 편에 기생하는 기회주의적 성향이 여과 없이 드러난다. 조승헌 기자와 함께 열흘 넘게 고생한 최작가가 떫은 감을 씹은 표정이 된다. 조승헌 기자가 예상했다는 듯 준비해둔 다음 멘트를 날린다. 투쟁 성명서라도 발표하듯 결연한 태도다.

"유 전 대통령이 오사카에 수천 평의 땅을 차명으로 보유하고 있고, 이를 한국의 L그룹이 관리해주고 있다는 의혹은 새롭게 제기된 것입니다. 일본의 폭로 전문 주간지도 이 의혹을 캐고 있구요. 의혹을 꾸준히 제기해온 재일교포 서 모 씨 인터뷰가 어렵게 성사됐습니다. 부동산 구입 자금이 주가조작으로 빼돌린 돈일 가능성이 높다는 게 서초동 전문가들의 분석입니다."

오형석이 귀찮다는 듯 말을 끊으며 호통을 친다.

"아~ 그건 됐다니까!"

조승헌이 길게 심호흡을 한 뒤, 보고를 이어간다.

"유 전 대통령의 사생활을 낱낱이 알고 있는 전 수행비서가 카메라 앞에 서기로 했습니다."

"수행비서? 어떤 사생활 의혹이 있다는 건데?"

"유상은은 국회의원 시절, A호텔의 피트니스와 식당을 애용했었죠. 그런데 늦은 밤, 스위트룸 객실을 방문하는 일도 무척 많았다고 합니다. 객실 문 앞까지 수행비서와 함께 가서 공무처럼 보이게 한 뒤, 비서는 돌려보내고 밀회를 즐겼다는 내용입니다. 이미 일부 녹취는 시민단체와 함께 공동으로 확보한 상태입니다."

'시민단체' 얘기가 나오자, 부장이 알레르기 반응을 보이며 역공을 시작한다.

"아~ 됐고. 거기 왜 또 시민단체가 끼어들어? 우리가 뭐 시민단체 대변하는 방송이야? 게다가 스위트룸에서 누구랑 뭘 했는지 알수 없는 거 아냐? 우리가 뭐 허리 아래 얘기하는 옐로우뉴스 전문 방송이야? 집어치워!"

조승헌의 인내심이 한계에 이른다.

"아니, 부장님! 스위트룸에서 만난 사람이 누구인지, L그룹 임원인지 아니면 내연녀인지 취재할 수 있는 절호의 기회 아닙니까? 거물급 국회의원은 대표적인 공인이고, 공인의 사생활은 당연히 언론의 취재 대상이지 않습니까? 왜 후배들이 유상은 이름만 꺼내면, 벌벌 떨면서 찍어 누르려고만 하십니까?"

노회한 부장은 일부러 이성을 잃은 척하며 거칠게 맞대응한다.

"너, 이 새끼 지금 뭐라고 했어? 뭐 벌벌 떨어? 찍어 눌러? 그저 먼저 조지기만 하면 훌륭한 기자냐? 팩트도 없이, 수행비서 나부랭이 한 명 인터뷰와 정황만으로? 때려치워!"

"에잇! 정말 더럽고 치사해서……."

조승헌이 자료를 책상에 내던지며 앉았던 의자를 박차고 나간다. 눈치 보던 최선아 작가도 따라 나간다.

거친 숨을 몰아쉬며 옥상에 도착한 조승헌이 담배를 입에 물며 싸늘하게 한마디 던진다.

"저런 한주먹 거리도 안 되는……."

"조기자, 참으세요. 어디 한두 번이에요. 이성 잃고 화내면 지는 거예요. 나가서 술이나 한잔 마시면서 풀어요."

내뿜은 담배 연기가 북한산 봉우리에 걸린 먹구름 사이로 흩어진다. 먹구름이 빠른 속도로 남쪽으로 흘러내린다. 두 개비째를 다 피울 무렵, 제법 굵은 빗줄기가 떨어지기 시작한다.

"다른 아이템 없어? 이러다 진짜 사고 난다! TV편성부에 3주 뒤에 펑크라고 알려야 된다구."

중국 김치공장 잠입 취재로 상승세를 이어온 이세진이 오른손을 살짝 들었다 내린다.

"3주 뒤에 가능할지 장담은 못합니다만, 큰 반향을 불러일으킬 만한 아이템을 본격적으로 준비할까 합니다. 최근 대권 후보로 떠오르면서 찌라시에 자주 등장하는 조경혜 의원에 대한 아이템을 준비해볼까 합니다. 조의원이 해외에 석연찮은 송금을 해왔다는 정보를 흘린 공무원을 설득하는 데 성공했거든요. 제대로 취재하면 대박 터뜨릴 수 있을 듯합니다."

부장이 마땅치 않다는 표정으로 질문을 던진다.

"야, 이세진! 너 정신 나갔어? 국회의원이 불법정치자금을 받아야 얘기가 되는 거지, 해외로 송금을 한 게 뭐가 문제야? 정치인은 해외로 돈도 못 보내? 아이, 정말!"

열 받은 척하며 담배를 한 개비 꺼내 문다. 작가들의 시선을 의식해 불을 붙이지는 못한다.

부장 옆에 말없이 앉아 있던 데스크 윤동우가 세진에게 오른쪽 눈을 찡긋거린다. 부장이 강력히 반대할 것을 뻔히 알면서도, 일부러 '블러핑' 차원에서 '뻥카' 아이템을 보고한 것이다.

어색한 침묵을 현종민 기자가 깬다. 허리가 긴 배구선수 같은 체형에 오디오가 유난히 차분하다.

"모바일 게임에 침투한 친일 왜색 문화와 일본의 군국주의 움직임을, 민족문제연구소의 친일인명사전 개정 작업과 엮어보면 어떨까요?"

부장이 반대하기 전에 최지웅이 먼저 치고 나온다.

"1948년 출범한 '반민족 행위자 처벌특위' 조사 대상은 7천 명이 넘었습니다. 3년 전에 편찬된 친일인명사전은 친일파 4천여 명의 친일 행적을 수록했습니다. 하지만 수도권을 제외한 지방의 친일파들은 빠진 경우가 많았습니다. 특히 해외에서 친일 행각을 벌인 친일파 인사들은 자금과 조직이 부족해 거의 다루지 못했습니다."

현종민이 바통을 이어받는다.

"요즘 우리 청소년들도 쇼군이나 포어너 같은 군국주의 색채의 일본 게임에 빠져들고 있습니다. 일본 정권은 북한 핵 위험을 악용해 군국주의를 노골화하는 추세구요. 민족문제연구소는 처음 약속대로 친일인명사전 개정 증보판을 위해 자료 수집과 취재를 계속해 왔는데요. 최근 일본과 만주에서 친일 행각을 벌인 친일파 기록이 일부 확보됐답니다. 그중에는 지금은 고인이 된 유명한 대학총장과 정치인의 부모, 조부모도 포함돼 있다고 합니다. 일본 현지 취재를 통해 아직도 돌아오지 못하고 있는 징용자들의 유해를 부각시키면서 달려들어 보겠습니다."

부장이 반응 없이 들으면서 기자와 작가들의 눈치를 살핀다. 앞에서 못하게 한 두 아이템보다 무난하고 별다른 충돌도 없을 것 같다고 판단한다.

"그래? 광복절 다음 주쯤이니 시기도 나쁘지 않겠네. 그런데 시청률이 안 좋을 거야. 긴장감 유지할 수 있게 잘 만들어봐. 현종민은 빨리 일본 항공권 예약해!"

간만에 깔끔하게 면도를 한 윤동우가 하얀 치아를 살짝 드러낸다. 아이템 회의는 매우 중요한 전투다. 의미 있는 아이템을 관철시키기 위해서는 상대적으로 더 강한 아이템을 먼저 설명하는 작전도 필요하다. 앞에서 몇 개 아이템을 킬kill 시키고 나면, 그다음 아이템은 상대적으로 부드럽고 긍정적으로 다가오는 착시현상이 있기 마련이다.

회의에서 벗어난 기자와 작가들이 옥상에 들어선다. 담배를 물자마자 세진의 전화벨이 울린다.

"안선배, 잘 지내셨어요? 문자로 하시지 전화까지 주시고."

한국에서 기자 생활을 정리하고 뉴욕으로 건너가 탐사보도 블로거로 이름을 날리고 있는 안재용 선배다. 온라인은 물론 오프라인에서 결정적인 서류와 데이터를 찾아내는 데이터마이닝 기법의 취재가 탁월하다.

"이세진 씨, 한국은 지방선거 얼마 안 남아서 들썩들썩한다며?"

"늘 그렇듯이 서울시장이 최대 관심이죠. 그나저나 안선배, 나파밸리 와이너리는 진전이 좀 있나요?"

안재용과 이세진은 미국 나파밸리 와이너리의 차명 소유 의혹을 공동 취재 중이다. 재산이 수백만 원뿐이라는 금 전 대통령의 차남이 5천만 달러가 넘는 와이너리를 소유했다는 정황을 조금씩 찾아가고 있었다.

"하하. 아들 금제만이 중요한 서류에 공동으로 서명한 것을 찾아냈지!"

"와~ 역시, 안선배, 대단하세요! 이제 곧 캘리포니아에서 한잔할 수 있겠군요."

세진이 옥상 모퉁이로 자리를 옮기며 오디오 톤을 낮춘다.

"그리구요. 지난번에 말씀드린 조경혜 의원 출산 의혹은 미국 땅에서 꼬리가 좀 잡히나요?"

지난달 출산 의혹에 대해 보안 전제로 취재 지시가 내려지자, 세진은 미국에 있는 안재용에게 공조 취재를 제안했었다.

"여기 뉴욕은 아닌 것 같은데…… LA 쪽에 친한 지인들이 바닥을 훑고는 있어. 하지만 미국이 아니라 유럽으로 보냈을 가능성도 꽤 있거든."

"안선배, 출산 의혹은 아직 단독이니 보안 확실히 하는 거 잊지 마시구요."

안재용의 아들이 사립 명문고등학교에 입학했다는 소식과 덕담으로 통화가 마무리됐다.

매미 울음소리로 잠을 설쳐야 하는 뜨거운 여름이 2주 넘게 이어졌다. 여의도는 고층 빌딩이 우후죽순 들어서며 생태계가 뒤죽박죽된 지 오래다. 힘차게 맴~맴~거리는 참매미 소리는 듣기 어렵다. 맥없이 '쓰르름'거리는 말매미 소리가 소음처럼 낮게 이어진다. 6층 보도본부장실 앞에서 말매미 소리를 압도하는 고함소리가 울려 퍼졌다.

"야! 이거 누구 짓이야!"

산산이 부서진 거울 조각으로 방 입구가 발 디딜 틈이 없다. 너무 크게 소리친 탓인지, 배석호 본부장의 안색이 해장술을 한 듯 불그스름하다. 간밤에 누군가 본부장실에 배치된 전신 거울을 깨버린 것이다. 보도운영부 직원이 잰걸음으로 서둘러 온다.

"아이고~ 지난겨울에도 그러더니, 또…… CCTV 바로 확인하겠습니다!"

보도본부장과 보도국장의 부당한 결정과 지시에 저항하는 ABC 기자들만의 독특한 전통이다. 부족한 정의감을 술기운으로 채운, B급 상무 정신이라는 분석이 우세하다.

여덟 시간 전인 자정 무렵, 6층 보도국 사무실에 두 사람이 나타났다. 불 꺼진 사무실에서 본부장실에 접근하는 발걸음이 익숙하다. 너무 캄캄해서 누구인지 알아볼 수 없다. 야근 중인 경비원의 발자국 소리가 복도 쪽에서 들려온다. 두 사람이 재빨리 책상 아래로 몸을 숨긴다. 발걸음이 사라지자 본부장실로 들어간다. 전신 거울을 들어 올리는 두 사람의 키 차이가 10cm는 넘어 보인다. 둘은 최대한 먼 곳으로 거울을 집어 던진다.

"쨍그랑! 와장창!"

실루엣만 보이는 두 사람이 들어왔던 것과 반대 동선으로 움직인다. 어둠 속에서 책상 모서리에 허벅지 바깥쪽을 부딪친다.

"으~윽."

외마디 신음이 나오지만, 마침내 CCTV에서 사라진다. 경비원이 급히 사무실로 뛰어 들어온다. 불을 켜지만 아무도 보이지 않는다. 본부장실 안쪽은 살펴보지 않는다. 경비원이 돌아서서 인기척이 나는 복도 쪽으로 달려 나간다.

"조경혜 의원의 할아버지는 1940년대 연변과 대련 등에서 일본의 밀정 노릇을 한 것으로 드러났습니다. 민족문제연구소는 조경혜의 조부인 조두현이 1943년 독립군의 근거지를 찾아내 공을 세웠다는 자료를 확보했다고 밝혔습니다. 이 자료는 1943~1944년 밀정들의 공적을 월별로 기록한 일본 경시청의 공문서라고 민족문제연구소 관계자는 설명했습니다. 또 일장기 앞에서 기모노를 입은 조부 조두현이 아들 조종수를 안고 있는 사진도 공개했습니다."

현종민 기자의 낭랑한 오디오가 전파를 탄 것은 하루 전이었다. 오형석 부장은 방송 내용을 문승후로부터 보고받고 낯빛이 하얗게 질렸다. 막판에 바뀐 기사를 스크린하지 못한 게 패착이었다.

전화벨이 울렸다. 배석호 본부장이다.

"야, 오형석! 너 뭐 하는 새끼야? 조경혜 의원 조부 친일 행적을 그대로 방송해?"

"본부장님 송구합니다. 막판에 바뀐 기사 일부분을 살짝 놓쳤습니다. 본부장님이 저녁 약속 같이 가자고 하셔서 그만……."

"시끄러워! 여당 내 조경혜의 위상에 대해 내가 그렇게 강조했는데, 어! 개소리 다 필요 없고, 편성본부장한테 얘기할 테니, 담당부장 만나서 바로 편성에서 빼버려!"

"편성에서 빼라구요?"

"그래. 최대한 빨리 이달 안에 폐지하는 거야. 안 그러면 너랑 나랑 다 끝장이야. 알아들어?"

민족문제연구소의 친일인명사전 개정 작업에서 드러난 조경혜 의원 조부의 친일 행적을 현종민 기자가 특종 보도한 것이다. 공영방송의 인사권은 청와대와 집권 여당이 사실상 좌지우지할 수 있다. 그런 현실에서 인사권자의 뜻을 거슬러 비판적인 보도를 하는 것은 쉬운 일이 아니다. 현실보다 진실을 택했다면, 정권의 성향에 따라서는 그에 상응하는 희생을 감수해야 한다.

현종민은 의도적으로 오형석 부장이 퇴근한 직후, 조경혜 부분을 송고했다. 미리 송고한다면 부장이 빼자고 난리칠 게 뻔했기 때문이다. 방송을 지켜본 여당의 압박이 극에 달하자 대통령 선거캠프 출신인 새 사장은 서둘러 프로그램의 폐지를 결심했다. 임명에 대한 감사의 뜻으로, 눈엣가시 같은 〈딥뉴스〉를 없애 '한 접시 갖다

바치자'고 입장을 정리한 것이다.

다음 날 오전 태평로 프레스센터. 현종민 기자와 최선아 작가가 나란히 앉아 있다. 최작가는 보통 키에 보조개가 매력적이다. 여느 작가처럼 과로와 운동 부족으로 살짝 살집이 오른 편이다. 방송기자연합회 '이달의 기자상' 수상식이다. 두 달 전, 함께 집중 취재한 '보험의 두 얼굴' 아이템으로 '이달의 기자상'을 받는 자리다. 상을 받으러 온 타사 기자가 축하 인사를 건넨 뒤, 현종민에게 물었다.

"우리 정보 보고 올라왔는데, ABC 새 사장이 딥뉴스 폐지하라고 지시했다는데, 들었어?"

"아니, 금시초문인데. 가장 피하고 싶었던 시나리오가 현실이 된 듯하네."

"너희 딥뉴스, 이번에는 여당 대권 후보 조부의 친일 행각 파헤쳤다며? 지난가을에는 대통령 다니던 교회 세금 탈루 고발하고…… 별렀던 모양이네."

최작가가 한숨을 내쉬며 말을 받는다.

"시사 프로그램이 그래야 하는 것 아닌가요? 권력 감시는 언론의 기본 역할이잖아요. 요즘 딥뉴스는 방송하는 아이템마다 기자협회와 방송기자연합회 상을 휩쓸고 있어요. 전문가들로부터 탐사 보도 능력을 인정받는 거죠. 시청률과 시청자 반응도 다 좋은데……."

최작가는 3년의 새끼작가 수련 기간을 거쳐 〈딥뉴스〉에서 처음 메인 작가로 데뷔했다. 당당하게 발언하던 그녀의 눈가에 이슬이 맺힌다. 그녀의 속눈썹이 오늘따라 유난히 길어 보인다. 바라보던 현종민의 눈시울도 붉어진다. 현기자는 정신을 가다듬고 휴대폰을 집어 든다.

"윤선배, 딥뉴스 폐지 방침을 확정했다는 타사 정보 보고 들으셨어요?"

"뭐라구? 아, 이런……"

작열하는 태양과 바닥의 복사열이 더해져, 옥상의 체감온도는 40도에 육박한다. 흡연자도 한 사람뿐이다. 담배 연기를 천천히 내뿜은 윤동우는 세진에게 '올라오라'는 문자를 보낸다.

"이세진 씨, 안재용 블로거랑 조경혜 출산 의혹 취재 비밀리에 계속 진행 중이죠?"

사안의 중대성을 강조하려고 일부러 존댓말을 사용한 것이다.

"윤선배, 왜 갑자기 존대를 하고 그러세요. 그냥 하던 대로 하시죠."

"내 말 잘 들어. LA 한인방송국에서 일하는 지인이 준 정보야. 조경혜의 딸로 추정되는 젊은 여성이 LA 근처에서 살고 있다네. 어디까지나 추정이지만 말야. 법무부 출입국관리소에도 살펴보라는 지시가 내려졌다는데, 비행기록으로는 아직 확인이 안 되는 모양이야. 안재용이랑 공조해서 이거 제대로 취재해봐!"

윤동우의 눈빛이 평소와 달리 전투에 나서는 저격수처럼 강렬하다. 세진은 오히려 담담하게 던져본다.

"취재해도 방송 나갈 수 있겠어요?"

"지금 방송 여부가 문제가 아니야. 새 사장이 딥뉴스 폐지 방침을 정했다는 정보 보고가 다른 방송사에 올라왔대. 시간이 별로 없어. 서둘러 취재해서 보고해줘. 저녁에 비밀대책회의 열 거야."

옥상에 홀로 남은 세진은 〈딥뉴스〉 폐지가 결정됐다는 얘기에 뒤통수를 둔기에 얻어맞은 것처럼 멍해진다. 한동안 담배 연기를 내뿜다가 미국 동부 시간을 확인한다.

"안선배, 통화 가능하세요?"

"이세진 선수, 발차기 잘하던데! 모바일로 제법 회자되더라구."

맨해튼을 지나는 낡은 지하철 소리가 요란하다. 잠시 통화가 중단된다.

"조경혜 의원 출산 의혹 관련 정보 때문에 전화 드렸어요. LA한 인방송국 관계자 얘긴데요. 딸로 추정되는 20대 여성이 LA 근처에 살고 있다네요. 윤동우 선배 얘기예요. 윤선배 아시죠?"

"그럼, 전에 총리실 같이 출입했었지. 잘 계시나? 윤선배가 허튼소리 할 양반도 아니고……. 나도 그 방송국에 옛 동료가 있으니 일단 서둘러 확인하고 연락 줄게."

"그런데 법무부 출입국 기록에는 안 나타나는 모양이에요."

"그럴 가능성이 높지. 출산 의혹이 사실이라면 오래전에 내보냈을 가능성이 높으니까. 애 아빠가 누구일지 정말 궁금해."

"차차 밝혀내야죠. 안선배, 저 두 시간 뒤에는 보고해야 해요. 잘 부탁드려요!"

"오케이."

오프더레코드

오후 6시, 방송사 뒤 상가 건물 지하 카페에 손님들이 하나둘 들어온다. 흘린 술에 찌든 소파의 악취와 싸구려 방향제가 섞인 퀴퀴한 냄새가 진동한다. 두 개의 방과 네 개의 테이블이 있는 단촐한 카페다. 〈딥뉴스〉 기자들이 방에 자리를 잡는다. 다음 주 아이템을 취재 중인 문승후에게는 모임을 알리지 않았다. 최지웅이 술이 아니라 커피를 주문하자, 카페 사장이 뜻밖이라는 표정을 지으며 분위기를 살핀다. 사장이 나가자 고개를 숙이고 있던 윤동우 차장이 입을 연다.

"새 사장이 딥뉴스를 없애기로 결정한 모양이야. 타사 정보 보고에 올라왔구…… 판을 뒤집을 수 있는, 폐지 결정이 특종 보도를 덮으려는 음모라고 주장할 수 있을 만한 강력한 아이템이 필요해."

아무도 말이 없다. 최지웅이 긴장한 듯 한 손으로 볼펜을 돌리다가 나지막하게 얘기를 시작한다.

"조경혜 의원 조부의 친일 행각을 특종 보도한 직후에 폐지 결정이 내려진 거죠. 재집권을 위해서는 조의원이 그만큼 소중한 존재라는 방증이겠죠. 3선 의원인 그녀를 서울시장으로 만든 뒤, 다음 대선을 준비한다는 시나리오는 이미 몇몇 언론에 보도되기도 했으니까. 외가는 굴지의 재벌, 친가는 중앙정보국과 검찰 인맥이 즐비한 집안이니, 누가 건드리겠어요?"

최지웅의 말이 잠시 끊어지자, 다혜가 경쾌하게 끊고 들어온다.

"파랑새에서도 P의원과 법조인이 조경혜 의원의 출산 의혹을 언급했다는 거 보고드렸었죠. 윤선배가 비밀 취재 지시하셨었구요. 출산 의혹은 폭발력 있는 아이템에는 틀림없어요."

윤동우가 말을 이어받는다.

"조의원은 국방위원회 상임위 활동을 많이 하면서, 외가 쪽 방위산업체에 눈에 보이지 않는 혜택을 많이 챙겨줬다는 주장도 나와. 물론 드러난 물증은 아직 없지. 출산과 방위산업체 비호 의혹을 함께 묶을 수 있다면 금상첨화겠지……. 현재로서는 꿈같은 얘기지만 말이야. 먼저 이세진 보고 들어보자."

세진이 취재수첩을 펼치면서 굳게 다물었던 입술을 뗀다.

"윤선배와 뉴욕의 안재용 블로거 취재 결과를 종합한 내용입니다. LA 근처 오렌지카운티에 조의원의 딸로 추정되는 20대 여성이 살고 있다고 합니다. 법적인 어머니는 재미교포구요. 아버지는 백인이랍니다. 좀 더 구체적인 것은 공조 취재로 파악하기로 했습니다."

최지웅이 질문을 던진다.

"지난번 아이템 회의 때, 조의원의 해외 송금 의혹 언급했었지. 그것도 취재할 수 있겠어?"

"안 그래도 말씀드리려고 했습니다. 조경혜의 해외 송금 의혹에 대해 알고 있는 전 금융분석원장이 과천구치소에 수감 중입니다. 억울한 수뢰 혐의를 쓴 것으로 보이는데요. 면회를 통해서는 정보를 얻기가 어려울 것 같습니다. 그래서 말씀인데요……"

옆방에 들어온 손님들의 건배사가 요란하다. 증시가 큰 폭으로 오르자 여의도 증권사 직원들이 회식을 하는 듯 보인다. 칸막이뿐인 방은 전혀 방음이 되지 않는다. 이세진은 보안을 위해 수첩에 펜으로 계획을 설명하기 시작한다. 추위를 피하는 남극의 펭귄들처럼 머리를 맞대고 수첩에 집중한다. 윤동우의 표정이 점차 밝아진다. 잠시 후 카페 사장이 병맥주와 12년산 양주를 마른안주와 함께 들여왔다. 간만에 들어간 양주폭탄주가 소주폭탄주에 익숙한 위장을 놀라게 한 듯, 화장실 출입이 잦아진다. 이세진은 첫 잔만 비우고 카페를 빠져나간다.

거리의 취객들도 뜸해진 새벽 1시. 의왕시 포일동의 높은 담벼락 위로 갈매기 한 마리가 빠르게 움직인다. 부리가 희미하게 빛나는 갈매기의 날갯짓이 어딘지 어색해 보인다. 우뚝 선 동쪽 초소의 서치라이트가 갈매기를 스쳐 지나간다. 그러나 소총을 들고 있는 경계병들은 불빛이 나는 갈매기를 인지하지 못한다. 갈매기는 서치라이트 불빛 사각지대로 방향을 바꾼다. 북쪽과 서쪽 초소 사이의 담벼락에 접근했던 갈매기는 높이 날아올라 남쪽으로 향한다. 몇 초 뒤 담벼락 아래로 '투둑' 소리와 함께 두 개의 물건이 떨어진다. 새벽 5시쯤 동이 터올 때까지 갈매기는 담벼락 주변에 나타났다 사라지기를 반복했다.

짙은 먹구름 사이로 햇빛이 쏟아지고, 축구장 절반 크기의 운동장에 사람들이 몰려나온다. 서쪽 문에서 나온 건장한 체격의 남자 네 명이 유난히 빠른 걸음으로 북쪽 담으로 향한다. 담벼락 아래에는 운동장 흙처럼 갈색으로 포장된 십여 개의 물건이 떨어져 있다. 오른쪽 가슴에 2628이란 번호가 붙은 날씬한 사내가 재빠르게 집어 내용물을 확인한다. 담배 여섯 갑과 그것보다 길쭉한 육면체가 눈에 들어온다.

"물건 맞는 것 같아. 서두르자."

네 명 모두 초소 쪽을 흘깃흘깃 쳐다보며 허리굽혀펴기 체조를 하듯 자연스레 윗옷에 물건들을 쑤셔 넣는다.

담벼락이 내려다보이는 운동장 건너편 야산 꼭대기에 두 명의 사내가 서서 이 광경을 지켜본다. 스포츠용 마스크로 얼굴을 가린 채 산악자전거 안장에 엉덩이를 얹고 있다. 잠시 후 차임벨 소리와 함께 운동장에서 사람들이 사라진다. 왼쪽의 노란색 마스크가 오른손에 들었던 카메라를 내려놓자, 파란색 마스크가 묻는다.

"당기니까 뭔지 식별이 돼?"

"담배는 확실해 보이는데, 옆에 있는 게 뭔지는 안 보여. 어차피 들어가 작업해야지."

같은 날 낮 12시. 서울 서초동의 한 레스토랑. 각진 금테안경에 유난히 갸름한 귀족풍의 50대 남성이 예약한 방으로 들어섰다.

"장관님, 안녕하십니까? ABC 윤동웁니다."

"윤차장, 정말 오랜만이네요. 건강하셨죠?"

대검찰청 출입기자 출신인 윤동우가 후배 기자들과 함께 약속한 법무부장관과의 점심 자리이다. 장관의 한 걸음 뒤에는 동행한 교정국장이 서 있다. 알이 큰 무테안경에 앞 단추가 터질 듯한 양복이 눈길을 끈다. 이마와 눈가의 깊은 주름은 장관보다 나이가 더 들어 보인다. 교정국장이 환하게 웃으며 명함을 건넨다.

"김다혜 기자님, 텐프로 위장 잠입 취재하신 거 잘 봤습니다. 위험한 일을…… 대단하십니다."

다혜를 뒤늦게 알아본 장관도 한 자락 거든다.

"직접 보니 정말 미인이시군요. 취재력에 미모까지…… 웬만한 남자들은 명함 못 내밀겠네요."

말없이 지켜보던 세진이 교정국장에게 장난스레 고압적인 태도로 입을 연다.

"국장님, 제 덕분에 좋은 자리 오셨으면 따로 불러서 소주 한잔 사셔야 하는 거 아닙니까?"

교정국장은 전국의 교도소와 구치소 행정을 총괄하는 자리다. 검사장 자리 중에서도 괜찮은 편이다. 검사 옷을 벗고 변호사 생활을 할 때도 교정국장 경험은 의뢰인들에게 적지 않은 혜택을 제공할 수 있다. 지난달 영등포구치소 폭행치사 사건이 터지고, 구치소장과 교정국장이 물러났다. 후임 인사가 이뤄졌고, 대구고검에서 물먹고 있던 김준표 검사장이 어부지리로 후임 교정국장이 된 것이다. 이세진은 그때 일을 언급한 것이다.

교정국장과 세진의 대화를 지켜보던 장관이 질문을 던진다.

"아~ 이세진 기자, 나도 휘청했잖아요. 도대체 어떻게 관을 깰 생각까지 한 거예요?"

세진이 장관을 쳐다보며 말했다.

"망자의 부인이 너무 서글피 울더군요. 짧은 인터뷰라도 하려고 기다렸죠. 장관님도 아시다시피 방송기자 야근은 잠을 1분도 못 자는 경우도 있거든요. 처절한 노동착취의 현장이죠. 기절할 정도로 졸음이 몰려와서 인터뷰 포기하고 가려고 했죠. 그런데 그 부인이 느닷없이 태도를 바꿔 '남편이 얻어맞아 죽었다'면서 도와달라고 하는 거예요. 그때 시간이 새벽 3시쯤이었어요. 눈꺼풀이 가장 무겁게 느껴지는 시간이죠. 폭행당했다는 얘기를 면회 때 들었다는 거예요."

걱정스러운 표정으로 듣고 있던 교정국장이 끼어든다.

"아이고~ 어찌 그런 일이……. 면회에서 폭행당했다는 얘기를 했다면, 교도관도 들었을 텐데……."

장관과 교정국장이 집중해서 듣자 세진의 멘트에 힘이 더해진다.

"그랬어야 맞겠죠. 말씀을 이어가면요. 저는 잠시 망설이다가 '그럼 관을 깨서 카메라 돌려볼까요?' 하고 물었죠. 그러면 물러설 거라고 생각했었죠. 그런데 부인이 관을 열자고 하는 거예요. 카메라 기자 얼굴이 울상이 됐지만, 독하게 열어보기로 했죠. 관을 깨다시피 해서 열었더니, 피멍 자국이 망자의 등을 중심으로 수십 군데가 있더라구요. 그 아주머니 한이 좀 풀렸으면 좋겠는데…… 한데 구치소장과 교정국장이 날아가니 미안한 마음도 들더라구요. 아이고, 너무 길었죠. 시장하실 텐데 어서 드시죠."

잠시 후 티본스테이크와 프랑스산 와인이 테이블에 놓여졌다. 전

날 밤늦게까지 소주를 마셔서 국물이 필요했지만, 야채수프가 어느 정도 대체재 역할을 해냈다.

"나는 이 피노누아가 떫지도 않고 혀에 감기더라구"

장관이 와인 품평을 하며 김다혜 기자의 빈 잔을 채웠다. 식사가 마무리 단계에 들어가자, 윤동우 차장이 본론을 꺼냈다.

"장관님, 국장님. 진지하게 드릴 말씀이 있습니다. 자칫하면 이번에는 과천구치소장이 옷을 벗을 일이 생겼습니다. 이세진 기자가 특종을 잡았습니다. 수감자들이 드론으로 담배와 술, 마약을 받아 숨기는 장면이 카메라에 담겼습니다. 야간에 드론이 물건을 떨어뜨리면, 아침 운동 시간이 시작되자마자 커넥션이 있는 수감자들이 챙기는 수법입니다. 물론 구치소 안에서는 적잖은 돈을 받고 거래가 이뤄지고요. 수감자들이 술과 담배 그리고 마약에까지 노출된 거죠"

낯빛이 하얗게 질린 장관이 서둘러 말을 끊으며 선처를 호소한다.

"윤차장, 아니 왜 이러시나? 영등포소장 자른 지 얼마나 됐다고…… 날 죽일 셈인가?"

윤동우 차장이 잠시 장관과 교정국장의 눈을 말없이 응시한다. 그러다 결심한 듯 내뱉는다.

"아직까지 교도관들이 드론과 연루됐을 가능성은 발견되지 않았습니다. 장관님, 서로 윈윈하는 방법을 찾아보시는 게 어떤지요?"

서울에 올라오자마자 옷을 벗을 위기에 놓인 교정국장이 다급하게 치고 들어온다.

"무엇이든 협조를 할 테니, 생산적인 방향으로 해봅시다. 박봉에 시달리는 교정공무원들 사기도 있고, 계속 고발만 하면 국익에 도움이 안 되잖아요. 대책 마련도 중요하니까……"

장관도 고개를 끄덕이며 동의한다는 뜻을 내비친다. 윤동우가 옆에 앉은 세진을 바라보자, 세진이 의자를 앞으로 당겨 앉으며 준비한 취재 계획을 설명한다.

"지난달에도 두 분이나 옷을 벗겼는데, 또 그렇게 하고야 싶겠습니까? 저도 인간인데요. 이렇게 하시면 어떨까요? 제가 다음 주에 과천구치소에 수감자로 잠입해서 몰래카메라로 취재할 수 있게 해주십시오. 드론으로 들어온 술과 담배가 어떻게 유통되는지 그리고 어떤 놈들이 누구랑 그 짓을 하는지 밝혀내겠습니다. 어차피 교도관들이 파악하기는 어려운 일이니까요. 그리고 교정당국과 제보를 받은 딥뉴스가 공동으로 파헤친 것으로 보도자료를 내시죠. 물론 보도자료를 내는 시점은 딥뉴스 정규 방송시간 직전입니다. 어떠십니까?"

윤동우 차장이 마무리 수를 넣는다.

"제안을 거절하신다면, 저희는 제보자와의 약속을 지킬 수밖에 없습니다. 하는 수 없이 '드론에 뚫린 과천구치소'라는 제목으로 현장 동영상과 함께 이번 주 방송이 불가피합니다."

와인잔을 만지작거리던 장관이 고개를 들어 교정국장과 시선을 맞춘다.

"어이, 교정국장, 말썽 없이 취재 협조를 잘 해드릴 수 있겠어요?

다른 언론사 기자분들이 형평성 문제를 들고 나오면 문제가 커질 수도 있어요. 그 대책까지 포함해서 잘 진행하는 방안을 마련해보세요."

분위기를 파악한 다혜가 민첩하게 끼어들어 상황을 정리한다.

"장관님, 국장님. 더 잘 아시겠지만 오늘 점심의 대화는 모두 오프더레코드입니다. 여기 있는 다섯 명 외에는 아무도 알아서는 안 된다는 말씀이죠. 모두 동의하시나요?"

오프더레코드off the record는 '기록에 남기지 않는 비공식 발언'이라는 뜻이지만, 특정 시점까지 보도를 하지 않거나 비밀을 서로 지킨다는 의미로 통용된다. 장관이 비밀 유지에 합의한다는 뜻으로 와인잔을 높이 치켜든다.

"딥뉴스와 법무부의 영원한 발전을 위하여!"

비밀 작전

　며칠 후 서울중앙지방 법원. 법정에서 구속된 평상복 차림의 피고인들이 호송버스에 오르는 중에 낯익은 얼굴이 끼어 있다. 이세진 기자다. 며칠 전 만났던 교정국장은 세진에게 머리 회전이 빠른 교도관 한 명을 붙여주었다. 15년 차인 한명관 교위는 둥그스름한 얼굴형에, 택견으로 다져진 상체 근육이 제복을 작아 보이게 했다. 세진을 태운 버스가 과천구치소에 도착한다. 한교위의 안내로 피고인들은 복도를 따라 신체검사실로 들어간다. 다섯 명의 교도관과 두 명의 간호사. 피고인들은 다섯 명씩 한 개 조로 편성되어, 먼저 문진표를 작성한다.

　"속옷까지 모두 탈의한다. 실시!"

　일부가 머뭇거린다. 해병대 훈련소 조교를 연상시키는 복장에, 긴 모자를 쓴 교도관이 정제된 오디오 톤으로 싸늘하게 소리친다.

　"야! 여기가 놀이터인 줄 알아? 군대 훈련소보다 더 센 데가 여기야. 한번 맛 좀 볼래?"

　순식간에 피고인들 모두 완전한 알몸이 된다.

"항문 검사, 실시! 모두 쭈그려 앉아!"

교도관들을 바라보고, 배변할 때의 자세처럼 쭈그려 앉는다. 금방이라도 내려칠 듯한 교도관의 눈빛에, 열외자는 한 명도 없다. 누가 가르쳐준 것도 아닌데, 모두 두 손으로는 성기를 가린다.

"뒤로 돌아! 항문 검사 실시!"

교도관들을 뒤로하고 엉거주춤한 자세로 선 채, 엉덩이를 살짝 벌렸다가 놓는다. 세진은 인간적인 모욕감을 느꼈지만, 군말 없이 따라 했다.

'구치소에 수감됐던 전직 대통령이나 재벌 총수도 이 항문 검사를 했을까?'

세진은 문득 그런 생각을 했다. 법률전문지 선배 기자가 포장마차에서 하던 얘기가 떠오른다.

'구치소 수감자는 사람 취급을 받는 게 아니야. 자원이나 물건으로 취급당하는 거지. 어찌 보면 번호로 불리는 군훈련소의 훈련병과 비슷한 측면이 있지. 형이 확정된 죄수가 교도소에서 나올 수 있는 것은 원칙적으로는 세 가지뿐이야. 만기 출소, 탈옥, 그리고 사망.'

기립 자세로 앞뒤를 촬영하고, 문신이 있는 사람은 잡범방으로 따로 분류된다. 새내기 수감자들은 범죄 혐의에 따라 마약사범방과 잡범방, 경제사범방과 공무원방으로 분류된다. 세진이 미리 취재한 바에 따르면, 영화마다 등장하는 감방 신고식 집단 폭행은 잡범방에만 일부 남아 있을 뿐이다. 다른 감방에서는 신고식 폭행이

거의 사라졌다고 했다. 항문 성폭행 역시 매우 이례적인 일이라는 게 최근에 출소한 취재원의 전언이다. 더러 발생하는 경우는 쌍방 합의하에 돈을 주고받으며 진행되는 게 일반적이라고 했다.

새내기 수감자들은 일주일 정도 임시방에 배정된다. 임시방 생활을 거쳐 자신이 거주할 방으로 정식 배치된다. 임시방에는 봉사원이라고 불리는 고참 수감자가 한 명씩 배치되는데, 구치소 내에서는 '꽃보직'에 속한다. 신참들 사이에서 어른 행세를 할 수 있기 때문이다. 주로 의사나 공무원 등 화이트칼라들에게 봉사원의 기회가 주어진다.

세진은 경제사범으로 보이는, 비교적 인상이 덜 험악한 수감자들과 임시방에 배치됐다. 계란형의 얼굴에 부드러운 미소를 띤 교수 같은 느낌의 봉사원이 수감자들을 맞이한다.

"환영한다고 말하기는 어렵지만, 여기도 사람이 사는 곳이에요. 나는 뇌물 혐의를 받고 들어왔지만, 조만간 무죄를 입증해 나갈 거라고 믿는 구자철이라고 합니다."

구자철은 지방 명문 K고와 서울 상대를 거쳐, 행정고시를 수석 합격한 수재다. 기획재정부와 금융위원회를 거쳐, 차관급인 금융정보분석원(FIU) 원장을 지냈다. FIU는 천만 원 이상의 현금 흐름을 추적해 비자금과 자금 세탁을 잡아내는 최고의 금융정보기관이다. 세진이 금융감독원을 출입할 때, 자주 자문을 구하던 금융전문가다.

"아니, 원장님! 여기 계셨네요! 건강은 괜찮으세요?"

"아니, 이기자. 어쩐 일이야?"

세진은 봉사원으로 구자철 전 FIU 원장을 배정해달라는 메시지를 교정국장에게 미리 넣어두었다. 하지만 티 나지 않게, 매우 반갑게 악수를 한다.

"원장님, 벌써 1년 가까이…… 고생 많으시죠?"

"여기서 술 담배 안 하니까 건강은 좋아지는 것 같아. 단지 내 알리바이와 무죄를 입증해야 하는데, 이 안에 갇혀 있으니까 답답해서 미치는 거지."

장관을 꿈꾸며 선비처럼 살아온 그가 4천만 원을 받은 혐의로 구속된 것은 지난가을이었다. 고등학교 선배인 B저축은행 부회장이 다른 은행을 인수하는 데 편의를 봐달라며 건넨 돈을 받았다는 것이 혐의였다. 고위 경제 관료들은 은퇴 뒤에 일반인들이 상상하기 힘든 천문학적인 액수의 연봉을 받는 게 일반적이다. 잘나가는 FIU 원장이 4천만 원에 인생을 건다는 것은 이 바닥에서는 설득력이 약했다.

구자철 원장은 성품이 온화한 데다, 적잖은 주량과 친화력으로 출입기자들 사이에서 인기가 많았다. 그가 구속되자 '낡은 지역주의의 희생양'이라는 분석이 기자들 사이에서 제기되기도 했다.

"선고 공판은 언제예요?"

"1심에서는 유죄가 나왔어. 두 달 정도 남은 2심에 마지막 한 방울까지 모두 쏟아야 하는 상황이야. 정말 절벽 끝에 내몰린 심정이야. 이기자, 내가 그깟 4천만 원에 그런 멍청한 선택을 할 사람 같아?"

"물론 아니죠, 원장님. 밖에 있는 분들 모두 억울한 옥살이라고 생각하고 있어요. 2심에서 꼭 뒤집으실 거라고 믿습니다. 그리구요, 원장님!"

세진이 바싹 다가앉으며 귓속말을 건넨다.

"저는 억울한 혐의가 거의 다 벗겨졌답니다. 이삼 일 안에 나갈 거예요. 그러니 제가 도울 일 있으면 자세히 말씀 주세요."

"이기자 바람대로 바로 나가면 좋으련만…… 검찰이 내가 집 앞에서 돈을 받았다고 주장하는 그날에, 나는 카페에서 술을 마시고 있었어요. 그 사실을 입증할 확실한 물증이 필요해요. 나 좀 살려 주시게."

"알겠습니다. 나가는 대로 그 카페 찾아가볼게요. 지금도 영업하나요?"

"아마 그럴 거예요. 꼭 좀 부탁해."

구원장이 이세진의 두 손을 힘껏 잡는다. 두 사람이 나누는 대화를 다른 신참 수감자들도 귀를 쫑긋하고 듣는다. 경제 관료와 기자 출신이라는 것도 파악한 눈치다. 세진이 귀엣말로 속삭인다.

"저도 부탁드릴 게 있어요. 내일 말씀드릴게요."

봉사원인 구자철 전 원장이 짧은 자기소개를 유도하며 인사를 나눈다. 세진은 본인의 기사가 주가 시세 조작과 연관됐다는 혐의를 받고 있다고 둘러댔다.

구자철은 다음 날 아침 점호 방법과 운동 시간, 식사 방법 등에 대해 설명했다. 필요한 생활 정보가 마무리될 즈음, 어울리지 않게 보조개가 들어간 통통한 남성이 질문을 던진다. 고객 돈을 가로챈 혐의를 받고 있는 증권사 출신이다.

"지난주 들어온 정치인이 감방이 아니라 교도관 당직실에서 잤다는데, 그게 진짭니까?"

"글쎄, 나두 본 게 아니라 들은 얘기라서……. 여기도 다 사람 사는 곳이니까 편법과 특혜, 차별 대우는 조금씩 있다고 봐야 하지 않겠어요."

말이 채 끝나기 전에 스피커에서 '법을 지키자'는 노래 가사가 흘러나왔다. 법무부의 푸르미 유선방송이다. 준법정신을 강조한 그 노래를 들으며 전국 50여 개 교정 시설의 여느 수감자들처럼 이세진도 눈을 감았다. 부드러우면서도 타협하지 않을 듯한, 다혜의 새침한 표정이 떠올랐다.

'파랑새에 잠입한 다혜의 심정도 지금의 나랑 비슷했을까?'

감방에서 아침 점호와 식사를 마친 뒤, 운동 시간이 시작된다. 세진은 팔 깁스에 장착된 몰래카메라의 렌즈 방향을 확인한 뒤, 녹화 버튼을 눌렀다. 답답했던 수감자들은 문이 열리자 빠르게 운동장으로 진입한다. 북서쪽 담벼락으로 급히 걸어가는 수감자들의 모습이 보인다. 세진도 조깅을 하듯 같은 방향으로 달려간다. 간밤에 갈매기 모양의 드론이 떨어뜨린 누런색 물건은 운동장의 황토색과 흡사하다. 거의 보호색 수준이다. 스트레칭을 하듯 허리를 굽혔다 펴며 물건을 속옷에 넣는 모습이 눈에 들어온다. 날씬한 몸매의 수인번호 2628이 나머지 세 명을 데리고, 운동장 옆 채소밭으로 향한다.

채소밭에 다다르자 패거리들이 두세 배로 늘어난다. 축구에서 직접 프리킥을 막는 수비수들처럼 옆구리를 맞대고 은폐를 시도한다. 덩치 큰 대머리가 포장을 뜯으니 팩소주와 담배 여섯 갑이 나타난다. 대머리는 담배를 주변 수감자들에게 나눠주고, 두 명에게는 작은 물건을 넘겨받는다. 포장지와 작은 물건은 대머리 옆에 있는 장애인용 휠체어 사이에 구겨 넣는다. 운동 시간 뒤 감방에 돌아갈 때는 신체검사를 하지 않는다. 그 허점을 악용해 술과 담배를 반입하는 것이다.

대머리의 팔과 목에는 문신이 없다. 법률전문지 기자 선배가 말한 대머리 조폭 '아파치'와 생김새가 비슷하다. 그에 따르면, 대머리는 수감 중인 Y그룹 한재환 회장의 보디가드다. 횡령과 탈세 혐의로 구속된 한회장은 검찰 출두부터 휠체어를 이용해 주목을 받았다.

세진은 너무 눈에 띌까 걱정하며 야산 방향을 응시한다. 대신 요가를 하듯 몰카가 달린 왼팔만 그들 쪽으로 향한다. 잠시 후, 담배 연기 비슷한 냄새가 퍼지기 시작했다. 드론으로 밀반입한 담배를 피우기 시작한 것이다.

세진은 채소밭의 반대쪽으로 돌아가서 몰카의 각도를 바꿔본다. 채소밭 끝에는 수감자들이 거의 없다. 난데없이 야무진 욕설이 터져 나온다.

"야! 거기 어리버리 쉐이, 이리 튀어와!"

순간 등골이 오싹하면서 머리카락이 '쭈뼛' 서는 느낌이 밀려온다. 새로 들어온 신참 티를 팍팍 내면서 위기를 극복해야 할 순간이다.

"아, 저 말입니까?"

최대한 군대 훈련병 같은 말투로 받아쳤다.

"그래, 너 말야. 이 새끼야!"

욕설의 주인공은 바로 대머리, 그 아파치다. 이세진은 바짝 얼어버린 얼치기가 관등성명을 붙이듯 수인번호를 외쳐본다.

"예, 4280번!"

"하하하. 여기가 군대냐? 이런 병신. 크크크."

여기저기서 비웃음이 튀어나온다. 그러자 휠체어에 앉아 있는 금테안경이 말없이 손을 들어 제지한다. 조용히 하라는 뜻인 듯, 다들 입을 다문다. 자세히 보니, 뉴스에서 본 Y그룹 한재환 회장이다. 한회장이 피우던 담배를 대머리에게 넘기자, 다른 수감자가 휠체어를 운동장 방향으로 밀기 시작한다. 한회장이 병보석을 신청했다는 기사가 문득 떠올랐다. 다른 녀석들과는 달리 대머리는 쉽게 놓아주지 않는다.

"야! 4280번. 팔에 깁스는 뭐야? 그 안에 마약이라도 감춘 거야?"

"아닙니다. 팔꿈치가 부서져서 그렇습니다."

"여기서 본 거 어디 가서 나불대면 바로 묻어버린대이…… 알겠나?"

세진이 긴장한 얼굴로 고개를 끄덕이고 나서야 가도 좋다는 사인이 떨어진다. 한숨을 내쉬며 서둘러 채소밭을 빠져나온다. 드론으로 술과 담배 반입을 촬영했으니 최소한의 방송 분량이 확보된 셈이다. 게다가 한재환 회장이 교도소 안에서도 보디가드를 두고 제왕처럼 생활한다는 전문지 기자의 주장도 어느 정도 입증됐다.

데스크에 서둘러 보고를 하고 싶지만, 기다려야 했다. 세진은 운동장 구석에 있는 구자철 원장을 발견하곤 반갑게 발걸음을 옮긴다.

"원장님, 제가 직접 카페에 가서 부딪쳐볼게요. 명예를 걸고 약속 드립니다. 그런데 저도 부탁이 있습니다."

구원장이 지그시 세진의 눈을 응시한다.

"저랑 둘이 신림동 포장마차에서 술 마실 때, 조경혜 의원이 해외에 정기적으로 송금한다는 말씀 한번 주셨잖아요. 그 구체적인 내용이 꼭 필요합니다."

"거물급 정치인의 사생활이라서…… 취재원 보호가 쉽지 않을 텐데……."

구자철의 표정이 살짝 굳으면서 위축되는 듯 보인다.

"구원장님, 정보가 새어 나올 곳은 수십 군데도 넘습니다. 그리고 원장님은 지금 수감 중이시잖아요. 이거 여쭤보려고 어렵게 여기 들어온 겁니다. 특종 욕심 때문이 아닙니다. 원장님도 좋아하시는 딥뉴스가 폐지될 위기에 놓였어요. 그것을 막을 수 있는, 거의 유일한 방법이에요."

세진의 눈동자가 촉촉하게 젖어든다. 구원장이 먼 하늘을 잠시 바라보다가 입을 연다.

"이선수는 프로니까 취재원 보호는 해줄 거라고 믿어요. 대신 꼭 카페 가줘야 해요."

"그럼요. 내일이나 모레 구치소 나가는 대로 바로 가겠습니다."

구원장이 긴 심호흡을 마치고 세진을 바라본다.

"조경혜 의원 주변 두 명이 미국으로 꾸준히 송금을 한 사실이 금융정보분석원에서 파악됐지. 우리는 그 정보를 관세청에 통보했어, 물론 보안을 전제로. 하지만 관세청은 조사를 시작할 수도 없었지. 워낙 센 곳에서 태클이 들어왔으니……."

구원장의 소문난 숫자 기억력을 기대하면서 세진이 핵심으로 치고 들어간다.

"누가 얼마나 보낸 건가요?"

"한 명은 아마 1억 5천만 원쯤으로 기억돼요. 미국 대학으로 유학 간 자녀 학비와 생활비 정도 되는 셈이지. 다른 한 명은 두 배쯤인 3억 원 정도였어요. 그런데 1억 5천 보낸 사람은 유학 중인 자녀가 없었습니다. 3억 원은 한 명 유학비로는 지나치게 많은 액수고."

"원장님, 누구인지 알아야 제가 어찌 해볼 수가 있습니다."

"이기자, 수감 중인 내가 여권 실세와 척을 지게 해서는 절대 안 되네. 약속하지?"

세진이 구원장의 검은 눈동자를 똑바로 쳐다보며 천천히 고개를 끄덕인다.

"송금한 두 사람 중 한 명은 그분의 스태프인 K씨였어요. 나머지 한 명은 기억이 분명하지가 않아요."

세진은 한 명이라도 파악한 것이 큰 수확이라고 스스로에게 타이른다. 기억이 나지 않는다는데, '더 이상은 무리'라고 판단한다. 쿨하게 감사 모드로 바꿀 타이밍이다. 감사의 말을 꺼내려는 순간, 갑자기 엄청난 수준의 데시벨로 비상 사이렌이 울린다.

"애~~~~앵."

검은색 상하의를 입은 해병대 조교 같은 교도관 규율대원들이 운동장에 들이닥친다. 교정 시설에서 속칭 '까마귀'라고 불리는, 저승사자 같은 존재다. 경찰봉 비슷한 몽둥이를 휘두르며 채소밭 쪽으로 달려간다. 마치 세렝게티의 가젤 무리에 사자 몇 마리가 침투한 분위기가 연출된다.

"두 손 깍지 끼어, 머리 위로! 실시!"

행동이 느린 수감자 몇이 몽둥이에 맞아 쓰러진다. 조금 전 담배를 나눠 피우던 패거리들이 바짝 붙어 서서 머리 위로 손을 올린다. 그들 뒤로 대머리 아파치가 급히 몸을 감추며 채소밭 뒤로 사라진다. '까마귀'들의 몸수색이 시작된다. 목까지 용 문신이 올라온 수감자가 저항을 시도하자 사정없이 머리를 내리친다. 날씬한 2628번이 그 틈을 놓치지 않고 상의에 숨겨둔 팩소주와 담배를 채소밭으로 던진다. 그러나 다른 두 명의 몸에서는 담배가 발견된다. 몽둥이로 내리치며 옷을 벗긴다. 베테랑 까마귀들은 채소들 사이에서 팩소주도 찾아냈다. 하지만 제보 받은 필로폰 가루는 눈에 띄지 않는다. 어느새 채소밭에 접근한 세진의 깁스 몰카가 조용히 돌아가고 있다.

'만일 필로폰이 있었다면, 대머리나 휠체어밖에는 답이 없는데……'

"이게 무슨 난리랍니까?"

방에 돌아온 보조개 수감자가 구자철 원장에게 물었다.

"술과 담배가 반입됐다가 걸린 모양이라네. 어떻게 들여왔는지…… 참, 대단들 해."

"쾅! 쾅!"

문 두드리는 소리와 함께 취사 봉사원들이 점심식사를 집어넣었다. 보조개가 음식을 옮기다 환호성을 지른다.

"와! 콩밥에 김치만 먹는 줄 알았는데, 이거 치킨 아닙니까? 생맥주 한 잔만 있다면……."

"이거는 내가 여러분 위해 특별히 쏘는 거예요. 건강이 최고죠. 사이좋게 나눠 먹읍시다."

구자철 원장이 사비로 특식인 치킨을 구입한 것이다.

"이게 유통기한이 좀 지난 닭을 튀긴다는 얘기가 있긴 해도, 이 안에서는 최고죠."

구원장은 세진에게 특식 치킨의 유통 상황을 조용히 설명한다.

"밖에서 유통기한 지난 닭을 한 마리에 4, 5천 원에 사서 취사장서 식용유로 튀기는 거래요. 그런데 수감자는 만 원 넘게 사죠. 인건비도 안 드는데 그 차액은 어디로 갈 것 같아? 하하."

식사가 끝날 무렵, 교도관이 이세진을 부른다.

"4280번, 면회!"

복도를 따라 일반면회실에 도착하니 윤동우가 앉아 있다.

"몸은 괜찮아?"

"웬일로 일보다 후배 건강을 먼저 물으세요? 가치관을 바꾸셨나?"

"아니, 이놈이…… 하하. 일은 제대로 됐어?"

"잘된 것 같아요. 그런데 교정국도 발 빠르게 움직이네요. 비상을 걸어 기동대를 투입했어요. 담배와 소주도 압수했구요."

낮은 목소리로 말했건만 예상대로 제지가 들어온다.

"야! 4280번, 쓸데없는 소리 하지 말아!"

윤동우가 '내일 보자'고 자기 손바닥에 쓴 뒤, 자리를 뜬다. 다음 날 법원에 재판 가는 수감자들과 함께 자연스레 구치소를 떠난다는 계획이다.

교도관 뒤를 따라 임시방으로 향하는 복도. 면회를 마치고 돌아가는 수감자들이 적지 않다.

코너를 돌아서는 순간, 머리 뒤쪽에 한 번도 경험하지 못한 둔탁한 충격이 강타한다.

"퍽! 퍽! 퍽!"

망막이 떨어진 듯 눈앞이 깜깜해지고, 팔다리가 말을 듣지 않는다. 세진이 고꾸라지듯 쓰러진다. 몽둥이를 휘두른 고참과 수건을 목에 두른 다른 수감자가 다가선다. 민첩한 동작으로 세진의 입에 수건을 쑤셔 넣고, 번쩍 들어서 취사장 쪽으로 사라진다.

사내 연애

다음 날 여의도 〈딥뉴스〉 취재팀 사무실.

"이봐, 윤차장! 세진이가 연락이 안 된다구?"

"교정국장한테 알아봐달라구 얘기해놓았으니, 잠시만 기다려보시죠."

〈딥뉴스〉 담당 오형석 부장은 슬며시 부아가 치밀었다.

"이번 잠입 취재, 내가 국장한테 보고도 하지 않고 진행한 거야. 알지? 잘못되면 그 책임은 다 내가 뒤집어써야 한다구!"

"지난번 방송에서도 보셨지만, 세진은 자기 몸은 지킬 수 있는 선수입니다. 너무 걱정 마시죠."

윤동우 차장이 여유 있게 미소 지으며 진정시키려 하지만, 쉽지 않다.

"뭐? 걱정을 하지 말라구? 지난가을에도 '세금 안 내는 사람들'을 3주 연속으로 방송해서 보도국이 얼마나 힘들었는지 잘 알잖아?"

"아~ 부장님, 그래서 현 정권 정면으로 조지는 아이템 피해서 선정적이고 자극적인 말랭이 아이템 준비한 거 아닙니까? 쌍팔년도 군부독재 치하도 아니고, 뭐 그리 안 되는 게 많습니까?"

윤동우의 목소리 톤도 제법 높아졌다. 두 선배의 대화를 지켜보던 후배들이 불편한 듯 하나둘씩 자리를 피하기 시작한다. 부장이 모두 들으라는 듯 큰 소리로 호통을 친다.

"이번 잠입 취재 잘못되면 윤동우 너두 각오해! 빨리 이세진이 찾아봐!"

사무실을 빠져나온 문승후가 휴대폰 버튼을 급하게 누른다.

"본부장님, 급히 보고드릴 게 있습니다."

"뭔데?"

"이세진이 교도소에 잠입 취재 들어간 뒤에 연락이 두절됐답니다!"

그 시각 과천구치소.

"으으윽!"

카키색 죄수복을 입은 수감자가 엎어진 채 신음소리를 내고 있다. 마치 인공 팔다리처럼 천근만근으로 느껴지는 몸뚱이를 추스르며, 그는 가까스로 벽에 기대앉았다. 발아래 문틈 사이로 옅은 불빛이 흘러 들어온다. 왼쪽 가슴에 2하20, 우측에 4280이라는 수인번호가 드러난다. 콧구멍에 말라붙은 피딱지, 오른쪽 눈은 피멍이 들었다. 멀쩡한 곳이라고는 깁스한 왼쪽 팔뿐이다.

'여기가 어디지? 정신을 바짝 차려야 한다.'

말벌에 물린 것처럼 부풀어 오른 뒤통수에서 묵직한 통증이 파도처럼 퍼져간다. 오른손은 벽에 의지한 채, 왼손으로 무릎을 짚고 겨우 일어나 창살 밖으로 소리친다.

"거기 누구 없어요! 나 좀 꺼내줘요!"

기대했던 교도관의 목소리 대신 육두문자가 들려온다.

"조용히 해! 이 새끼야, 확 묻어버린다! 신참 새끼가 싸가지 없이 고자질을 해?"

세진은 그제야 몇 시간 전 일이 어렴풋이 떠오르기 시작했다. 묵직한 둔기에 뒤통수를 얻어맞고 의식을 잃던 장면 한 컷이 해마에 잠시 비쳤다가 사라졌다.

그제야 상황 파악이 된다. 세진의 시야로 커다란 솥과 층층이 쌓인 식판들이 들어온다. 둔기로 뒤통수를 맞고 의식을 잃은 뒤, 취사장의 창고에 갇힌 것이다.

"너희들 여기서 뭐 해? 다들 동작 그만!"

이세진 기자를 담당하는 한명관 교위의 목소리다. 다른 교도관들이 취사장의 수감자들을 모두 철수시키자 한교위가 창고의 두꺼운 철문을 연다.

"아이고~ 많이 다치셨네요. 부러진 데는 없나요?"

"아, 예. 머리 통증이 심하기는 한데요. 대부분 타박상인 듯합니다."

한교위를 만나자 세진에게 안도감이 몰려온다.

"구치소장님과 교정국장님이 걱정 많이 했습니다. 사라진 일곱 시간 동안 난리도 아니었습니다."

'일곱 시간이나 기절해 있었다고……'

세진은 위기에서 벗어나자 본능적으로 깁스에 감춘 몰카 상태를 살폈다. 미세한 소음과 함께 작동 중이다. 세진의 얼굴에 퍼지는 미소를 확인한 뒤, 한교위가 조용한 퇴소를 제안한다.

"그러면 소장님과 간단히 인사 나누고, 그만 나가시죠."

관악산 봉우리 사이로 지는 해가 걸려 있다. 수의 대신 양복으로 갈아입은 사내가 구치소 정문 밖으로 걸어 나온다. 택시정류장으로 향하며 휴대폰 전원을 켠다. 수백 개의 SNS 메시지가 밀려 있다. 다혜도 오늘 낮부터 집중적으로 메시지를 남겼다.

'왜 답이 없어? 무슨 일이야?'

'놈들한테 돌려 맞고 쓰러진 거 아냐?'

여기자 특유의 거친 말투가 점점 늘어난다.

'빨리 보고 안 하면, 24시간 벌근이야!'

메시지를 보다가 통화 버튼을 누른다. 신호가 들리자마자 바로 목소리가 들려온다.

"아, 김다혜 선수. 내가 꽤 보고 싶었나 봐? 우하하."

"지금 웃음이 나와? 만나면 각오해! 매운 맛을 제대로 봐야 할 거야!"

"안 그래도 도움이 좀 필요한데…… 내 단골 정형외과 들러서, 깁스 제거용 톱 좀 빌려다줘. 깁스 안에 설치한 몰카 꺼내야 하는데, 이제 곧 병원 문 닫을 시간이라……."

"오케이, 빌려서 갈게. 40분 뒤에 그 강변 주차장에서 만나."

한강시민공원 주차장에 다혜의 차가 들어선다. 세진이 피우던 담배를 끈다. 주차와 동시에 차 문이 열리고, 그녀가 다가온다. 눈앞에서 다혜의 주먹이 점점 커지다가 멈추더니 가슴을 가격한다.

"아이쿠."

세진이 약한 신음소리를 내며 장난스레 고개를 숙이자, 다혜의 두 손이 그의 얼굴을 감싼다. 잠시 멈칫하던 다혜가 세진의 품에 안긴다. 세진의 목에 그녀의 숨결이 느껴진다. 멈췄던 초침이 다시 똑딱 소리를 내기 시작한다.

'눈물 흐르기 전에 품에 안겨서 다행이야.'

다혜가 살며시 품에서 나오면서 세진의 볼을 어루만진다. 다혜는 연락이 두절됐다가 돌아온 그를 보았을 때, 백 마디 말보다 그의 온기를 느끼고 싶었다. 한강변에 어둠이 내려앉기 시작했다.

"윙윙~"

원형의 톱날이 매섭게 돌아간다. 하얀 물질이 잘리면서 떨어져 나간다. 갑자기 빨간 액체가 흩뿌린다.

"아아앗! 야, 나를 죽일 생각이야?"

왼쪽 팔에 상처가 났다. 피가 배어 나온다. 정형외과에서 빌려온 전기톱으로 깁스를 제거하다가, 힘 조절에 실패한 것이다.

"아, 미안해. 많이 아파?"

"야, 김다혜. 너 괴기한 스릴러 영화의 여주인공처럼, 포옹한 뒤에 남자를 제거하려는 거야?"

"픽."

다혜의 어설픈 주먹이 가슴에 한 방 더 꽂힌다.

"할 거야, 말 거야? 엄살 부리지 마. 빨리 몰카 꺼내서 방송 준비해야지!"

"윙윙~~"

몇 분 뒤, 깁스가 모두 제거되면서 몰카를 꺼내는 데 성공한다.

"그럼 이젠 종합병원 응급실로!"

세진이 농담을 건네자, 반격이 거세다.

"아예 좋아하시는 관을 먼저 짜러 가시지 그래?"

분리한 몰래카메라의 녹화 상태를 점검한 뒤, 다혜의 SUV로 방송사로 향했다. 깁스를 풀고 나서 긴장이 풀렸는지 세진의 고개가 창문 쪽으로 살짝 떨어진다. 휴대폰 진동 소음 같은 낮은 코골이가 시작된다. 다혜는 세진의 고개를 살짝 올려주다 뺨에 손을 얹는다. 부드럽고 따뜻하다. 조금 전 그의 목에서 느낀 은은한 스킨 향이 떠오른다.

하지만 핸들을 잡은 다혜의 머릿속은 복잡하다.

'아~ 내가 사내 연애를 시작한 건가? 기자 커플?'

'만일 세진 오빠와 결혼해 아기를 낳는다면, 아기는 누가 키우지? 오빠 어머니는 이달의 기자상 수상식 때 보니 엄청 깐깐해 보이시던데……. 결혼은 깨지고 소문만 무성한 채, 헤어진다면? 한동안은 방송사 안에서 얼굴 들고 다니기도 어려울 거야.'

그런 생각을 하자 자기도 모르게 얼굴이 붉어진다. 세진의 코 고는 소리가 잦아든다. 접힌 고개가 아픈지 운전석 쪽으로 방향을 바꾼다.

'어떻게 합격한 언론고시인데…… 어쨌든 절대로 사표는 안 낼 거야.'

정지 신호에 차가 멈추고, 세진이 눈을 비비며 깨어난다. 다혜를 보더니 미소 지으며 윙크를 보낸다. 다혜의 마인드가 다시 로맨틱 모드로 바뀐다.

'아~ 몰라. 일단 흘러가는 대로 감정에 충실할 거야. 한 번뿐인 인생이잖아.'

잠에서 깨어난 세진이 기사 준비를 위해 취재수첩을 꺼내든다. 하지만 세진의 뇌는 다른 방향으로 회전속도를 높인다.

'와이프가 여기자? 아내의 내조 없이 특종 경쟁력을 유지할 수 있을까? 와이프가 학교 선생님이어도 쉽지 않은데, 와이프가 여기 자면 애들 교육은 어찌하지? ……아이를 안 낳는다고 하면, 부모님 이 가만히 안 계실 텐데……'

사내 연애에 대한 두려움은 세진에게도 마찬가지다.

'일단 보안을 유지해야 하나? 사내 결혼을 하면, 눈에 보이지 않 는 인사 불이익이 있다는데……'

세진이 고개를 돌려 운전하는 다혜의 옆얼굴을 바라본다. 그녀 의 따스한 숨결이 목에 뿜어질 때의 느낌이 되살아났다.

'자꾸 보고 싶고 만지고 싶은 걸 어쩌겠어? 요즘은 부모님들이 양육도 도와주는 게 트렌드인데, 일단 밀어붙여보는 거야. 내 심장 에 충실한 게 중요하잖아!'

세진의 따스한 시선이 다혜와 마주친다. 다혜가 장난스레 윙크를 던진다.

늦은 시간이라 방송사 지하주차장은 한가하다. 나란히 걸어가며 손등이 살짝 맞닿는다. 짜릿한 느낌이 등골을 타고 세진의 몸에 퍼진다. 다혜는 마치 구름 위를 걷는 듯 두 다리가 녹아내릴 것 같다. 이성을 총동원해서 업무 모드로 전환하려 애쓴다. 사내 연애를 한다는 소문을 일부러 낼 필요는 없기 때문이다.

세진이 사무실 문을 열고 들어서자 다들 의자에서 일어나며 환영한다.

"야~ 세진아, 괜찮니?"

"아이고, 많이 상했네."

"합기도 유단자라더니…… 이거 왜 이래?"

다들 한마디씩 걸치며 장난 섞인 걱정을 건넨다. 다혜도 슬쩍 숟가락을 얹는다.

"아무래도 무늬만 유단자인 듯요."

최지웅이 눈짓으로 부장을 가리킨다. 열받은 부장에게 가서 사과하라는 뜻이다.

"부장님, 송구합니다. 까마귀 기동대 애들이 갑자기 떠서 술과 담배를 압수했는데요. 덕분에 방송용 그림은 좋아졌습니다. 그런데 조폭 똘마니들이 제가 고자질을 했다고 넘겨짚는 바람에 그만……."

세진은 〈딥뉴스〉를 없애려고 앞장서는 부장에 대한 반감을 가까스로 억누른다. 한 시간 같은 1분이 더디게 지나간다.

"야, 내가 너 때문에 제명에 못 살겠다. 제발 사건 사고 없이 조용히 좀 지내자. 알아들었어?"

부장의 심기가 다소 누그러진 듯 보인다. 이세진이 먼저 다가와 보고하면서, 부장에 대한 예우를 한 데 대해 만족해하는 눈치다. 기자들 사이에서는 부장 국장 같은 직급에 대한 인식이 일반 기업과는 좀 다르다. 후배 기자들이 존경하거나 인정하지 않으면 그냥 형식적으로만 선배인 경우가 적지 않다.

"다친 데는 좀 어떠냐?"

분위기 파악이 끝난 윤동우 차장이 끼어든다. 면도를 안 한 지 일주일은 넘어 보인다.

"부러지거나 금 가진 않은 듯합니다. 그놈들이 워낙 선수라서 때리는 기술이 뛰어난 거 같아요."

세진이 쾌활하게 대답하자 그제야 최지웅이 준비한 멘트를 던진다.

"자, 그러면 몰카 원본 넘겨주시구요. 리포트 제작 서두릅시다. 세진, 오케이?"

"예. 드론이 구치소 마당에 물건 떨어뜨리는 장면에, 아침에 놈들이 줍고 나누고 압수당하는 컷을 몇 개씩 속도감 있게 편집해줘요. 박진감 넘치는 음악에다, 멘트 없이 자막만 깔아서, 오케이?"

설명을 듣는 카메라 기자 구준혁이 빙그레 웃는다.

"많이 다치지는 않았네요, 선배. 요즘은 조폭 애들이 주먹이 약해. 크크크."

"야, 준혁이 너 이리 와! 이 자식이 빠져 가지구."

앉아 있던 동료들도 키득거린다. 윤동우 차장이 가까이 오라고 손짓하더니, 작게 속삭인다.

"Y재벌 회장이 조폭 출신 보디가드를 구치소에 불러들였다는 것은 어떻게 처리할 거야? 그건 아직 너랑 나만 알아."

"윤선배, 그건 다음에 후속 취재를 해서, 제대로 아이템 뽑아보겠습니다."

"오케이, 그러자. 피곤하겠지만, 일단 방송 준비 먼저 하자……. 근데, 세진아! 너 뭐 좋은 일 있어? 두들겨 맞은 놈이 표정이 밝다."

세진은 순간 윤동우의 직관에 깜짝 놀랐지만, 순발력 있게 받아치며 위기를 넘긴다.

"아니, 윤선배. 구치소 잠입 취재 해본 적 있으세요? 아~ 이 성취감을 누구와 나눠야 하나? 텐프로 카페 잠입한 김다혜가 이해하려나?"

두 사람 가까이 있던 문승후가 먼저 일어나고, 제각기 편집실과 녹음실로 흩어진다.

수상한 통화

캄캄한 옥상. 라이터가 켜졌다가 꺼진 곳에서 휴대폰 벨소리가 자그마하게 들려온다.

"······해외에 계신 분에게 국제전화 요금이 부과됩니다. 삑~"

"어~ 승후. 무슨 일 있나?"

"본부장님, 이번 주에도 외국 나가셨네요?"

"명란젓인지 영란법인지 때문에, 골프도 맘 편히 못 치잖아. 근데 왜?"

"이세진이 구치소 잠입 취재 마치고 돌아왔습니다. 몇 시간 연락 끊겨 난리 났었는데요. 드론으로 구치소에 술 담배 반입하는 현장을 몰카에 담았답니다. 법무부와 공조한 듯하구요."

"아~ 그거. 검찰 출입 많이 한 윤동우가 연결한 게 분명해. 그놈을 검찰에 너무 오래 내보냈어. 좌파 검사놈들과 술친구 돼버려서······ 빨리 딥뉴스랑 윤동우 처리해야지. 그놈은 노조에서도 엄청 설쳐대잖아."

"한 가지 더 있습니다. 윤차장과 이세진이 작은 소리로 몰래 하는 얘기 들었는데요. 구치소에 있는 Y그룹 한재환 회장을 언급하던데……."

"왜 똥을 싸다가 말아! 그래서?"

"한회장 건은 후속 취재해서 나중에 하자고 하더군요. 다른 얘기는 없었습니다."

본부장이 화를 내며 언성을 높인다.

"빨리 마저 알아봐. 최근 Y그룹이 우리 회사를 얼마나 밀어주는지 알지? 이거 파악하기 전에는 집에 들어갈 생각도 하지 마!"

호통과 함께 전화가 끊겼다. 문승후는 다시 담배를 꺼내 물었다.

'빌어먹을~ 집에도 들어가지 말라니……. 그래도 부장 자리 차지하고 특파원 나가려면, 더러워도 참아야지 어쩌겠어. 인생 참…….'

그런 문승후를 마침 담배 피우러 옥상으로 올라왔던 윤동우 차장이 물끄러미 바라보고 있었다.

그 시각, 도쿄.

"오사께 이빠이 모라떼 쿠다사이(술 한잔 가득 올릴게요)."

전화를 끊은 배석호 본부장 옆에서 한 여인이 술잔을 권한다. 짙은 눈 화장에 올림머리, 빨간색 기모노를 입고 있다.

"왜 매너 없이 여자를 그리 오래 기다리게 하시나?"

마주 앉은 중앙정보국 채석규 차장이다. 기모노를 입은 남녀 넷이 사케잔을 부딪친다.

"감빠이(건배)!"

잔을 비운 채석규는 통화 내용이 맘에 걸리는 듯 질문을 던진다.

"배본부장, 근데 또 딥뉴스야?"

"골치 아픈 일이 생긴 것 같아. 구치소 잠입 취재한 기자 한 놈이 Y그룹 한회장 비리 의혹을 캐기 시작한 것 같다는 보고야."

"아, 그러게 내가 몇 번을 얘기했어? 답답하긴…… 이제 사장도 새로 앉혀놨잖아. 안형배 말야. 됐다 뭐해, 딥뉴스 바로 없애버리라니까."

배본부장이 얘기를 이어간다.

"구치소 들어갔다 나온 그 기자놈이, 조경혜 의원 출산 의혹도 캐고 다니거든. 한재환 회장과 조경혜 의원은 사촌이잖아. 한회장 아버지와 조의원 어머니가 남매라구……"

채석규가 배본부장의 말을 자르고 힘주어 말했다.

"그 출산 의혹 말이야, 우리 애들 보고로는 사실무근이래. 조의원 친구가 그때 제주도에서 애를 낳았던 건데 와전된 거라고……"

"그래? 그럼 아닐 수도 있겠구만. 하지만 사실이라면 이건 진짜 핵폭탄급이 될 거야. 싱글인 3선 의원이 사실은 애를 낳은 적이 있다. 완전 막장드라마잖아. 선데이서울 1면 톱기삿거리지. 아니 9시 뉴스 톱인가."

채석규가 바싹 다가앉으며 목소리 톤을 낮춘다.

"조 의원 출산 의혹은 설사 가십이라 해도 반드시 보도를 막아야 돼. 이런 SNS 시대에 불똥이 어디로 튈지 모르지. 여당의 유력한 집권 연장 플랜 중 하나가 조의원을 서울시장 시킨 뒤에 대권 후보로 미는 건데…… 아휴, 생각만 해도 끔찍하군. ……무슨 말인지 알아들었지?"

"그런데 말야, 선거에 나선다면 덮고 가는 게 가능하겠어? 오히려 야당 애들이 더 집요하게 나올 텐데. 그보다는 의혹을 가라앉힐 효율적 전략이 있어야지."

"어쨌든 우선 딥뉴스 데스크 보는 윤차장을 잡음 없이 어디 좋은데로 보내버려. 프로그램 이름도 살짝 바꾸고, 폐지 수순에 빨리 들어가야 한다구. 딥뉴스에서 출산 의혹 물고 늘어지면 정말 곤란한 상황 생길 수 있어. 어떻게든 브레이크를 걸어야만 해."

술잔을 비운 배본부장이 결연한 표정으로 입을 연다.

"알았어. 이제 때가 된 것 같아. 이미 프로세스는 진행 중이야. 오늘은 이걸로 막잔 하자구."

"감빠이!"

빨간색 기모노가 배본부장을 안내해 방을 빠져나간다. 채석규는 마담을 불러 일본말로 뭐라고 지껄이더니, 마담의 휴대폰을 받아 든다. 홀로 남은 방에서 안경을 추어올리며 버튼을 누른다. 벨소리가 열 번 넘게 울린 뒤에야, 음성이 들린다.

"나예요."

채석규가 사무적인 톤으로 입을 연다.

"어쩐 일이에요?"

중년 여성의 가라앉은 목소리다.

"그다지 좋은 소식은 아니에요."

점점 커지는 바람 소리에 대화 소리가 멀어진다. 9호 태풍 솔릭이 일본 본토에 접근한다는 일기예보가 맞는 듯하다.

검은 헬멧

    서울 방배동의 한 지하 카페. 마담과 여종업원 둘이 서빙을 하는 작은 규모다. 합리적인 가격 때문에 주변의 변호사와 회계사들이 자주 찾는 카페다. 테이블 일곱 개 중 두 개만 커튼으로 분리돼 있다.

    "여기 양주에 맥주 두 병, 과일안주 주세요."

    다혜를 데리고 들어온 세진은 호기롭게 술을 시켰다. 다혜가 놀리듯 말했다.

    "웬일로 양주를 다 먹자고 그래? 뭐 고백할 거라도 있어?"

    "야~ 너 그게 무슨 서운한 얘기야. 한반도에 몇 명 안 남은 진정한 순정파 중 하나가 바로 나거든."

    "아~ 예. 어련하시겠어요."

    세진이 웃음기를 지우면서 진지한 표정으로 설명을 시작한다.

    "오늘 나 좀 도와주라. 억울한 옥살이하는 내 취재원 있잖아. 구자철 전 금융정보분석원장. 검찰이 그가 현금 다발을 아파트 앞에서 받았다고 주장하는 시간에, 그분은 사실 이 카페에 있었다는 거야."

다혜가 어이없다는 듯 말했다.

"그런 거야 CCTV 통해서 알아보면 간단한 거 아닌가?"

"돈이 오갔다는 아파트 4차선도로 옆 인도는 CCTV 사각지대야. 구자철 씨 차량이 아파트에 들어온 것은 밤 11시 20분이라는 기록만 있어. 검찰이 집 앞에서 뇌물을 받았다고 주장하는 시간은 밤 9시에서 10시 사이. 그런데 그는 그때 이 카페에 있었다는 거고."

그제야 다혜가 상황 파악이 된 듯 말했다.

"그러니까 당시에도 이 카페 사장은 저 여자분이었고, 그녀를 설득하는 작업에 내가 필요하다?"

"역시 머리 회전이 빨라. 부모님 DNA가 정말 훌륭한가 봐?"

"일단 정면승부 해보지, 뭐. 아직 이른 시간이라 손님도 없으니……."

술과 안주를 가져온 여성에게 다혜가 사장님 불러달라고 부탁했다.

잠시 후 아이보리색 투피스를 입은 늘씬한 40대 여성이 들어온다. 막 미용실을 다녀온 듯, 한쪽 이마를 가린 머릿결의 웨이브가 살아 있다.

"안녕하세요? 젊은 손님들이 저를 부르셨네요."

다혜가 명함을 건네며 인사하자, 여자는 반갑게 알은체를 했다.

"아~ 김다혜 기자님. 저 그 잠입 취재한 시사프로 봤어요. 실제로 아가씨 역할을 해내면서 취재하셨잖아요."

텐프로 잠입 취재 뒤, 눈썰미가 있는 시청자들이 알아봐서 불편한 경우가 적잖았다. 하지만 지금은 오히려 기회라고 판단했다.

"예, 그랬죠. 이번에는 제 동료인 이세진 기자가 잠입 취재를 마치고 돌아왔는데요. 사장님 도움이 꼭 필요해요. 그런데 사장님, 전에 어디서 뵌 분 같아요."

여사장이 환하게 웃더니, 잠시 후 말을 잇는다.

"대학 때 대학가요제 입상을 해서, 잠시 가수 활동을 좀 했거든요. 그래서 더러 얼굴을 기억해주는 분들이 계세요."

세진이 정겹다는 듯 처음으로 끼어든다.

"아~ 바다와 선원이 나오는 가사였죠. 저 그 노래 완전 좋아했는데…… 뵙게 되어 영광입니다."

여사장은 단골이었던 구자철 원장을 기억했다.

"온화한 성품에 매출도 많이 올려주시는 좋은 손님이었죠. 사실은 제가 매일매일 장사 내용을 다이어리에 기록해두거든요. 전에 어떤 변호사 한 분이 와서 물었을 때는, 장부 얘기를 하지 않았어요. 공연히 경찰이나 법원 불려 다니면 피곤하고, 장사에 방해되니까요. 하지만 오늘은 특별히 '김다혜 스타 기자'가 부탁하시니, 작년 9월 장부를 살펴볼게요. 잠시 기다리세요."

여종업원이 서비스라며 폭찹스테이크를 들여왔다. 스테이크를 안주 삼아 석 잔쯤 더 마시자, 여사장이 들어왔다. 손에는 16절지 크기의 베이지색 다이어리가 들려 있다.

"여기 보세요. 지난해 9월 20일에 오셔서 17년산을 두 병이나 주문했어요. 칸막이가 있는 3번 테이블이니까, 일행도 몇 분 계셨을 거구요. 두 병 마시려면, 빨라도 두 시간은 넘게 걸리죠."

세진의 표정이 크리스마스 선물을 받은 어린아이처럼 밝아졌다.

"그리고 사실 이것은 사생활 정보라서 공개하기 좀 그렇지만…… 저는 이름 아는 손님은 이렇게 적어두거든요. 그래야 명절에 작은 선물이라도 보낼 수 있어서요."

"여기 테이블에 같이 있던 손님들 이름과 직함이군요. 최○○ 변호사, 김○○ 부장……."

다혜가 중얼거리며 수첩을 꺼내 기록하기 시작한다. 알리바이를 입증해야 할 세진은 시간대가 궁금해졌다.

"사장님, 그날 카페에 계셨던 시간은 복기가 안 될까요?"

"손님들 대부분 저녁식사 뒤에 카페를 찾거든요. 일반적으로 8시를 넘어야 들어오기 시작해서 9시에서 자정까지 붐비죠. 정확한 시간은 같이 오셨던 분들한테 묻는 게 더 낫지 않을까요? ……다이어리를 보니, 그날 그 테이블에는 다른 손님은 없었던 거 같네요."

세진과 다혜는 양해를 구한 뒤, 장부의 9월 20일 기록을 휴대폰으로 찍었다.

'찰칵 찰칵.'

스마트폰 셔터를 누르는 세진의 심장이 빠르게 뛰기 시작한다. 구자철 원장의 변호사가 동행한 사람이나 여사장을 법정에서 증언하게 한다면, 무죄가 가능한 상황이 된 것이다.

"다음 달에 선후배들과 함께 와서 매상 한번 올려보겠습니다."

"그래 주시면 감사하죠. 그나저나 구자철 원장님, 어서 나오시면 좋겠네요."

둘은 카페를 나와 지하철역으로 향했다. 열대야까지는 아니지만, 밤공기가 제법 후끈하다.

늦은 시간인데도, 퀵서비스 마크를 달고 이면도로를 달리는 오토바이들이 적지 않다.

"다혜야, 오늘 고마워."

"별말씀을…… 동기끼리 서로 도와야죠."

"그런데…… 내가 나만의 특별한 장애 증세에 대해 얘기했었나?"

세진이 끈적거리는 눈빛으로 다혜를 향해 고개를 돌리며 다가서는 순간, 오토바이 한 대가 스치듯 지나간다. 검은 헬멧이 들어 올리는 테니스 라켓이 눈에 크게 들어온다.

"퍽!"

왼쪽 팔을 얻어맞은 세진이 휘청하며 쓰러지고, 휴대폰이 보도블록에 떨어진다. 뒤따라오던 두 번째 오토바이의 회색 후드티가 야구방망이를 높이 치켜들어 쓰러진 세진의 왼쪽 어깨를 내리친다.

"퍽!"

속도를 줄인 오토바이가 둥글게 원을 그리더니, 떨어진 휴대폰을 주워 달아난다.

"앗, 사람 살려!"

놀란 다혜의 비명소리가 터져 나온다.

"으으윽, 어떤 새끼야……."

다혜 걱정에 세진이 무릎을 짚으며 힘겹게 일어난다. 다혜가 빠르게 112 버튼을 누른다.

"여기 방배동 카페 골목인데요. 오토바이 픽치기로 사람이 쓰러졌어요."

세진이 후드티의 오토바이를 쫓아가기 시작한다. 뒤쪽 의자를 불법으로 높게 개조한 125cc급 검정색이다. 번호판을 부착하지 않은 미등록 오토바이다. 지갑이 얇은 젊은이들이 스피드를 즐기려고 타는, 일반적인 스타일이다. 엔진 소리가 점점 작아지고 거리가 점차 멀어진다. 세진이 추적을 포기하고 멈춰 서서 거친 숨을 몰아쉰다. 옆으로 다가오는 다혜의 미간에 주름이 잡힌다.

"팔 많이 아프지?"

"아냐. 괜찮아. 그냥 타박상 정도인 것 같아."

"정말? 그나마 다행이네. 장부 사진은 내게도 있으니 걱정 마. 휴대폰 정보는 백업 받아뒀지?"

"그럼. 경찰서 가서 접수하면 시간이 많이 걸릴 거야. 내가 접수하고 갈 테니 여기서 헤어지자."

다혜가 택시로 먼저 귀가하고, 세진은 경찰서로 향한다. 하지만 오토바이에 번호판이 없는 데다, 헬멧으로 얼굴을 가려 CCTV로도 성과를 기대하기는 어려운 상황이다.

경찰서에서 5km 떨어진 한강시민공원 주차장에 두 대의 오토바이가 거의 동시에 들어온다. 후드티가 검은 헬멧에게 휴대폰을 넘기자, 검은 헬멧이 하얀 봉투를 건넨다. 홀로 남은 검은 헬멧이 통화를 시도한다.

"형님. 휴대폰은 확보했습니다. 어디 부러트리지는 않았지만, 충분히 겁은 먹었을 겁니다."

바리톤에 어울리는 낮은 음역대의 오디오가 흘러나온다.

"수고했어. 폰은 거기로 가져다줘. 보안 유지 확실히 하는 거 잊지 말고."

검은 헬멧의 오토바이가 한남대교 방향으로 출발한다. 나들이 객이 쏘아 올린 폭죽 불빛이 강물에 잠시 머물다 사라진다. 구름에 가린 달이 희미한 빛을 내뿜는다.

싸움의 시작

다음 날 아침, 여의도 ABC 방송사 1층 로비.

"딥뉴스 폐지, 결사반대! 딥뉴스를 살려내라!"

오형석 부장을 제외한 〈딥뉴스〉 소속 기자와 작가들이 현관 입구에서 손팻말 시위를 벌인다. 〈딥뉴스〉 폐지가 임원회의의 안건으로 상정됐다는 소식이 알려졌기 때문이다.

"탐사 보도 제거 음모, 딥뉴스 폐지 반대한다!"

"권력에 굴복한 경영진은 즉각 퇴진하라!"

"언론 장악 신호탄, 딥뉴스 폐지 결사반대!"

ABC를 출입처로 하는 다른 언론사 기자들이 하나둘씩 모여들기 시작한다. 〈딥뉴스〉의 골수팬 몇 명도 손팻말을 들고 시위에 동참한다. 출입기자들이 사진을 찍고, 수첩에 〈딥뉴스〉 기자들의 주장을 메모한다. 그러나 로비를 지나가는 ABC 다른 부문 직원들은 잠시 눈길을 주다가 그냥 지나친다. 보도국 기자들도 냉담한 태도는 비슷하다. 생긴 지 몇 년 안 된 〈딥뉴스〉보다 기존 시사 프로그램에 몸담았던 기자들이 대부분이기 때문이다. 〈딥뉴스〉의 힘든 취재와 빡빡한 제작 여건 때문에, 적잖은 기자들은 〈딥뉴스〉에서 일하기를 꺼려했다.

ABC기자회 회장이 발언을 시작하려는 순간, 회전 현관문이 열리면서 신임사장 안형배 일행이 로비로 들어섰다. 사각턱에 머리가 벗겨져서 얼굴이 더 넓게 보이는, 허전한 인상이다. 사장 바로 옆에 배석호 보도본부장이 따라간다. 누가 먼저라고 할 것도 없이 〈딥뉴스〉 기자들은 엘리베이터 쪽으로 달려간다. 엘리베이터 문을 가로막으며 윤동우 차장이 질문을 던진다.

"사장님, 도대체 딥뉴스를 왜 폐지하려는 겁니까?"

머뭇거리던 사장이 손가락으로 안경을 올려 쓰더니, 예상과 달리 질문에 응했다.

"종편 채널도 생겨나고 프로그램의 경쟁력이 중요해졌습니다. 시청률이 낮다는 것은 시청자들이 외면하고 있다는 얘기 아닙니까?"

대답을 끝내고 엘리베이터를 타려는 안사장을, 이세진이 가로막으며 외쳤다.

"딥뉴스 평균 시청률은 다른 경쟁사 시사 프로그램보다 2배 가까이 높습니다. 딥뉴스의 절반 이상은 시청률이 두 자릿수였습니다. 웬만한 드라마보다도 높은 수치입니다. 말도 안 되는 변명은 그만하시죠!"

팩트에서 밀린 안형배 사장이, 봉건적인 전술을 펴기 시작한다.

"아니, 이 친구 어디 하늘 같은 선배 앞에서 눈을 치켜뜨고 말대답이야!"

최지웅 기자가 작심한 듯 단호한 목소리로 끼어든다.

"기자 선배라면, 솔직한 모습 좀 보이시죠. 청와대와 여당이 딥뉴스 불편해서 없애라고 하니까, 당신 자리 보전과 출세 위해 그러는 거 아닙니까!"

분위기가 심상치 않다고 판단한 배석호 본부장이 고참 경호원에게 눈짓을 보낸다. 덩치 큰 경호원 십여 명이 사장 일행 앞으로 나오며 기자들을 밀어내기 시작한다.

방송사에는 취객과 개인적인 민원인 등 불청객들이 적지 않다. 정신질환이 있는 시청자가 뉴스 스튜디오에 무단 침입해, 생방송 중인 앵커의 마이크를 뺏은 일도 있었다. 그 후로는 경비원 외에 경호원의 숫자를 크게 늘렸다. 하지만 때로는 정당한 요구를 탄압하고, 부당노동행위를 실행하는 도구로 악용되기도 했다.

김다혜가 눈치 빠르게 앞으로 나선다.

"어? 어디에 손을 대? 구선배, 이거 다 촬영하세요! 이렇게 일선 기자를 짓밟는 현장을 출입기자와 시청자들에게 널리 알려야 돼요!"

여기자가 나서자 경호원들이 움찔하며 물러선다. 구준혁 기자가 줄기차게 카메라를 돌려댄다.

그러나 얼마 못 가 여성 경호원들이 나서서 다혜를 밀어낸다. 상체가 지나치게 발달된 남자 경호원들이 추가 투입되며 재빨리 길을 연다. 사장 일행이 도망치듯 엘리베이터에 오른다.

수염이 덥수룩한 윤동우 차장이 사장의 뒤통수에 대고 싸늘하게 외친다.

"당신이 기자 선배야? 시사프로 없애고 후배 잡아먹으면서 그렇게 사장 자리에 앉고 싶어?"

과거 한때나마 안형배를 선배 대접하며 일했던 윤동우 차장의 분노는 남다른 듯 보였다.

옆에서 몸싸움을 지켜보던 〈딥뉴스〉 작가 몇 명이 눈물을 흘린다. 작가는 방송사 정식 직원이 아니라 프리랜서다. 〈딥뉴스〉 폐지는 곧 작가들에겐 일자리가 없어진다는 뜻이다. 하지만 열정과 자존심이 생명인 젊은 작가들에겐 일자리보다 프로그램이 중요하다.

"시청률도 좋잖아요. 시청자 반응은 국내 최고 수준이구요. 대외적으로 특종상이란 상은 다 휩쓸구요. 이건 정권의 압박이라고밖에 볼 수 없어요."

최선아 작가가 흐느끼며 어렵게 말을 이어간다.

"권력을 두려워하지 않고 취재하고, 방송하고, 그래서 세상이 바뀌고…… 그 모습이 너무 멋져서, 아, 이게 시사 프로그램의 매력이구나. 흑흑…… 그래서 난 꼭 딥뉴스의 메인 작가가 되고 말 거라고 다짐했죠. 이제야 가까스로 그 꿈을 이뤘는데……"

곁에 있던 고참 작가가 눈물 흘리는 최작가의 어깨를 안으며 등을 토닥인다.

〈딥뉴스〉 기자들은 작가의 눈물과 취재진의 격려 섞인 시선에 다시 기운을 차린다. 기자들은 보도본부장 방으로 향했다. 최지웅 기자가 닫힌 문을 노크했다. 대답이 없다. 한참을 기다리다 문을 살며시 밀어 연다. 소파에 배석호 본부장이 앉아 있다.

"뭐야? 사장 앞에서 그만큼 했으면 됐지. 당장 나가!"

현종민 기자가 먼저 나선다.

"배선배가 보도 총괄책임자 아닙니까? 딥뉴스를 폐지하는 이유를 후배들이 납득할 수가 없습니다. 도대체 왜 이런 무리수를 두시는 겁니까? 딥뉴스 폐지 결정, 당장 철회해주십시오!"

"회사 방침이야. 나더러 어쩌라는 거야. 3주 안에 너희들 다 인사이동될 거야. 새로운 부서 가서 열심히들 해."

인사이동 얘기에 잠시 침묵이 이어진다. 이세진이 분위기를 깨며 다그치듯 질문을 던진다.

"폐지라는 방침을 정한 근거가 뭐냐구요? 팩트로 설명을 해서 이해를 시켜보세요!"

"아까 사장이 시청률, 경쟁력 때문이라고 얘기했잖아. 당장 안 나가면 경호원 불러서 치울 거야! 빨리 나가!"

조승헌 기자가 자기 가슴을 치면서 맞선다.

"어디 한번 경호원들 불러보십시오. 본부장실 개판 될 테니까요."

"뭐? 이게 어디서? 며칠 전에 내 방 거울 깬 것도 너희들이지?"

금방 몸싸움이라도 시작할 분위기다. 윤동우 차장이 두 손을 들어서 진정하라고 요구한다. 3주 뒤 인사 발령이 날 것이라는 말에, 상황을 돌이키기 늦었다고 판단한 듯 보인다.

"배선배, 한 가지 더 여쭐게요. 갑자기 이렇게 폐지하면, 프리랜서 작가와 리서치하는 AD, FD들은 하루아침에 일자리를 잃게 됩니다. 이 문제는 어떻게 처리하실 거죠? 몇 년 동안 같이 울고 웃고 지낸 가족들이에요. 잘 아시잖아요?"

"최대한 다른 부서로 보내서 일자리 마련할 거야. 하지만 다 해줄 여력은 없어. 뭐, 이 바닥이 그렇잖아. 내가 다 해결할 수는 없다구."

조승헌 기자가 다시 치고 나온다.

"그게 지금 보도본부장 입에서 나올 소리입니까?"

"뭐? 이 자식이 진짜. 보자보자 하니까…… 넌 선후배도 없어? 야, 경호원들 빨리 불러서 내보내. 이거 명백한 업무방해야!"

잠시 후, 경호원 이십여 명이 진압 작전이라도 하듯 줄을 맞춰 뛰어온다. 조승헌과 이세진이 막아서며 한판 붙을 기세다. 김다혜와 작가들은 뒤로 물러선다. 먹살잡이가 시작되자, 윤동우 차장이 나서서 제지한다.

"승헌아, 세진아. 자, 일단 내려가자! 이 사람들하고 부딪쳐봐야 의미가 없어. 우리가 싸울 대상은 경호원들이 아니잖아."

출산 의혹

미국 캘리포니아 빅서Big Sur의 해안도로인 세븐틴마일즈. 해풍을 이겨내고 바위틈에 뿌리를 내린 백송들이 늘어서 있다. 소나무 사이로 바다사자떼가 거대한 너럭바위에 누워 일광욕을 즐긴다. 바다사자떼에서 북쪽으로 고개를 돌리면, 지구촌 골퍼들의 로망이라는 페블비치 골프 코스와 기념품 가게들을 볼 수 있다.

페블비치는 숙박을 해야 골프 라운딩이 가능한데, 비용은 최소 4~5천 달러 수준이다. 때문에 골퍼들의 숫자는 제한된다. 반면 관광과 사진 촬영을 위한 방문객들은 늘 넘쳐나는 곳이다. 1919년부터 세계적 골프대회가 시작됐다는 기록이 동판에 새겨진 벽 앞에서 두 명의 동양 남성이 사진을 찍는다. 선글라스와 아웃도어용 마스크팩으로 얼굴을 가린 모습이 배낭여행객처럼 보인다. 하늘색 마스크는 스마트폰으로 사진을 찍는 반면, 하얀색 마스크는 다소 무거워 보이는 큰 카메라를 목에 메고 있다. 둘은 기념품 가게 앞의 퍼팅 연습장을 지나, 좌우를 두리번거리며 페블비치 골프 코스 쪽으로 발걸음을 옮긴다.

퍼팅 연습장을 지나면 페블비치 골프 코스 15번 홀과 연결된 좁다란 해안 오솔길이 나타난다. 그린피를 내야만 입장이 가능한 만큼, 대부분의 관광객은 이곳에서 발길을 돌리기 마련이다. 그러나 두 배낭족은 오솔길에 들어서더니, 15번 홀을 향해 빠른 걸음을 내딛는다. 하얀색 마스크의 배낭에는 등산용 스틱이라고 보기에는 좀 길고 굵은 스틱의 한쪽 끝이 삐져나와 있다.

16번 홀 쪽에서 카트가 빠른 속도로 다가온다. 골프장의 보안과 신속한 경기 운영을 책임지는 레인저가 타고 있다.

"삑~ 삑~"

레인저의 날카로운 호루라기 소리가 바닷바람에 흩어진다. 보안관 역할을 하는 레인저는 골프 코스에 접근한 관광객을 내쫓을 권한이 있다. 두 남자는 오솔길을 급히 벗어나 바닷가 소나무 뒤 관목들 사이로 재빨리 몸을 숨긴다. 거친 숨은 곧 잦아들지만, 강도 높은 긴장감은 계속된다. 레인저를 실은 카트가 반대쪽으로 멀어져 간다.

두 사람은 안도의 한숨을 내쉬더니, 15번 홀로 재빨리 이동한다. 세븐틴마일즈 해안도로의 가장 아름다운 곳에 위치한 15번 홀은, 골프의 제왕이라는 잭 니클라우스가 설계한 것으로 유명하다. 최장거리 172m인 파3 홀로, 방향이 오른쪽으로 휘면 어김없이 골프공은 태평양의 일부가 된다. 15번 홀 그린 옆 관목 숲에 두 남자가 숨어들어 몸을 은폐한다.

처서가 지난 초가을인데도 캘리포니아 태양은 피부가 금방 벌겋게 익을 정도로 뜨겁다. 이름 모를 벌레들이 귀 근처를 윙윙거리며 떠나지 않는다. 두 번째 팀이 퍼팅을 마치고 그린을 떠나자, 하얀 마스크가 인내심이 다한 듯 퉁명스레 입을 연다.

"그린피도 안 내고 몰래 숨어 접근해서 그 여대생을 촬영할 수 있겠어요?"

유행이 지난 투박한 선글라스의 하늘색 마스크가 드라이하게 대꾸한다.

"야! 맨땅에 부딪쳐보는 청년 정신 다 어디 갔어? 비밀 잠입 취재를 하면서, 선배인 나한테 초대장이라도 받아오라고 요구하는 거야? 빠져 가지구!"

카랑카랑한 목소리의 주인공은 이세진이다. 하얀 마스크는 카메라 기자인 구준혁이다. 구준혁은 더 이상 대꾸하지 않고 답답하다는 듯 심호흡을 한다. 그린 서쪽 소나무 뿌리 근처로 파도가 하얀 물보라로 부서져 내린다.

"징~~~징."

갑작스러운 진동음이 불협화음처럼 크게 느껴진다. 서울의 윤동우 선배다.

"야~ 나파밸리 와이너리에 어제 갔다 왔다면서 왜 영상을 아직 안 보내는 거야?"

"윤선배~ 만리타향에서 고생하는 후배한테 간만에 전화하면, 식사는 했니? 정도의 형식적인 질문을 먼저 해야 되는 거 아니에요?"

"내가 네 어머니인 줄 알아? 내가 왜 네 밥을 챙겨? 와이너리 취재 다 끝났다면서, 그다음에 왜 보고가 없어?"

〈딥뉴스〉 폐지를 막으려고 보도본부장실을 항의 방문한 직후, 윤동우가 조용히 옥상으로 세진을 불렀었다.

"이세진 씨, 딥뉴스 마지막 아이템 위해 캘리포니아주 좀 다녀와라."

"예? 갑자기 무슨 말씀이세요?"

"금 전 대통령 차남이 나파밸리에 와이너리를 차명 소유하고 있다는 의혹을 현장 취재하자는 거야."

징역형과 함께 재산 추징을 선고받았던 금 전 대통령은, 재산이 더 이상 없다고 주장해왔다. 그런데 금 씨의 아들이 미국의 최고급 와이너리를 실질적으로 소유하고 있다는 첩보를 이세진이 한 달 전에 보고했다. 그리고 며칠 뒤, 세진과 공동 취재를 진행한 안재용 블로거가 새로운 팩트를 발견했다. 금 전 대통령의 사돈인 운해그룹 측의 소유로 되어 있는 와이너리 계약서에 금 씨 차남의 친필 서명이 선명하다는 사실을 확인한 것이다. 와이너리의 구입 자금이 전직 대통령이 받은 포괄적 뇌물의 일부일 가능성이 커진 셈이다.

윤동우가 오디오를 한 톤 낮춰 설명을 이어갔다.

"나파밸리 취재 마치는 대로 LA 쪽으로 내려가는 거야. 거기서 조경혜의 딸로 추정되는 여성을 카메라에 담아."

순간 당황한 세진이 머뭇거리다 입을 연다.

"윤선배, 누구인지도 어디 있는지도 모르는데 어떻게 영상에 담아요?"

"야, 실력 좀 발휘해봐. 다른 사람은 몰라도 너는 할 수 있잖아, 안 그래?"

고래도 춤추게 한다는, 그 솜사탕 같은 칭찬에 세진이 넘어가버린 것이다.

세진은 그 순간에 순발력 있게 거절하지 못한 자신을 다시 한번 원망했다. 관목 숲 너머 골퍼들의 움직임을 한번 더 살펴본 뒤, 작은 목소리로 취재 상황을 보고했다.

"와이너리 계약서 사본을 확보했구요. 필요한 인터뷰도 웬만큼 성공했어요. 방송은 가능할 것 같습니다."

"오케이, 수고했어. 서울에서는 운해그룹 홍보팀의 대응이 치밀하네. 그룹 취재는 다혜가 하는데 방어도 제법이고, '나파밸리 와인'으로 ABC 상층부에 로비를 한다는 소문도 돌아……. 어쨌든 진짜 취재는 지금부터야. 지금 뭐 하고 있는 거야?"

"꽝 나면 제 평판에 금이 가니까 성공하면 말씀드리려고 했죠. 지금 페블비치에 몰래 숨어들었어요. 구준혁이랑 같이요. 지금 통화할 형편이 못 돼요. 몇 시간 뒤에 제대로 보고드릴게요. 끊습니다."

정보 취합 능력이 탁월한 블로거인 안재용 선배에게 연락이 온 것은 어제 오후였다. 리라 폴링, 어릴 때 한국 이름이 채리라인 여성이 내일 골프장에 나타날 것이라는 정보를 텔레그램으로 전했다. 법적 어머니는 소피아 폴링, 젊은 시절 이름은 미미 킴이라고 덧붙였다. 골프장은 나파밸리에서 272km 떨어진 페블비치였다. 리라는 미국 프로 여자 골프를 제패한 박세리를 모델 삼아, 캘리포니아주에서 열리는 지역대회 투어를 돌면서 경력을 쌓고 있는 듯 보였다. 안선배의 정보가 맞다면, 퍼터를 든 리라가 15번 홀 그린에 모습을 드러내야 했다.

어느새 새파랗던 하늘에 뭉게구름이 가득해졌고 촉촉한 바닷바람도 제법 강해졌다. 여름이 다 지나갔는데도 숲에는 모기가 기승을 부렸다. 잔가시가 많은 관목들 사이로 암갈색 사슴 가족이 자태를 드러냈다. 잿빛 토끼 두 마리가 놀란 눈으로 쳐다보다 사라지기도 했다. 숲에 잠입해 카메라를 고정한 지 두 시간이 지났고, 배에서 나는 꼬르륵 소리가 상대방에게 들릴 정도로 심해졌다.

다른 골퍼들이 그린에 깃발을 세우고 떠나가자, 이세진은 안재용에게 전화를 걸었다.

"헬로우~ 안선배, 통화 되세요? 우리 두 시간 넘게 관목 숲에서 뻗쳤는데, 15번 홀에 나타나지 않아요. 어쩌죠?"

"오늘 비치코스의 예약자 명단에 리라 이름이 포함된 것은 거듭 확인했어. 하지만 시간대는 개인의 위치 정보가 드러난다면서 알려주지를 않아. 힘들더라도 좀 더 뻗쳐야지 뭐. 이 선수, 원래 독하잖아. 이 정도는 참아야줘~"

그 순간 구준혁 기자가 마침내 낮은 톤으로 외쳤다.

"앗! 저기 젊은 동양 여성이 나타났어요! 모자에 한국 Y그룹 마크가 보여요."

쌍꺼풀이 없지만 동양인치고는 커다란 눈, 비교적 날씬한 턱선에 왼쪽 보조개, 그리고 165cm 안팎의 키……. 안선배가 불러준 얼굴

생김새와 비슷했다. 게다가 모자에는 외갓집일 가능성이 높은 Y그룹의 마크가 선명하다. 구준혁은 카메라의 배율을 계속 바꿔가면서 촬영 버튼을 누른 손가락에 힘을 준다. 이세진 역시 무음 상태의 스마트폰으로 스틸 사진을 연속 동작으로 눌러댄다.

16번 홀 방향에서 레인저가 탄 카트가 또 나타났다. 선글라스를 낀 레인저는 멀리서 보기에도 미식축구 선수처럼 덩치가 크다. 관목 이파리들 뒤에 몸을 감춘 채, 촬영을 계속한다. 순식간에 5분쯤의 시간이 흘러갔다. 선수 네 명과 캐디 네 명 등 여덟 명이 모두 그린을 떠난 뒤에야, 세진과 준혁은 정신을 차리고 촬영 모드에서 벗어났다.

다음 취재는 당연히 라운딩이 끝난 뒤 리라를 따라붙는 것이다. 리라 폴링이 채리라 본인이 맞는지 확인하는 작업을 카메라에 담아야만 했다. 레인저 카트의 움직임을 살피며 서둘러 숲을 빠져나온다. 구준혁은 시선을 카트에 뺏기고 나오다, 손등이 가시에 찔린다.

'앗!'

피가 났지만 통증을 느낄 여유는 없다. 둘은 민첩하게 클럽하우스 정문 앞에 렌터카를 주차한다. 18홀까지 세 홀이 남았으니, 약 40분 뒤면 클럽하우스 탈의실에 모습을 드러낼 것이다.

세진은 뉴욕의 안재용 선배에게 채리라 촬영 소식을 전했다. 안 선배는 쾌재를 부른 뒤, 차분히 후속 취재 방법을 제안했다. 아직도 30분 이상의 시간은 남아 있다. 두 기자는 간이식당에서 스테이크햄버거와 콜라를 주문해 허겁지겁 허기를 채웠다. 세진은 화장실에서 간단히 세수를 하고 옷매무새를 고치며 거울에 비친 모습을 보았다. 흘러내린 땀으로 범벅이 된 얼굴과 헤어스타일은 거의 노숙자에 가까웠다. 그러나 기자의 길을 선택한 데 대해 뿌듯함도 밀려왔다. 머릿속으로 잠시 후 벌어질 상황을 시뮬레이션하며 인터뷰를 준비했다.

"Nice play with you(함께 쳐서 즐거웠어요)."

선수들이 못다 한 인사를 나누면서 클럽하우스로 들어섰다. 리라 폴링은 퍼팅에 집중하던 그린에서와는 달리 스포츠형 고글을 쓰고 있었다. '취재는 타이밍의 예술'이라는 경찰기자 선배의 말씀이 떠올랐다. 선수들과 헤어져 클럽하우스 주차장으로 나가자마자 방송사 마크가 없는 간이 마이크를 들이대며 질문을 던졌다.

"리라 양, 오늘 경기 만족스러우셨나요?"

리라 폴링이 말없이 이세진을 응시한다. 몇 시간처럼 느껴지는 3초의 시간이 흘러간 뒤, 그녀가 미소를 짓는다. 한인 언론의 재미교포 스포츠기자쯤으로 판단한 듯 보인다.

"초반의 부진을 마지막에 만회해서 타수를 줄여 이븐파(72타)를 했어요. 만족스러운 편이에요."

발음이 어색하지 않은, 비교적 유창한 한국말이다. 이 좋은 분위기를 이어가야 한다.

"어머님이 한국어도 잘 가르치셨군요. 기뻐하시겠네요?"

"네, 이제 전화로 말씀드리려구요."

입은 환하게 웃고 있는데, 눈동자는 시선을 고정하지 못한 채, 조금씩 흔들린다.

"어머니 소피아의 예전 한국 이름이 미미 킴 맞죠?"

"예…… 어머니의 권유로 골프를 시작했죠."

대답을 하는 리라의 얼굴에서 미소가 슬며시 사라진다. 어머니의 옛 이름 언급에 불편해진 것처럼 느껴진다. 가라앉은 분위기를 다시 끌어올려야 했다.

"리라 양, 이미 지역대회 수상 경력이 화려한데요. LPGA 진출은 언제쯤 하실 계획인가요?"

"집에서는 내년에 LPGA 진출을 원하세요."

"리라 양, 원래 이름이 채리라 맞죠? 조만간 시간 내서 제대로 인터뷰를 좀 했으면 합니다. 언제가 좋을까요?"

이기자는 리라 폴링의 연락처를 받아 적고, 자신의 명함을 건네면서 헤어졌다. 취재팀은 그녀의 차가 출발해 100m 이상 멀어진 뒤, 따라붙기 시작했다. 운전은 캘리포니아 지리에 밝은 구준혁이 맡는다. 미국 서부를 남북으로 가르는 101도로에 올라탄다. 드넓은 옥수수밭과 아몬드 과수원을 지나는 단조로운 평야가 지루하게 반복된다. 네 시간을 달려서야 오렌지카운티의 주택가에 도착했다. 안선배가 메세지로 알려준 주소의 집으로 리라 폴링이 들어갔다.

"월~월!"

개 짖는 소리가 요란하다. 새카맣고 몸집이 큰 래브라도 리트리버종이다. 푸틴 러시아 대통령이 정상회담 때 데려가 물의를 일으킨 그 종이다. 당시 메르켈 총리는 당황한 기색이 역력했다고 현지 특파원들은 전했었다.

현관문이 잠시 열렸다 닫혔다. 하지만 기대했던 소피아, 미미 킴의 모습은 볼 수 없었다. 구준혁은 방송용 ENG카메라의 라이트를 켜고, 잘 정돈된 2층 전원주택을 다양한 각도에서 카메라에 담는다. 잠시 후 거실의 불이 환하게 켜졌다. 미미 킴의 실루엣을 한 컷이라도 더 담으려는 카메라 기자의 열정은 계속됐다. 카메라가 정문 쪽에 접근하자, 리트리버가 사납게 짖어대기 시작한다.

"으르릉~ 월! 월!"

구준혁이 당황해서 물러나며 망원렌즈를 장착한다.

이세진은 건너편 가로등 쪽으로 십여 미터 걸어가 휴대폰 버튼을 눌렀다. 잠시 후 젊은 여성의 목소리가 흘러나오자, 이세진이 장난을 치듯 인사를 던졌다.

"굿 이브닝~ 김다혜 선수."

"여기는 대낮이거든. 그 출산 의혹의 주인공은 잡았어?"

"응, 조금 전에 카메라에 담고 인터뷰는 했어. LPGA 진출을 꿈꾸는 골프선수야. 법적 어머니인 미미 킴을 통해, 의혹의 실체에 접근해볼 수 있을 것 같아. 아직까지는 진행 상황이 나쁘지는 않은데, 그 여대생이 조경혜의 딸인지는 여전히 확인 못 한 상태야."

그때 전화기에서 비행기 지연을 알리는 안내 방송이 흘러나온다.

"서울 아니구나?"

이세진이 물었다.

"난 지금 제주공항이야. 제주 출장 마치고 돌아가는 길이야. 출산 의혹 발원지를 파악했어."

"와, LA 취재원 말대로 출산 의혹의 시작이 제주도였다는 거지? 현장 취재에 성공한 거네. 뭘 건졌어?"

"선배들이 취재원과 네트워크를 총동원한 덕분이지. 특히 현종민 선배의 도움이 컸어. 선배 고향이 제주도 애월이더라구. 조경혜가 애월 해안 근처에서 집필을 했던 것은 맞는 것 같아. 당시에 가사도우미 하던 할머니를 물어물어 찾아갔어. 출산에 대해 물었지. 그런데 '그런 일 없었다'고 부인했어. 하지만 입으로는 아니라면서도, 눈빛과 표정은 부인하지 못하더라구."

입가에 미소가 사라진 세진이 걱정스러운 톤으로 질문을 던진다.

"그러면 취재가 벽에 부딪친 거잖아?"

다혜가 다큐멘터리 내레이션을 읽어 내려가듯 또박또박 상황을 설명한다.

"그런데 다행히 현종민 선배 친척 중에 조경혜를 기억하는 분이 있었어. 현선배의 고향 인맥이 이렇게 중요한 역할을 할 줄은 몰랐지. 현선배 외할머니 친동생이 '글 쓰던 처자의 배가 점점 불러 마을 아주머니들이 수군거렸다'고 말씀하셨어. 외출도 아주 뜸해졌다고 기억하셨어. 그래서 동네 아주머니들이 애 아빠가 누군지 궁금해들 하셨다네."

"오, 현선배 친척할머니가 우리에게 은인이네. 친자 여부를 확인할 DNA 검사가 필요해졌군. 출산 의혹의 남자 주인공 윤곽도 좀 나왔어?"

세진이 흥분하며 오디오 톤이 높아지자, 검은 리트리버가 독하게 짖어대기 시작한다. 지방 출장으로 지친 다혜는 공항 로비의 빈 의자로 다가가 가방을 내려놓는다. 그녀의 운동화 뒷부분은 진흙탕에 빠졌던 자국이 선명하다.

"할머니 말로는 일주일에 한 번 정도 보살피러 오는 양복 차림 남자가 있었다네. 그 당시에는 선글라스 끼는 사람이 많지 않았는데 항상 선글라스를 끼고 있어서 인상적이었대나……. 제주도 사투리라 뜻은 잘 모르겠는데, 남자가 건장해 보였다는 것 같았어. 워낙 오래된 일이라 구체적인 건 기억을 잘 못해서."

잠시 망설이던 세진이 떠오른 생각을 조심스레 언급한다.

"애월 바닷가에 양복에 선글라스 걸친 남자라……. 아마 그 당시에 조의원의 아버지가 중앙정보국 국장 아니었나?"

"거의 시기가 겹치긴 해. 프로필상으로는 조경혜가 애월에 내려온 직후에 국장으로 승진했어. 중앙정보국 지역 요원이 아니었겠느냐는 거군?"

"뭐, 어디까지나 추측이니까. 어쨌든 김다혜 선수, 파랑새 잠입 뒤 취재력이 제법 향상된 듯하네."

"아이고, 놀리지 마시구요. 미국 출장비 아껴서 세꼬시에 소주나 한잔 사시죠."

"오케이. 돌아가서 얼굴 보고 얘기하자. 바이~"

다혜와 통화를 끝낸 세진은 다시 뻗치기로 들어갔다.

그 시간, 불 켜진 거실에서는 리라가 미미 킴을 포옹하며 승전보를 꺼내들었다.

"마마! 축하해줘. 같은 조 넷 중에 1등 하면서 이븐파로 끝냈어
요."

"와우! 축하해. LPGA 대열에 합류할 날이 멀지 않았네."

미미 킴의 눈에는 리라와 달리 짙은 쌍꺼풀이 있다. 턱선도 리라
와 달리 둥근 편이지만, 나이 때문이라고 볼 수도 있는 수준이다.

"교포 스포츠기자가 축하 인터뷰도 해줬어요. 언제 나오려나? 정
말 기대돼요. 여기 명함도 받았는걸요."

명함을 건네받은 소피아의 표정이 굳어지면서, 오른쪽 눈 아래
근육이 가늘게 떨렸다. 재미교포 언론이 아니라 한국의 방송사 기
자인 데다, 명함의 주인은 스포츠부가 아니라 시사 프로그램 〈딥뉴
스〉의 취재기자였기 때문이다. 소피아는 목소리 톤을 높여 리라를
야단치기 시작했다.

"너, 잘 모르는 사람과는 함부로 접촉하지 말랬잖아! Ungrateful
punk(멍청한 계집)!"

그제야 사태를 파악한 리라가 고개를 떨구고 눈시울을 붉히며
말했다.

"다시는 안 그럴게요, 이모. I'm so sorry(정말 미안해요)."

특종의 냄새

여의도에 더 이상 매미 소리는 들리지 않았다. 초고층 빌딩을 올리는 공사장에 타워크레인이 새롭게 등장했다. 타워크레인 사이로 제철을 만난 잠자리떼가 이른 아침부터 어지럽게 날아다닌다. 공사장 건너편 ABC방송사 정원의 모과나무는 제법 노르스름한 열매를 뽐내기 시작했다.

리라의 집이 있는 오렌지카운티의 취재까지 마치고 돌아온 이세진이 등산용 가방을 메고 〈딥뉴스〉 제작실에 들어선다.

사무실에는 윤동우 팀장과 김다혜, 둘뿐이었다.

"수고했어. 어떻게 생겼나 먼저 좀 보자. 조경혜랑 닮았어?"

세진이 원본 테이프를 편집기에 플레이시키며 대답한다.

"눈매와 턱선은 비슷한 구석이 있는데요. 한번 보시죠."

"햄버거 피자를 많이 먹어서 체형이 미국 여자 같아서 그런가? 난 잘 모르겠는데…… 다혜가 보기에는 어때?"

다혜는 스마트폰의 조경혜 사진과 리라의 촬영본을 한참 비교하더니, 전문가인 양 신중하게 입장을 밝힌다.

"살짝 올라간 눈꼬리와 가늘게 내려오다 살짝 퍼지는 콧날이 닮았네요. 가능성이 절반은 넘어 보이지 않나요?"

윤동우 차장의 얼굴에 잔잔한 미소가 퍼져갔다.

"여성인 다혜의 눈이 정확하겠지. 세진아, 리라 양의 머리카락은 가져왔겠지?"

세진이 당황한 듯 잠시 망설이다 답한다.

"윤선배. 머리카락 몰래 뽑을 수 있는 그런 분위기는 아니었어요. 그랬다가는 자칫 취재를 다 망칠 수도 있잖아요."

"야, 그래도 태평양 건너 LA까지 갔으면 DNA 챙길 생각을 했어야지!"

세진이 어이없다는 듯 너털웃음을 짓는다.

"아이고, 윤선배. 왜 갑자기 억지를 부리세요. 같이 밥이나 술을 한 것도 아니잖아요. 인터뷰만 잠깐 하면서 어떻게 머리카락을 챙겨요?"

시차 때문에 피곤한 세진이 윤동우의 질책성 질문에 화를 참는 기색이 역력하다. 다혜가 분위기를 끊고, 치고 들어온다.

"자, DNA는 곧 챙기면 되죠 뭐. 어차피 조경혜 의원 것도 구해야 하니, 당장 급한 것은 아니잖아요. 그건 그렇구요. 좋은 소식이 있어요."

살짝 뻘쭘했던 윤동우 차장이 빠른 반응을 보인다.

"뭔데? 리라 친아빠라도 찾아냈어?"

"그건 아니구요. 조경혜 의원 미국 송금 의혹 토스한 구자철 전 금융분석원장이 오늘 오전에 무죄 판결 받고 석방됐다네요."

"와! 축하 전화를 좀 해야겠네요. 잠시만요."

그길로 세진은 담배를 챙겨 옥상으로 올라간다.

세진이 나가고 윤동우는 수첩을 꺼내 보고는 조경혜 의원의 단골 미용실을 다혜에게 알려준다. 해킹과 보안을 늘 신경 쓰는 윤동우는 스마트폰에는 중요 사항을 기록하지 않는 것을 원칙으로 했다.

"쉽지는 않겠지만, 조의원 스케줄 먼저 파악해봐."

윤동우가 머뭇거리자, 다혜가 대사를 낚아챈다.

"그리고 미용실에서 손님인 양 뻗치면서 머리카락을 확보하라는 거죠?"

"그렇지. 이제 어디 가서 민완기자라고 해도 되겠어."

다혜는 역삼동의 미용실 웹사이트를 찾아, 수첩에 메모를 시작했다.

잠시 후, 세진이 담배 냄새를 풍기며 제작실로 돌아왔다.

"구자철 원장이 정말 고마워하네요. 수뢰 의혹을 받은 그날에 카페에 있었다는 알리바이가 확인되면서 무죄 판결을 받았네요. 제게 선물을 하나 줬습니다."

윤동우가 밝게 웃으며 질문한다.

"선물? 어떤 건데?"

"아니, 윤선배 조금 전에 머리카락 안 챙겼다고 뭐라고 하더니……."

"자식이 쪼잔하게 뒤끝은 있어 가지구. 시간 끌지 말고 빨리 얘기해봐."

세진이 웃으며 구자철 원장의 얘기를 꺼낸다.

"국방위원회 소속인 조경혜 의원이 이탈리아에 가끔 가는데요. 명분은 군수산업 세미나와 박람회 참가구요. 100유로 지폐를 규정 이상으로 가져가는 경우가 있었다네요."

다혜가 고개를 갸우뚱하며 질문한다.

"현금 다발이 있는 것을 어떻게 알 수 있어? 신고 안 하면 모르지 않나?"

세진이 구자철 원장에게 들은 얘기를 짧게 설명한다.

"출입국 과정에서 가방과 몸 검색을 하잖아요. 그럴 때 투시 카메라에 현금 다발이 다 드러난다네요. 왜 공항 검색대 옆 모니터 화면에 수채화보다 조금 탁한 그림이 나타나는 것 보신 적 있죠? 현금에는 특수 물질이 흡착돼 있어서 파악이 된답니다. 하지만 국회의원이라 제지를 하지는 못했다는 거구요. 대신에 현금 다발 관련은 반드시 금융정보분석원으로 보고가 올라온답니다."

윤동우 차장이 창밖으로 지는 해를 응시한 채 질문을 던진다.

"전체 액수가 얼마나 됐다는데?"

"100유로 100장 다발이 10개쯤 됐답니다. 10만 유로, 우리 돈으로 1억 4천 가까이 되죠. 외가가 재벌이니, 조의원 입장에서는 큰 금액이 아닐 수도 있죠. 하지만 뜬금없이 이탈리아행 유로 다발이라니……."

세 기자 모두 말없이 각자 상황을 추리해본다. 유로를 어디에서 구해서 어디로 흘려보냈을까? 침묵을 깨고 쿵쾅대는 발자국 소리와 함께 문승후 기자가 문을 연다.

"윤 선배, 방이 붙었습니다."

문승후 말대로 나와 보자, 6층 보도국 입구 게시판에 사람들이
웅성거린다.

"딥뉴스 폐지됐네."

"완전 공중분해됐구만."

"구성원들 의사도 묻지 않고…… 완전히 군사독재 시절로 돌아
갔구만!"

〈딥뉴스〉 폐지 공고와 함께 인사도 발표됐다. 〈딥뉴스〉 부장은
보도국장으로 영전했다. 〈딥뉴스〉를 없앤 공을 인정받은 셈이다.
윤동우 차장은 라디오뉴스팀으로 좌천됐다. 최지웅 조승헌 현종민
이세진 김다혜 등 대부분은 기획취재부로 발령이 났다. 문승후는
소원이라던 정치부로 인사가 났다.

담배 연기 자욱한 옥상. 니코틴에 의존해 분노를 가라앉히려 애
를 써본다. 최지웅 기자가 한숨을 내쉬며 한마디 던진다.

"이렇게 끝나는 건가……."

윤동우 차장이 1년 6개월 끊었던 담배를 한 모금 깊게 빨아 마
신다.

"8층 제작실이 곧 썰렁해지겠지……. 작가들 책상이 하나둘씩
비어갈 테고……. 하지만 오늘을 절대 잊어선 안 돼. 시사 프로그램
이 폐지되는 굴욕을 되풀이해선 안 되니까……."

젊은 혈기 가득한 이세진이 분노를 이겨내지 못한다.

"저 한주먹 거리도 안 되는 쌈마이들…… 선배, 우리 사표라도

써야 하는 거 아닙니까?"

윤동우 차장이 분위기를 가라앉힌다.

"사표를 내면 저들이 얼마나 좋아하겠어. 냉정하게 상황을 시뮬레이션 해보자. 이제 곧 기자회나 노동조합이 움직일 가능성이 높아. 힘을 합쳐야지……."

고층 빌딩 위로 몰려든 검은 구름 사이로 기우는 해가 서서히 자취를 감춘다. 구름의 명도가 조금 높아지지만, 석양빛은 끝내 새어 나오지 못한다.

잠시 후 회사 옆 24시간 국밥집에 세진과 다혜가 들어선다. 창가 테이블에 현종민 기자와 최선아 작가가 앉아 있다. 세진이 시니컬하게 한쪽 입꼬리를 올리면서 곁으로 다가간다.

"현선배, 멀리 못 가셨네요. 합석해도 되죠?"

"어서 오세요. 피켓 시위에, 본부장실 점거에…… 고생 많으셨어요."

최작가가 보조개를 드러내며 반갑게 맞는다. 선배인 현종민이 말을 잇는다.

"결국 이런 날이 오고야 말았네. 어느 정도 예상은 했었지만……. 이 바닥 정말 싫다. 정통 시사 프로그램을 폐지한 공으로, 보도국장 자리가 하사되는 더러운 세상. 하하하. 여기 소주 한 병 주세요."

다혜도 분을 삭이지 못한 듯 단번에 잔을 비우고 속내를 보인다.

"부장 비위 맞추며 말랑이 아이템 찾아 딸랑거리던 그 인간은 꿈에 그리던 정치부 갔던데요. '기자는 무관의 제왕'이라고 대선배들이 말씀하시잖아요. 그런데 적잖은 기자들이 자리와 벼슬에 너무 목숨을 걸어요. '떡봉이' 기자라는 신조어 아시죠? 공정 방송 지키려 애쓰는 기자들을 외면한 채, 자신의 이익만을 추구하는 기자들 말이에요. 그야말로 철학의 빈곤이죠."

홍수로 수위가 높아진 댐의 물이 수문으로 뿜어져 나오듯, 이세진이 사자후를 터뜨린다.

"기자라는 직업을 출세의 징검다리로 계산하는 인간들이 점점 늘어납니다. 특파원과 해외 연수, 보직 부장에 연연하는 일부 선배들 보면 정말 한심합니다. 그러면서도 '기자는 기사로 승부해야 한다'고 뇌까리고 다니죠. 그 인간들을 그냥 두고 볼 수밖에 없는 답답한 보도국에 혐오가 생깁니다."

최작가가 현종민의 얼굴을 한번 쳐다보고는, 사회부에서 들은 얘기를 전한다.

"자유무역협정(FTA) 개정 반대 집회가 뉴스로 방송되지 않아서, 사회부 경찰기자들 불만이 엄청나대요. 광장에서 카메라 기자가 시민들에게 두들겨 맞고 쫓겨나기도 했다네요. 그래서 방송사 로고 떼고 6mm 카메라로 취재했는데, 그렇게 고생해서 취재한 게 또 뉴스에 안 나갔대요."

현종민이 상황을 전망한다.

"기자 총회가 곧 열릴 분위기네. 술 마실 일이 많을 테니, 오늘은 여기서 자제하자구."

현기자가 계산을 하고 최작가와 먼저 식당을 떠난다. 뒷모습을 물끄러미 바라보던 다혜가 작심한 듯 입을 연다.

"이세진 선수, 오늘 내 빨대 만나러 같이 가시죠. 파랑새 나인 언니가 출산 의혹 관련해서 해줄 얘기가 있다네."

"출산 의혹? 와우! 그럼 당연히 가야지!"

둘은 식당을 나서 약속 장소인 강남으로 향했다.

"언니, 잘 지내셨어요?"

"어~ 안녕. 옆에 계신 분은?"

이세진을 바라보는 나인의 동공이 살짝 확대된다.

"입사 동기인 이세진 기자예요. 인사하세요."

"아~ 발차기 잘하시는 분이죠. 반가워요."

찢어진 청바지를 입은 나인이 자연스레 손을 내밀어 악수를 청한다. 부드럽지만 다소 건조한 피부다.

좁은 테이블에 스툴 형태의 키 높은 의자가 놓여 있는 멕시코 식당이다. 다리를 쭉 펴야 땅에 닿을 정도의 높이다. 얼굴 사이의 거리가 가깝게 유지되도록 유도한 배치다.

"나인 언니, 사실 출산 의혹 취재는 제가 아니라 이세진 기자가 메인이에요. 쇼킹하다는 새로운 얘기는 뭐죠?"

세진을 바라보던 나인이 잠시 여짓거리다, 짧게 한마디 던진다.

"맨입으로?"

"하하, 그럴 리가요. 제가 오늘 다 쏩니다!"

"오케이. 여의도 국회 보좌관으로 보이는 손님들이었어. 제법 취했었죠. 자기네 영감이 조경혜 의원하고 어디를 같이 갔는데, 거기서 조의원의 배에 난 튼살을 보았다는 얘기였어요. 그러면서 자기들끼리 일급비밀이라 수군거리더라는 거야. 호호."

"튼살이라면……?"

"임신했다 아기를 낳고 생기는 선이지 뭐."

세진은 머리카락이 순간적으로 곤두서는 것을 느꼈다. 결혼을 한 적이 없는 조의원에게 임신선이 있다면, 단독 취재 중인 출산 의혹을 뒷받침하는 팩트이기 때문이다. 궁금증을 이기지 못하고 바로 질문한다.

"어디를 같이 갔다는 거죠?"

"호텔 사우나인지 태국 마사지인지…… 정확히 듣지는 못했어요. 보좌관 중 한 명은 모시는 국회의원이 여성인 거 같았어요. 여성 의원도 영감이라고 부르나요?"

"그렇게 부르는 거 들은 적 있어요."

다혜가 여성 의원을 인터뷰했던 기억을 떠올리며 설명했다.

"그리고 이런 얘기도 나왔는데…… 그게 임신선 얘기와 이어지는 건지는 모르겠어. 그 여자인 영감이 무슨 얘기를 친한 여기자한테 했다가, 조경혜와 원수지간이 됐다고 한 거 같아."

신공화당의 여성 의원은 몇 명 되지 않는다. 특종의 냄새가 진하게 밀려왔다.

치킨퀘사디아의 쌉쌀한 맛이 맥주를 강하게 유혹한다. 카페 파랑새의 여러 에피소드가 음악과 함께 흐른다. 바닥으로 누군가의 휴대폰이 둔탁한 소리를 내며 떨어진다. 나인이 다리를 곧게 편 상태로, 허리만 굽혀 폰을 집어 올린다. 20년간 무용으로 다져진 각선 미와 S라인 뒤태가 뭇 남성들의 시선을 단번에 빼앗는다. 이세진도 본능 앞에서 예외가 아니다.

세진이 주종을 맥주에서 데킬라로 바꾼다. 나인의 은근한 시선이 세진의 긴 속눈썹에 머문다. 다혜가 그 낌새를 눈치채지 못할 리가 없다. 다혜의 손가락 다섯 개가 동시에 세진의 허벅지를 사정없이 꼬집는다. 세진이 낮은 신음소리를 냈지만, 나인은 알아채지 못한다. 케니지의 색소폰 연주가 이어지며 술자리는 쉽게 끝나지 않는다. 〈딥뉴스〉를 잃은 그들에게는 알코올이 좀 더 필요했다.

자리는 자정을 넘겨서 끝났다. 세진은 많이 취해 있었고, 다혜와 나인은 그보다는 덜 취했지만 취하기는 매한가지다.

"택시!"

자정을 막 넘긴 시각, 택시 잡기가 복권 당첨만큼이나 어려운 때다. 가까스로 값비싼 모범택시를 한 대 세운다. 집이 가장 먼 다혜를 먼저 태웠다. 몇 시간 뒤 기획취재부로 첫 출근인데, 거리상으로 지각할 가능성이 높기 때문이다. 짧은 작별 인사를 남기고 다혜가 사라졌다.

자정 무렵은 택시기사들이 최대한 매출을 끌어올려야 하는 시간대다. 일부 택시기사들은 여러 핑계를 대며 손님을 골라 태운다. 방향이 같은 세진과 나인이 웃돈을 주기로 하고 택시 한 대에 같이 오른다. 나인이 택시기사와 빠른 길을 상의한다. 세진은 어느새 고개를 떨구며 곯아떨어진다.

"세진 씨, 아파트 이름이 뭐죠?"

나인이 세진의 어깨를 흔들어 깨워본다. 반응이 없다.

오해

"때르르릉."

연결 신호음이 여러 차례 반복된 후에야 나인이 전화를 받는다.

"언니, 잠 깨워서 미안…… 너무 일찍 전화 드렸죠?"

"어~~ 괜찮아. 우리 어제 데킬라 세 병은 좀 오버였지?"

"그랬나 봐요. 근데 언니, 어제 이세진 기자 집에 가는 거 보셨어요? 전화를 안 받아요. 첫날부터 지각이네요."

"……."

"나인 언니!"

"음…… 쏘리. 나 술 덜 깼어……. 세진 씨 우리 집에 재웠어. 택시 타자마자 쓰러져서 집 확인이 안 됐거든."

다혜는 집었던 커피잔을 다시 내려놓으며 숨을 천천히 고른다.

'지금 이게 무슨 시추에이션이지?'

잠시 침묵이 흐른다. 하지만 세진과 자신이 구체적으로 어떤 사인지는 잘 모르는 나인으로서는 자연스러운 반응이라고 속으로 타이른다.

"……아이고, 언니 고마워요. 이기자 얼른 깨워서 출근시켜주세요. 미안해요."

나인이 전화기를 들고 세진이 자는 방문을 살짝 열어본다. 돌아누운 세진의 종마 같은 길고 탄탄한 다리의 실루엣이 눈에 들어온다.

"그래. 바로 깨워서 보낼게."

나인은 쉽게 방문을 닫지도, 세진을 깨우지도 못하며 허벅지의 실루엣을 본다.

'저런 근사한 몸이 옷 속에 숨어 있었던 거지?'

세진을 흔들어 깨우려고 등에 손을 댄 순간, 쓰다듬고 싶은 짜릿함이 나인의 손끝에 전해졌다. 숨을 한번 고르며 나인이 세진의 등을 흔든다.

"이기자님! ……세진 씨!"

커피는 이미 식었다. 다혜는 커피를 단숨에 들이켜고 나서도 쉽게 사무실로 돌아가지 못했다. 멕시칸 식당에서 나인의 몸을 스캔하던 세진을 떠올린다.

'아닐 거야, 아니겠지……'

확인할 수도 없는 질문들을 자꾸 반복했다.

'그날의 포옹은 무슨 의미였을까. 이세진 완전 미친 거 아냐? 설마, 나인 언니와…… 바람둥이 DNA가 뿌리 깊은 거 아닐까? 진화생물학자들 연구 결과 보면, 개척자 캐릭터가 강할수록 바람둥이

유전자가 많이 나타난다잖아.'

홀로 고개를 도리질하며 불쾌한 상상을 지우려 애쓴다.

'아니, 아니겠지……. 하지만 이건 정말 아니야. 이 정도면 관계를 정리해야 하는 거 아닐까? 근데 아무 일도 없었다면, 너무 성급하고 촌스러워 보이려나? 어쨌든 미워 죽겠어. 이기지 못할 술을 왜 그렇게 퍼마셔? 그냥 넘어갈 수는 없는 일이야.'

"일어나세요. 지각이에요. 9시 반이 넘었어요."

나인이 어깨를 흔들어 깨운다. 세진이 눈을 번쩍 뜨며 용수철이 튀어오르듯 한 번에 일어선다. 식탁에 놓인 와인잔 두 개가 멀리 보이고, 바로 앞에 나인의 얼굴이 시야에 잡힌다. 급히 베개를 집어 팬티를 가리며 몸을 옆으로 돌려 선다.

"앗! 어찌 된 거죠?"

"인사불성되셔서, 어쩔 수 없이 저희 집에 온 거예요. 기억 안 나세요? 부축해서 오느라고, 나 엄청 고생했어요. 내 발 밟아서 여기 퍼렇게 멍도 들었어요."

세진이 나인의 상처를 보더니 고개를 숙여 사과했다. 그러고는 바지를 주섬주섬 입으며 자신의 몸을 살폈다.

"조금 전에 다혜가 내 휴대폰으로 전화했어요. 나도 벨소리 듣고 잠에서 깼구요. 빨리 출근시키라고 부탁했어요."

술이 덜 깨 불그스름한 세진의 얼굴이 하얗게 질려간다.

'앗! 큰일 났다. 다혜가 오해라도 한다면? 일이 여러 가지로 꼬이네. 데킬라가 원흉이야. 멍청한 놈!'

택시비를 지불한 이세진이 헐레벌떡 기획취재부로 들어선다.

"늦어서 송구합니다. 새벽까지 달리는 바람에……."

최지웅이 세진의 지각을 티 나게 막아준다.

"그려~ 오늘 한 번만은 너그러이 이해해주실 거야. 친정인 딥뉴스가 아작 났는데, 그런 날은 마실 권리와 의무가 동시에 있는 거지."

세진이 우정우 기획취재부장 앞으로 다가선다. 우부장이 손을 내밀어 환영의 뜻을 전한다.

"우선배, 다시 모시게 됐네요. 생명이 위협받지 않는 선에서, 최선을 다하겠습니다."

"오케이. 딥뉴스 폐지됐다고 기죽지 말고! 넌 원래 대한민국 기자지, 딥뉴스 기자가 아니었잖아? 높은 데 올라가서 멀리 부감 샷을 보자구."

새 부장과 인사를 마친 세진이 다혜 쪽을 바라본다. 검지를 하늘로 향해 치켜세운다. '옥상에서 보자'는 메시지다. 다혜는 손가락 움직임을 인지했지만, 고개를 돌려 외면했다.

옥상에서 세진이 담배를 입에 문다. 한 개비를 다 피웠지만, 다혜의 모습은 나타나지 않는다. 다혜에게 '옥상에서 대기 중'이라고 메시지를 보냈다. 그러나 답이 없다.

'단단히 삐친 게 틀림없어.'

잠시 후 '띵똥' 소리와 함께 문자가 도착한다.

'10분 뒤 기자총회, 지하 식당.'

100명이 넘는 기자들이 지하 식당을 절반 이상 메웠다. 출입처에 나간 기자들을 제외하면 거의 다 모인 숫자다. 배식대 기둥 아래 자리 잡은 다혜의 모습이 세진의 눈에 띈다.

'옆에 가서 앉을까? ⋯⋯아니야. 저 싸늘한 표정 좀 봐. 공연히 지금 잘못 걸리면, 폭탄 맞을 수도 있어. 시간이 좀 필요해.'

기자회장의 개회사로 총회가 시작된다. 광화문 집회 현장에서 시민들에게 쫓겨난 카메라 기자가 마이크를 잡는다.

"ABC 로고 붙인 카메라로는 촬영을 할 수가 없는 상황입니다. 적잖은 국민들의 한결같은 FTA 개정 반대 주장을, 우리 뉴스가 2주째 외면하고 있으니까요. 취재 못 하고 얻어맞으며 쫓겨나야 했어요. 그야말로 참담한 심정이었습니다. 3년 전 광화문 집회 취재 때만 해도, 시민들은 우리 ABC에게 박수와 신뢰를 보내줬습니다. 하지만 3년이 지난 지금의 광화문 광장은 우리가 왜 기자총회를 해야만 하는지를 명확히 보여줍니다."

신앙 간증을 하는 듯한 기자의 눈망울이 촉촉해졌다.

어제 오형석에게 밀려난 전 보도국장은, 지난주 직속상관인 보도본부장에게 사회부장과 정치부장의 교체를 요청했었다. 자의적으로 자유무역협정 개정 반대 집회를 외면했다는 게 사회부장 교체를 요청한 이유였다. 일선 취재기자들이 비난을 무릅쓰고 취재해온 영상과 시민들의 반대 목소리가 담긴 인터뷰를 계속 뉴스에 방송하지 않은 것이다. 정치부장은 지역색이 짙어 특정 정당에 대한 애정이 지나치게 강한 게 이유였다. 야권 대권 후보의 박사 논문을 객관적 팩트 없이, 표절이라고 주장하는 리포트를 무리하게 제작하게 했다. 보도국 후배 기자들 대부분도 정치부장과 사회부장에 대한 불만이 점점 커져갔다. 하지만 배석호 보도본부장은 후배들의 뜻을 대변한 당시 보도국장의 제안을 단칼에 잘라버렸다.

발언권을 신청한 현종민 기자가 비장한 표정으로 마이크를 넘겨받는다.

"ABC의 자랑인 정통 시사 프로그램 딥뉴스 폐지 결정이 내려졌습니다. 프로그램 경쟁력이 없답니다. 사장과 보도본부장이 내놓은 구차한 변명입니다. 지나가는 개도 웃을 얘기입니다. 딥뉴스의 성과와 시청률을 누구나 알고 있지 않습니까? 또 사회부 경찰기자들이 발로 뛰며 현장 취재한 광화문 집회 리포트가 몇 주째 묻혀버리고 있습니다. 며칠 전에는 정치부장과 사회부장 교체를 요청한 보도국장의 제안을, 보도본부장이 무시해버렸습니다."

발언을 바라보는 기자들의 눈빛이 진지하다. 개인적 결의가 필요한 순간이 다가온 것이다.

"ABC 뉴스의 공정성이 심각하게 훼손되고 있습니다. 80년대 군사독재 시절에나 있을 법한 작태들이 21세기에 벌어지고 있는 것입니다. 뉴스의 생명은 공정성입니다. 공정하지 못한 뉴스를 만들어 시청자에게 전하는 것은 직무유기입니다. 불량식품을 만들어 파는 것과 비슷합니다. 어찌 보면 국민의 알 권리를 침해하는 범죄행위입니다. 저는 범죄행위에 더 이상 가담할 수 없습니다. 기자회가 제작 거부를 주도해야 할 때입니다. 기자회에 제작 거부 찬반 투표를 진행해주실 것을 정중히 제안드립니다."

손에 힘을 준 무거운 박수소리가 조심스레 퍼지기 시작한다. 제작 거부는 파업으로 이어질 가능성이 높다. 파업은 몇 달 동안 월급을 포기해야 한다는 것을 의미한다. 자녀 사교육비를 홀로 감당하는 외벌이에겐 말 그대로 재난 상황이다.

다음 발언자도 폐지된 〈딥뉴스〉의 조승헌 기자다.

"우리 정치부 기사는 지역주의에 매몰되는 경향이 강해졌습니다. 편향된 정치부 기사가 ABC 보도국이 오랫동안 소중히 지켜온, 중립성의 원칙을 무너뜨리고 있습니다. 사회부 경찰팀 후배들은 취재 현장에서 시민들에게 두들겨 맞고 있습니다. 그러나 이보다 더 심각한 것은 공정성을 훼손한 대가로 꽃보직을 차지하는 인사 발령입니다. 딥뉴스 폐지를 주도한 담당부장이, 폐지 하루 만에 보도국장에 임명됐습니다. 그를 위해 특별한 미션을 수행한 것으로 의심받는 기자가 정치부로 발령이 났습니다. 이는 수십 년을 이어온 보도국의 투명한 인사 원칙을 깨는 해사 행위입니다. 나아가 시청자에 대한 배신입니다. 우리가 이러려고 2급 발암물질로 분류되는, 날밤 까는 야근을 해왔습니까? 우리가 목숨을 내걸고 전쟁터와 테러 현장을 누빈 것은 무엇 때문입니까? ……쉬운 일은 아닐 것입니다. 하지만 ABC 기자들이 제작 거부에 나서야 한다는 데 동의합니다."

정치부로 발령 난 문승후가 슬며시 자리에서 일어난다. 자신이 불공정 인사의 사례로 지적되자, 불편해서 자리를 뜨는 것이다. 문승후의 움직임을 바라보던 세진의 시선이 순간적으로 다혜와 마주쳤다. 그녀는 재빨리 고개를 돌려 사회자를 쳐다본다.

'메시지도 무시하고, 시선도 외면하고…… 나인 씨에게 아무 일

도 없었다고 말해달라고 부탁이라도 해야 하나?'

다혜의 뇌도 회전속도가 빨라진다.

'처음 본 여자 집에 가서 잠을 자? 그런 무례함과 뻔뻔함의 본질
은 도대체 뭐야? 무슨 일이 있었는지 알 게 뭐야? 제대로 사과 안
하면, 이세진 너 아웃이야!'

비상총회는 제작 거부 찬반을 묻는 투표로 이어졌다. 흡연자는
물론 비흡연자까지 몰리면서 옥상은 발 디딜 틈이 없다. 전날 과음
으로 속쓰림이 계속되는 세진은 줄담배로 스트레스 지수를 낮춰보
려 했다. 하지만 외박으로 생긴 다혜와의 갈등이 머리에서 떠나지
않는다.

'운동으로 컨디션을 정상화한 뒤, 맑은 정신으로 난국을 돌파할
해결책을 찾아보자.'

세진은 차를 몰고 서둘러 수영장으로 향했다. 평소와 달리 준비
운동 없이, 바로 다이빙으로 뛰어든다. 수영장 40회 왕복, 2km를
목표로 자유형을 시작했다. 떠오르는 다혜 생각에 몇 바퀴를 돌았
는지 자꾸 잊어버린다. 30분 정도 지나서 수영을 마무리했다.

'일단, 나인과 아무 일도 없었다는 메시지를 효율적으로 전달하
자!'

15호 태풍 볼라벤이 올라오는 가운데, 기자회는 이틀 동안 제작
거부 찬반 투표를 진행했다. 투표율 90%, 찬성 92%로 제작 거부가
결정됐다. 기자회가 주도하는 제작 거부는 노동조합의 파업과 달
리, 노동법의 보호를 받지 못한다. ABC기자회는 보도본부장에게

공을 넘겼다. '현실화 가능한 뉴스 정상화 방안과 인사 쇄신 방안을 일주일 안에 마련하지 않으면 제작 거부에 돌입한다'고 제안했다. 그러나 배석호 본부장은 기자회의 요구를 받아들일 수 없다고 밝혔다.

여의도 63빌딩 주변에 짙은 먹구름이 빠른 속도로 몰려든다. 강한 바람과 굵은 빗줄기에, 기대했던 '불타는 금요일'은 한풀 꺾여버린다.

긴급체포

기자회의 제작 거부가 결정되고 처음 맞은 주말, 〈딥뉴스〉 윤동우 차장은 오랜만에 집에 있었다.

"와, 아빠! 오늘 놀이동산에서 하루 종일 노는 거 맞지?"

"난 자이로드롭 타야지~"

"결국 제작 거부 하니까, 주말에 아빠 노릇 좀 하네."

자조적으로 말하며 쓴웃음을 문다. 유부초밥과 과일, 아이스박스를 넣은 피크닉 가방과 돗자리를 들고 주차장으로 향한다. 둘째 딸이 초등학교 입학 후 처음으로 온 가족이 놀이동산을 가는 것이다.

"아빠, 우리 차를 승합차가 막고 있는데?"

6학년인 큰애가 큰 소리로 말했다.

"괜찮아. 아빠가 괴력을 발휘해서 밀어낼 거야. 너희도 도와줄 거지?"

"그럼요!"

승합차가 살짝 흔들리는 순간, 보이지 않던 운전기사가 일어나

앉는다. 아이들이 깜짝 놀라 물러섰다. 양쪽 문이 모두 열리더니, 운전자와 탑승객 모두 밖으로 나왔다.

"윤동우 기자시죠? 유감입니다만…… 체포영장이 발부됐습니다."

놀란 아내가 남편을 가로막으며 목소리를 높인다.

"여보, 이게 무슨 소리야? 당신들이 뭔데 우리 남편을 체포해? 뭘 잘못했다구!"

경찰이 고개를 윤동우 쪽으로 돌리며 말한다.

"원칙대로라면 수갑을 채워야 하지만…… 가족들이 보고 있으니, 조용히 차에 타시죠."

눈치 빠른 막내가 먼저 막아섰다.

"안 돼요! 우리, 아빠랑 놀이동산 가야 돼요!"

큰애는 믿을 수 없다는 표정으로 묻는다.

"아빠, 이 아저씨들 진짜 경찰 맞아요?"

아이들이 겁에 질려 소리치자, 윤동우가 다독이기 시작한다.

"얘들아, 이 형사 아저씨들은 잘못 없어. 윗선에서 나쁜 지시가 내려와서, 따르는 것뿐이야. 놀이동산은 다음 주에 가자. 아빠가 미안해."

"여보……"

야근을 밥 먹듯 하는 남편을 14년 동안 묵묵히 참으며 잘 버텨온 아내의 눈에 눈물이 고인다.

"여보, 왜 이래? 이래서 기자 와이프 하겠어? 금방 다녀올 거야. 애들 잘 돌보고…… 부모님께는 알리지 말고……"

아들딸에게 다가가 주먹을 부딪치며 인사한 뒤, 피크닉 가방을 아내에게 건넨다. 요란한 엔진 소리와 함께 승합차가 멀어져간다. 아이들이 엄마 품에 안긴다.

"애들아, 울지 마. 아빠 곧 돌아올 거야. 너희 아빠 수영복 입고 혼자 사막에 버려져도 살아 돌아올 스타일이거든."

당찬 멘트와는 달리, 그녀의 눈에서는 눈물이 흘러내린다.

"떨어지세요!"

"밀지 말아요!"

취재진을 밀어내는 경찰들에게 카메라취재팀이 따라붙으며 실랑이가 한창이다. 잠시 후 경찰 승합 호송차에서 젊은 남자들이 줄지어 내린다. 손에는 모두 수갑이 채워져 있다. 조승헌과 현종민, 윤동우와 이세진이 차례로 서촌경찰서 현관으로 향한다. ABC 기자 네 명이 법원에서 영장실질심사를 받고 돌아오는 길이다.

ABC 경영진은 업무방해와 폭행 혐의로 기자 일곱 명을 고소했다. 경영진은 기자들이 본부장실을 점거해 업무를 방해하고, 본부장실 거울을 깨고 사장의 출근을 물리력으로 저지하는 등 폭행을 저질렀다고 주장했다. 또 본부장실의 CCTV를 테이프로 막아 증거 인멸을 시도했다는 것이 영장 청구 이유다. 일곱 명의 기자들은 각자 담당 경찰과 일정을 조율하며 소환 조사에 응하고 있었다. 하지만 난데없이 그중 네 명을 긴급체포한 뒤 구속영장까지 청구한 것이다.

국내 언론사는 물론 CNN 등 외국 언론도 취재 경쟁을 벌이며 쉴

새 없이 카메라 플래시를 터뜨린다. 취재진 뒤편에는 체포된 기자의 가족들이 기도하듯 두 손을 모으고 있다.

"언론 탄압 물리치고 공정 방송 이뤄내자!"

조승헌 기자가 허리를 곧게 편 채, 취재 중인 카메라 기자들을 향해 구호를 외친다. 긴급체포된 다른 세 명은 물론, 법원부터 따라온 ABC 기자들도 가세한다.

"언론 탄압 물리치고 공정 방송 이뤄내자!"

현종민 기자가 수갑 찬 두 손을 높이 치켜들며 사자후를 터뜨린다.

"ABC 새 사장은 정통 시사프로 딥뉴스를 폐지했습니다. 또 광장에 모인 국민들의 목소리를 철저히 외면했습니다. 이제는 경찰이 기자들을 긴급체포하고, 검찰은 구속영장을 청구했습니다. 청와대와 검찰, 경찰이 태스크포스를 구성해서 언론 장악을 시도하고 있는 것입니다. 이런 시도는 결코 ABC에서만 끝나지 않을 것입니다."

취재 현장의 진지한 분위기 탓인지, 상황을 통제해야 할 경찰도 별다른 제지를 하지 못한다. 윤동우 기자가 차분한 톤으로 이어받는다.

"취재 중인 선후배 기자 여러분, 언론 자유가 유린당하는 처절한 현장을 국민들에게 제대로 알려주셔야 합니다. 다음 탄압의 대상이 여러분이 속한 언론사일 수도 있습니다. 나아가 언론에 재갈이 물리면, 국민들은 억울한 일을 당해도 하소연할 곳조차 잃게 됩니다."

통신사 기자가 순간적인 틈새를 놓치지 않고 질문을 던진다.

"기자에 대한 구속영장 청구는 75년 동아투위 당시에도 없던 일인데요. 영장 청구에 대해 어떤 입장입니까?"

막내인 이세진 기자가 준비한 듯한 답변을 던진다.

"구속영장은 도주나 증거인멸의 우려가 있을 때 청구합니다. 하지만 우리는 도망을 친 일이 없습니다. 인멸해야 할 범죄 증거도 물론 없습니다. 소환 조사도 일정을 맞춰 응하고 있었습니다. 때문에 영장 청구는 정당한 수사 절차가 아닙니다. 탄압의 도구일 뿐입니다. 영장을 신청한 형사들이, 미안해서 기자들을 똑바로 쳐다보지도 못하는 것이 바로 그 증거입니다."

윤동우가 설명을 이어간다.

"경찰은 일반적으로 출석요구서를 전화나 우편, 팩스 중 한 가지 방법으로 통보합니다. 그리고 응하지 않을 경우 열흘 간격으로 두 번 더 보냅니다. 모두 세 번 보내는 거죠. 그리고 세 번 모두 출석하지 않으면 그때서야 영장을 신청하는 것이 관례입니다. 그런데 이번에는 단 하루를 특정해서 전화와 팩스, 우편 등 세 가지로 동시에 통보했습니다. 연휴 직전인 그 날짜는 연휴용 리포트 제작 부담이 워낙 커서 조사받기 어려웠습니다. 세 번 기회를 주는 일반적인 관례를 깨고, 단 한 번 기회를 준 뒤 바로 영장을 신청한 것입니다. 정황들로 볼 때, 구속영장을 청구하기 위해 꼼수를 썼다고밖에 볼 수 없습니다."

답변 내용이 경찰에게 불리하게 흘러가자, 서촌경찰서 정보과 형사 한 명이 무전기를 들고 슬며시 사라진다.

'절차 무시 체포 영장, 당장 석방하라!'

체포된 기자 가족과 ABC 동료들의 구호 소리에 힘이 실리기 시작했다. 어느새 진압 훈련을 하듯 행진해온 의경들이 체포된 기자들 앞을 가로막았다. 의경들 틈새로 김다혜의 얼굴이 스쳐 간다. 그 찰나의 순간, 세진과 다혜의 시선이 마주친다. 20m의 거리를 뛰어넘은 눈빛이, 세진에겐 뜨겁게 느껴진다.

의경들이 기자 네 명을 경찰서 건물 안으로 끌고 들어간다. 수갑을 찬 채로, 꼿꼿이 상체를 펴고 들어가는 모습이 당당하다. 점점 작아지던 세진의 모습이 건물 속으로 사라진다. 다혜의 눈이 지그시 감긴다.

'곧 풀려날 거야. 판사가 미치지 않고서야 영장을 발부하겠어?'

다혜는 윤동우의 아내가 있는 곳으로 걸음을 내딛는다.

"괜찮을 거예요. 걱정 마시고 마음 편하게, 긍정적인 생각만 하세요. 스트레스 많이 받으면 지는 거예요. 아시죠? 윤선배가 평소에 얼마나 언니 자랑 많이 하시는데요. 새벽에 후배들 집에 데려가도, 라면을 그렇게 맛있게 끓여주신다면서요?"

윤기자 아내의 표정이 다소 밝아진다.

"김기자도 와서 한번 먹었었죠?"

"앗, 들켰네요. 하하, 저는 아닌 척하려고 했는데."

"고생 많아요. 소신이 강한 선배들이랑 일하느라……."

"소중한 스승 같은 선배시죠. 제가 언니라고 불러도 되죠. 나이 차이도 거의 없잖아요."

"하하, 그럴 리가요……."

"제가 나가서 콩나물해장국 사드릴게요. 경찰서 앞은 해장국이 그나마 나은 편이거든요."

"아이고, 내가 사야죠."

다혜가 너스레를 떨며 그녀의 생각이 부정적으로 흐르지 않게 분위기를 리드한다.

"별말씀을요. 근데, 윤선배 처음에 어떻게 만나셨어요? 로맨틱한 이벤트나 데이트도 잘하셨죠?"

"호호."

두 사람은 애써 가벼운 이야기를 이어가며 경찰서 정문을 빠져 나갔다.

플라스틱 반합에 국과 김치, 멸치와 콩나물 그리고 클래식한 소시지가 반찬으로 나왔다. 이틀째 먹는 유치장 식사가 어느덧 익숙하다. 서촌경찰서 유치장은 여섯 개의 방이 반원형으로 배치돼 있다. 유치장 사이의 벽은 콘크리트여서 옆방과는 대화가 안 되는 구조다. 하지만 정면은 쇠창살로 뚫려 있어, 떨어져 멀리 있는 방의 구금자와는 대화가 가능하다. 한가운데 앉은 간수 한 명이 여섯 개의 감방을 한꺼번에 감시하는 게 가능한 구조다.

"윤선배는 아이들이랑 놀이동산 가는 길에 당했다면서요?"

1번 방에 수감된 이세진이 대화를 끌어낸다. 같은 사건의 피의자들은 한 방에 넣지 않는다는 원칙에 맞게, 네 명의 기자는 1, 3, 4, 6번 방에 배치됐다.

"그러게, 4년 만의 나들이였는데…… 정말 기분 더러웠지. 새 사장과 보도본부장, 해도 해도 너무하는 거 같아. 한솥밥 먹던 후배들한테 어찌 이럴 수가 있어? 속이 확 뒤집혔지만, 어쩌겠어? 아내랑 애들이 지켜보는데, 그저 충돌 없이 모양새 좋게 차에 탔지."

"그래도 저는 애들은 없어서 다행이었어요."

6번 방의 조승헌 기자가 말을 받는다.

"저는 마라톤 연습하러 아내랑 나가는 길이었어요. 주차해둔 차 앞에 형사 둘이 잠복하고 있더군요. 차 번호를 미리 파악하고 기다린 거죠. 눈물 흘리는 아내를 홀로 남겨두고 떠나는데…… 아~ 육두문자가 마구 쏟아져 나오는 걸 가까스로 참았죠. 형사와 부딪치면, 공무집행 방해 혐의가 추가될 테고……."

1번 방의 이세진이 자연스레 사회자 역할을 맡는다.

"현종민 선배는 아직 신혼이신데, 가장 타격이 크시겠어요?"

"신혼은 무슨……. 와이프는 아직 모를 수도 있어요. 뉴스를 잘 안 보는 편이거든요. 저 혼자 아침에 집 나와서 몇 걸음 옮기자마자, 형사들이 달려들었어요. 자주 보던 서촌경찰서 형사들이라 그리 놀라지는 않았죠. 살다 보니 진짜 별일이 다 있네, 그런 생각이 들더라구요. 서촌서는 경찰기자 시절에 제 출입처였거든요."

다른 수감자 세 명과 경찰 간수도 귀를 쫑긋하고 듣는다. 세진이 자기 얘기를 시작한다.

"막내인 저는 선배들 말씀이 떠올랐어요. 기자에게만 주어진 특혜, 광폭 인생! 경찰서 유치장부터 청와대까지, 노숙자에서 재벌 총수까지 경험하는 광폭 인생 말이죠. 제가 아직 철이 들 나이가 아닌 건 아시죠? 그런데 선배들도 유치장은 처음이죠?"

4번방의 윤동우가 머뭇거리다 입을 연다.

"나야 군사독재 때 대학 다녔으니, 유치장은 두세 차례 들락거렸지. 6월항쟁 전의 경찰서 유치장은 폭력이 난무했어. 불심검문에 걸리거나 시위하다 잡아온 대학생들을 개 패듯이 때렸으니까."

유치장이 타임머신이 되어 윤동우를 20여 년 전으로 데려간다. 덩치 큰 조승헌이 묻는다.

"윤선배도 맞았어요?"

"많이 맞지는 않았어. 일부 형사들은 치사했어. 혹시라도 행정고시나 사법고시 패스해서 자기 상관으로 올 가능성이 있다면서, 소위 명문대생들은 겁만 주더라구. 구타에도 학벌 차별이 있었던 거지. 공연하다 들어온 모 대학교 탈춤반 학생들이 있었는데…… 경찰봉으로 어찌나 두들겨 패던지……. 맞서지도 못하고 비겁하게 가만있었던 게 늘 마음의 상처지. 그래서 처음 경찰서 출입기자 됐을 때, 시위하다 잡혀온 대학생들한테 빵이랑 우유 엄청 사 먹였지."

윤동우의 얘기가 다소 침울한 톤으로 마무리됐다. 하지만 세진은 아랑곳하지 않고 질문을 이어갔다.

"윤선배도 비겁한 경우가 있었군요. 근데 87년 6월항쟁 이후는 좀 달라지지 않았나요?"

"87년은 거리에서 구호만 외치거나 유인물만 뿌려도 바로 끌려가던 시절이야. 캐주얼한 사복을 입은 경찰들이 캠퍼스에 숨어들고 백골단이라고 불리는 특수경찰이 늘 대기했지. 6월 10일, 항쟁 첫 집회 날 명동에 내리는데…… 정말 긴장됐지. 한 학년 아래 여학생과 손을 잡고 연인인 척하면서, 지시가 내려진 명동 분수대로 떨면서 걸어갔지. 그런데 막상 구호를 외치니 시민들이 박수를 쳐주더라구. 경찰이 최루탄을 쏘자 눈물 닦을 휴지를 던져줬어. 골목길로 도망치니, 호프집 여종업원이 테이블 아래로 숨겨주고……."

현종민이 시사를 드라마 모드로 받아친다.

"윤선배, 혹시 그 여학생이 지금 형수님이에요?"

"아니지, 인마. 어쨌든 6월항쟁으로 빼앗겼던 대통령직선제를 되찾는 데 성공했어. 난 그 과정에서 명동시위 현장의 현장음과 생생한 분위기를 그대로 전하는 TV 뉴스의 힘을 확인했어. 아쉽게도 명동성당의 대학생 농성과 이한열 열사의 죽음은 축소 보도됐었지만…… 활자매체와는 달리, 방송은 머리뿐 아니라 가슴을 움직이는 듯 보였어. 그리고 물론 6월항쟁 이후는 세상이 좀 변했지. 다음해에 또 경찰서 유치장에 끌려갔는데, 그때는 대학생 때리는 형사는 보지 못했어. 세상이 좀 바뀐 거지."

세진이 다시 끼어든다.

"결국 6월항쟁이 오늘의 방송기자 윤동우를 만들었다, 뭐 이런 거대담론인가요?"

"광주학살의 주범인 군인들이 계속 대통령을 하는 세상에서 공무원을 선택할 수는 없었어. 어려서부터 꿈꿔온 고시의 길을 접었지. 그들을 타도하자면서 스스로 숨겨간 열사들이 적지 않았거든……. 돈 많은 재벌이 더 부자가 되게 도와주며 살기도 싫었어. 그저 술과 담배로, 폐인처럼 지냈지. 그러다 문득 '탁 하고 치니 억하고 죽었다'는 박종철 열사의 고문치사 사건을 세상에 알린 게, 기자라는 사실이 떠올랐어. 1987년 1월 박종철의 죽음은 사실상 6월항쟁의 시작이었거든. 그 기사와 6월항쟁의 경험이 '방송기자'를 목표로 정하게 만들었지. 그런데 이렇게 나이 먹어서 유치장에 다시 갇히리라곤 상상도 못했다."

대화는 오래 이어지지 못했다. 예상했던 견제구가 날아왔다.

"소등! 취침!"

불은 꺼졌지만 낯선 유치장에서 쉽게 잠이 오지 않는다. 윤동우의 대학시절 얘기는, 세진에게 중학교 3학년 때의 기억을 떠올리게 했다.

그해 3월 세진은 중학교 총학생회장 선거에 출마했다. 경쟁자인 다른 후보의 어머니는 모 호텔 뷔페로 선생님 수십 명을 초대해 접대했다는 소문이 돌았다. 어떤 담임교사는 특정 후보를 뽑으라고, 반 아이들 중 일부에게 은근히 강요했다는 소리도 들렸다. 하지만 세진은 네 명의 후보 가운데 최다 득표로 당선됐다. 출신 초등학교별로 봤을 때, 가장 인원이 많은 공립초등학교에서 4학년 때부터 축구를 한 게 도움이 된 듯했다.

세진의 아버지는 고등학교 사회 선생님이었다. 풍족하진 못해도 가난하지 않았고, 전업주부인 어머니의 보살핌은 정성이 넘쳐났다. 하지만 기사 딸린 최고급 승용차를 타고 등교하는 사립초등학교 출신 친구들에게는 상대적 빈곤감을 느끼곤 했다. 그런 묘한 감정은 선거 뒤, 교장실에 처음 들어갔을 때 극대화됐다. 교감은 새 학생회장이라고 소개했고, 교장은 축하의 의미로 악수를 청했다.

그런데 소파에 앉자마자 교장의 입에서는, 선거에 나왔던 다른 학생의 이름이 튀어나왔다.

"○○○ 군, 축하해요."

세진은 모욕감에 얼굴이 화끈 달아오르는 것을 느꼈다. 당장이라도 벌떡 일어나 교장실에서 뛰쳐나가고 싶었다. 그때만큼 시간이 더디게 흐른 적은 없었다. 가까스로 스스로를 찍어 누르는데, 한 가지 생각이 점점 굳어져갔다.

'선거 때 후보 엄마들이 치맛바람을 일으켰다는 게 헛소문이 아니었구나.'

그 이후 세진은 학생회장이면서도 때로는 반항적인 태도를 보였다. 제자들을 부모의 재력에 따라 차별하는, 일부 교사들에게 반감이 생기기 시작했다.

주변에서 코 고는 소리가 들려오기 시작했다. 세진은 즐거웠던 고등학교 수학여행을 일부러 떠올리며 잠을 청했다.

태양은 경찰서 유치장에도 아침을 나눠준다. 노동조합의 투표 결과도 전해졌다. 보도국 기자들이 제작 거부에 들어가자, 제작국과 교양국 등 ABC 동료들이 노동조합 차원의 파업 여부를 투표에 붙인 것이다.

"윤선배, 91% 투표 참가에, 89%가 파업에 찬성했답니다."

이세진이 1보를 전했다. 노동조합 민주방송실천위원회(민실위) 출신인 현종민이 재빠른 분석을 내놓는다.

"그 정도면 아마 역대 두 번째로 높은 파업 찬성률일 거예요. 납득할 수 없는 긴급체포와 영장 청구가 결정적 역할을 했다고 봐야겠죠."

보도국 15년 차 이하 기자들 십여 명으로 구성되어 메인 뉴스 리포트의 공정성과 중립성, 객관성을 평가하고, 그 결과를 서면으로 보고해 공유하는 민실위 출신이기에 내놓은 자연스러운 분석이었다.

윤동우가 여짓거리다 속내를 털어놓는다.

"좀 이상한데……. 검찰 출입기자 시절에, 조폐공사 파업 유도 사건을 취재한 적이 있어. 사측이 파업을 유도하는 경우도 있다는 거지. 그런데 보통 사람들은 왜 사측이 노동자들의 파업을 일부러 유도하는지 이해하지 못하잖아. 나도 그전까지는 그랬으니까……. 파업을 유도하면, 맘에 안 드는 노조 간부들을 쫓아내거나 처벌할 수가 있거든. 노동자의 편이 아니라 사측의 편에 서는, 노무사 집단이 있다는 방증이기도 해. 이윤만을 추구하는 일반 사기업에서는 불가능한 일이지만 공기업은 다르지. 매출이나 이윤이 최우선이 아닐 수 있어서 언제나 파업 유도는 가능한 일인 거지."

조승헌 기자가 받았다.

"그러면, 윤선배 말씀은……. 우리를 긴급체포해서 공영방송인 ABC 직원들의 분노를 자극하게 한 뒤에 총파업을 유도했다. 그러고 나서 현 정권의 재집권에 걸림돌이 되는 기자와 피디들을 제거한다. 뭐 이런 시나리오가 가능하다는 거죠?"

윤동우가 어두운 표정 가운데서도 미소를 띠며 대꾸한다.

"자식, 많이 컸네. 뭐 그럴 개연성도 배제할 수 없다는 거지. 어쨌든 시나리오대로라면 오히려 이제 우리는 이용 가치를 다했으니 곧 석방될 테지."

1975년 박정희 유신정권 치하의 동아투위 사건 때도 기자에게 영장을 청구하는 일은 없었다. 동아투위 사건은, 동아일보 기자들이 언론에 대한 외부 간섭 배제와 언론인 불법 연행 거부 등을 주요 내용으로 '자유언론실천선언'을 발표하면서 시작되었다. 그러자 광고주들이 정권의 눈치를 보며 광고를 빼버렸고 신문사 경영진은 넉 달을 버티지 못하고, 정권과 광고 압력에 굴복했다. 농성 중이던 160명의 기자와 사원들이 해직돼 거리로 쫓겨난 게 동아투위 사건이었다. 그 엄중한 시절에도 기자들에게 영장을 청구하지는 않았었다. 그랬는데 그로부터 37년이 지난 오늘, 백두대낮에 농성 중인 기자들에게 구속영장이 청구되었던 것이다.

ABC 경영진의 고소로 촉발된 경찰의 현직기자 긴급체포와 영장 청구는 노동조합의 총파업 투표로 이어졌다. 시사교양국과 아나운서국, 드라마국과 예능국, 기술국과 경영국에 속한 대부분의 직원들이 이런 비정상적인 상황을 받아들이지 못했다. 게다가 인기스타가 진행하던 시사토크쇼 〈X〉가 폐지됐다. 또 피디들의 자존심인 〈피디노트〉와 동영상 뉴스인 〈돌발 현장〉의 담당자들도 대거 교체됐다. 사실상 유명무실화된 것이다.

사내 민심이 요동치기 시작했다. 여기에 진보적 발언을 즐겨 하던 개그맨 출신의 라디오 DJ가 석연치 않은 이유로 하차하면서 새 사장에 대한 분노가 커져갔다. 노동조합 게시판에는 공정 방송을 지켜내야 한다는 글들이 이어졌다.

언론인의 길

상층부의 목적이 어디에 있었건, ABC 노동조합의 파업 투표 결과는 보도본부 간부들을 비상으로 몰고 갔다.

"이봐, 보도국장. 파업하면 뉴스 제작 방송 인력 어떻게 확보할 거야?"

배석호 보도본부장이 오형석 보도국장을 압박한다.

"뉴스 시간을 절반으로 줄이고, 관례상 파업에 참가하지 않는 보직부장 십여 명이 직접 리포트를 제작하게 할 계획입니다."

"그거 가지고 되겠어? 파업에 참가하지 못하게 최대한 설득해서 인력을 더 확보해야지. 해외 연수와 특파원 노리는 차장급 기자들을 집중 공략하란 말이야. 그리고 어떻게 해서든 보직 부장하려고 목숨 거는 캐릭터들 있잖아. 그런 애들도 잘 꼬셔보구. 알아들었어?"

보도국장이 밝아진 표정으로 대꾸한다.

"역시 본부장님의 명석한 두뇌는, 늘 감동입니다! 바로 시도하겠습니다."

보도국장이 홀로 쓰는 테이블은 회의를 진행해도 될 만큼 지나치게 크다. 오형석은 그 테이블에 홀로 앉아, 차장급 중 설득당할 가능성이 높은 기자들의 리스트를 작성했다. 한참 뒤, 유선전화기를 집어 든다.

"○○○ 선수, 고생이 많지?"

"국장님, 어쩐 일이십니까?"

"이번 파업은 명분이 약하잖아. 너두 이제 15년 차 기잔데, 또 파업하면서 가정 경제에 피해를 끼쳐서야 되겠어? 그리고 너희들 없으면 늙은 내가 어떻게 그 긴 뉴스 시간을 메우겠어?"

"국장님, 심정은 충분히 이해하는데요. 우리 보도국 전통상 차장급이 파업에 불참하면 후배들에게 시정잡배로 매도되면서 매장되는 거 잘 아시잖아요. 국장님도 차장 때까지는 파업 참가하셨잖아요."

"야, ○○야. 너 한 명 안 한다고 해서 대세에 지장이 있는 것은 아니잖아? 티도 안 난다구⋯⋯. 그리고 이건 아직 보안인데⋯⋯ 너 샌프란시스코 특파원 지난번에도 지원했다 미끄러졌지? 이번에 나 도와주면, 가을에 샌프란시스코 특파원 보내줄게!"

"국장님, 정말요? 그렇게만 해주신다면야 생각해보겠습니다."

"생각은 무슨 생각, 내가 약속 안 지킬 사람이야? 당장 보도국으로 올라와."

오형석 보도국장은 묘한 성취감을 느끼며 다시 전화를 돌린다.

"○○야, 너 국회반장 한번 해보는 게 소원이라고 했지? 그거 시켜줄 테니 파업 접고 올라와라."

파업 불참을 유도하는 전화 통화는 계속해서 이어졌다.

보도본부장실에는 실물보다 조금 날씬하게 비치는 새 전신거울이 배치돼 있다. 배석호 보도본부장도 유선전화기를 집어 든다. 대상은 국장들이다. 첫 번째는 아나운서국장이다.

"김국장, 안녕하신가? 낮뉴스 진행할 젊은 아나운서 남녀 한 명씩은 꼭 확보해야 하는 거 알죠? 낮뉴스와 저녁뉴스 앵커 시켜준다면서 잘 설득해봐요. 어차피 뭐 얼굴 널리 알려 프리 선언하면서 몸값 올리고 국회의원 출마도 하면, 누이 좋고 매부 좋은 거 아니겠어요?"

배석호 본부장의 주판알이 빠르게 튕겨진다.

'자리를 미끼로 차장급 기자 십여 명 땡기고, 아나운서 두세 명 주저앉히면 됐고……. 이제는 제대로 컨설팅을 받아 전략적으로 대응해야지…….'

얼마 전, 채석규 중앙정보국 차장에게서 받은 명함을 꺼내든다. 노무법인 '개벽'의 대표노무사 휴대번호를 누른다. '개벽'은 노동자의 반대편에 서서 노동조합 파괴에 앞장서는 것으로 악명 높은 노무법인이다. 노동조합원의 숫자가 줄어드는 만큼 컨설팅비를 성과급으로 챙기는 것으로 유명하다.

"김대표님, 안녕하십니까? 중앙정보국 채석규 차장 소개로 전화드립니다. 잠시 통화 가능하신지요?"

'서울도 태풍 산바의 영향권에 들어섰다'는 기상캐스터의 오디오가 TV에서 흘러나왔다. 의자 뒤편 통유리로 빛줄기가 번쩍이더니,

천둥소리가 요란하게 들려온다.

윤동우 기자의 예상대로, 법원은 구속영장을 발부하지 않았다. 도주나 증거인멸의 우려가 없는 만큼, 구속이 필요 없다고 판단한 것이다. 서촌경찰서 정문 주변은 ABC 기자와 동료들, 신문과 방송사 취재진으로 발 디딜 틈이 없다. 현종민 기자가 마이크잡이를 맡는다.

"기자들을 유치장에 가둘 수는 있어도, 공정 방송을 향한 열정마저 가둘 수는 없습니다. 언론의 공정성과 독립성을 위한 우리의 노력은 멈추지 않을 것입니다. 1975년 언론 자유를 위해 모든 것을 희생한 동아투위 선배들의 정신을, 우리는 반드시 이어갈 것입니다."

조합원들의 박수가 터져 나온다. 윤동우의 아내가 기쁨의 눈물을 흘리며 남편과 포옹한다. 조승헌 기자가 아내의 어깨를 품에 안는다. 환호성이 시작되면서 박수소리가 커진다. 이세진은 다급하게 눈동자를 굴리며 김다혜의 모습을 찾는다. 하지만 보이지 않는다.

제작 거부한 기자들이 떼를 지어, 경찰서 앞 숯불구이집으로 향한다. '석방 축하' 소맥 칵테일이 바쁘게 제조된다. 김다혜는 끝까지 모습을 드러내지 않았다.

같은 시각, 소공동의 L호텔 로비 커피숍에 감색 정장을 입은 김다혜가 앉아 있다. 뚜쟁이들 사이에서 풍수지리학적으로 맞선 성공 확률이 높다고 소문난 장소다. 의자 뒤에서 비치는 은은한 조명이 손님들의 인물을 돋보이게 하는 섬세한 인테리어다. 터선이 브이라인에 가까운, 하얀 피부의 남성이 눈을 반짝이며 탐색을 시작한다.

"결혼하신 뒤에도 기자 생활을 계속 하실 생각인가요?"

다혜는 부모님의 성화를 이기지 못해, 미루고 미루던 소개팅 의무방어전을 치르는 중이다. 집안 형편이 어려워, 의대에 갈 성적이 됐는데도 약사의 길을 택한 다혜 아버지는 의사 사위 보기를 은근히 원해왔다.

제작 거부로 시간이 많아진 만큼, 소개팅을 더 이상 미룰 명분이 약해졌다. 여기에 이세진의 생뚱맞은 외박도 이 자리에 나오는 데 한몫을 했다. 카리스마 있는 오디오와 불의를 그냥 지나치지 않는 정의감은 세진의 매력 포인트임에 틀림없다. 하지만 일생을 함께 할 배우자로서는 마이너스 요인이다. 본부장이나 사장과의 대거리에서도 너무 앞장서서 사측의 고소 대상이 된 것도 마땅치 않은 측면이 있다.

"초면에 훅 들어오시네요. 어렵게 패스한 언론고시인데 정년까지 꽈~악 자리 보전해야겠죠?"

'꽉'이란 단어에 힘을 실어 말하자 예상 밖으로 한쪽 입꼬리가 슬쩍 올라간다. 내심 다행이다 싶은지, 쓰윽 미소까지 짓는다.

"말씀드린 대로 저는 내과의사지만, 건강검진 전문 병원을 운영하는 게 꿈입니다. 혹 다혜 씨가 의학이나 복지 전문 기자가 되어주신다면, 서로 윈윈하는 멋진 그림을 그려볼 수 있겠죠."

다혜의 표정이 아주 짧은 순간 일그러졌다가 펴진다.

'뭐? 나더러 의학 전문 기자 하면서 당신 병원 마케팅하라구?'

적잖은 사람들은 기자를 무료 촉매제, 값싼 자동판매기라고 여긴다. 자신의 비즈니스나 이벤트에서 뉴스나 기사를 이용해 한몫을 챙겨보겠다는 마케팅 전술을 드러낸다. 우리 사회의 새로운 문제를 제기하고 트렌드를 조명해서, 해결책과 대안을 제시해야 할 기자를 '브로커'쯤으로 바라보는 것이다. 일제강점기에 떡고물을 위해 친일에 앞장서던 일부 신문의 폐습이 완전히 사라지지 않은 데 원인이 있다고도 볼 수 있다.

한국기자협회에 가입된 언론사만 180개가 넘는다. 그리고 한국기자협회에 가입을 신청한 작은 언론사가 50개에 이른다. 수백 개 언론사 중에 공영방송 기자의 자부심은 매우 강한 편이다. 그런 그녀를 사이비 언론사 직원쯤으로 인식하는 브이 라인 의사의 천박한 언론관을 더 이상은 견디기 힘들다. 서둘러 자리를 정리한다.

"저녁 잘 먹었습니다. 너무 늦었네요. 오늘은 이만"

호텔을 나서는데, 오랜만에 세진의 얼굴이 떠올랐다.

'석방 축하를 빙자해서 거나하게들 마시고 있을 텐데……. 여의도 호프집으로 갈까?'

아직 세진에게 그날 밤 나인 언니네 집에서의 하룻밤에 대해 아무런 설명도 듣지 못했다. 아무 일 아닌 듯 쿨하게 지나가기에는 다혜의 마음이 자꾸 복잡해진다. 택시를 잡는 자신의 몸을 감싼 감색 투피스가 눈에 거슬린다. 그냥 집으로 향한다.

검정 가죽 미니스커드에 머리를 살짝 올려 묶은 나인이 파랑새 인근 와인바로 들어온다.

"나인 씨, 여기예요."

바에 앉아 있던 이세진이 몸을 돌린다. 올려 묶은 머리 탓에, 길고 하얀 나인의 목선이 선명하게 드러난다. 나인과 눈을 마주치는 순간 세진은 자기도 모르게 귓불이 빨개진다. 나인의 눈보다 입이 먼저 웃는다.

"이 늦은 시간에 어쩐 일이세요?"

석방 축하 기념으로 숯불구이집을 거쳐, 단골 호프집에서 2차까지 마쳤건만 알코올이 잘 흡수되지 않았다. 세진은 몇 번이나 메시지를 보냈건만, 다혜는 묵묵부답이었다. 다혜의 야속한 연락 두절에, 세진은 빨리 나인을 만나기로 마음먹었다. 오해를 풀어달라고 부탁하기 위해서다.

"하하, 지나다가 드릴 말씀도 있고 해서요."

"그랬군요. 사실 나도 하고픈 얘기가 조금 있었는데…… 잘됐네요."

침대에서 본 세진의 허벅지 근육이 잠시 스쳐 지나간다.

"혹시 뉴스 보셨어요?"

"아뇨. 뉴스랑 그다지 안 친해서요."

"아~ 다행이네요. 저 긴급체포돼서 경찰서 유치장에서 이틀 있다가 오늘 저녁에 석방됐어요."

"아~ 그런 끔찍한 일이…… 고생 많으셨죠?"

나인의 가는 손가락이 퍼지면서 세진의 턱을 감싸 쥔다. 그녀의 속눈썹이 콧등에 느껴진다.

나인의 몸에서 나는 향기까지 더해져 거북해지지만 어쩌지 못한다. 나인이 그의 턱에서 천천히 손을 뗀다.

잠시 후, 둘은 가로수길을 걷고 있다. 와인바를 나왔을 때, "조금 걷자"는 말이 세진 입에서 불쑥 튀어나왔다. 밤공기는 기분이 좋을 만큼 선선하다. 은행 열매 냄새는 코끝을 자극한다.

가로수길은 늦은 밤에도 분주하다. 나인은 가끔 세진의 손을 잡아 이끌었다.

세진이 ABC방송 기자들이 체포된 경위와 배경을 설명했다. 석방돼 나오는데, 김다혜 기자는 축하 회식에 참가하지 않았다는 얘기도 덧붙였다.

나인은 로스쿨에 다니는 남동생의 진로에 대해 세진에게 자문을 구했다. 동생과 가족의 생활비 일부는 그녀가 책임지고 있었다. 그녀는 발레를 전공한 것을 후회하는 듯 보였다.

야외 카페들이 늘어선 큰길 안쪽 골목길로 접어들자, 귀뚜라미 소리가 들려온다.

"커피 한 잔 하고 가세요."

나인이 세진을 보며 낯익은 빌라를 손으로 가리킨다.

"그럴까요?"

방금 내린 따뜻한 커피를 테이블에 내려놓으며 나인이 세진 옆에 앉는다. 몇 주 전 만취되어 하룻밤을 자고 간 기억이 다시 떠올랐다.

"와인에 커피까지. 오늘 석방 축하와 위로 고마워요."

나인의 체취에 긴장한 세진의 목소리가 조금 커져 있다.

"나인 씨, 사실 저 드릴 말씀이 있어요……."

나인이 꼬고 앉은 다리의 위치를 바꾸며 바짝 다가와 앉는다.

"사실 김다혜 기자랑 사내 연애를 몰래 시작한 단계예요. 그런데 나인 씨 집에서 신세 진 직후부터 다혜가 모든 연락을 끊었어요. 아무 일도 없었다는 걸 믿지 않는 눈치예요……."

나인의 검지가 세진의 입술을 세로로 지그시 누른다. 더 이상 입술을 움직일 수 없다. 코끝이 닿을 정도로 가까이 다가온다. 그녀가 이해했다는 듯, 얇고 투명한 눈꺼풀을 두 차례 내렸다 올린다.

"쉬~잇. 오늘은 얘기하지 않으셔도 돼요."

나인이 자리에서 일어나 세진의 목을 뒤에서 감싼다. 그녀의 가는 손가락이 세진의 가슴에서 달팽이처럼 천천히 움직인다. 진한 커피향이 거실에 은은하다. 냇킹콜이 부른 재즈 〈센티멘탈 리즌〉이 잔잔하게 흐른다. 그럴수록 세진의 몸은 오히려 굳어간다.

여의도 한강시민공원 벤치 주변은 은행잎과 단풍잎이 섞여 나뒹굴고 있다. ABC 노동조합의 무노동 무임금 파업은 70일을 넘겼다. 뉴스는 물론 시사와 예능 프로그램이 차질을 빚고 있지만, ABC 경영진은 노동조합과의 협상을 두 달째 거부해왔다.

"언론 자유를 위한 싸움에, 너무 늦은 때라는 것은 없습니다."

ABC 1층 로비에 백발의 신사 십여 명이 방문했다. 1975년 동아투위 사건으로 해직된 동아일보의 옛 기자들이다.

"여러분은 지금 언론인의 길을 갈 것인가, 아니면 월급만 바라는 직장인의 길을 선택할 것인가. 그 기로에 서 있습니다. ABC 여러분의 노력은 언론 자유의 기틀을 마련하는 소중한 저항이 될 것입니다."

30년 넘게 해직 기자로 살다 시인이 된 황명규 선배가 마이크를 잡았다. 자신이 직접 쓴 〈실업의 계절〉이라는 시를 낭송했다.

고장 난 시계나 라디오, 증권 삽니다
늙은 행상의 맥 빠진 외침소리가 잦아드는 골목 안에서
지난여름 우리는 얼마나 답답해 죽으려 했던가
사지가 멀쩡하고 능력도 있으면서
일자리가 없어 방바닥을 뒹굴고
예비군복이나 걸치고 동네를 헤매던
그 무위의 하고한 나날들은
얼마나 참을 수 없는 지옥이었던가

낭송을 마친 동아투위 선배가 고개를 들었다. 깊게 패인 주름살 사이로 기나긴 해직의 아픔이 묻어났다.

"1975년부터 정말 지난한 세월이었습니다. 쫓겨난 우리들끼리 똘똘 뭉쳐서 지냈기에 버틸 수 있었죠. 마치 남극의 펭귄들이 서로 몸을 비벼 체온을 유지하듯이 말입니다. 그 젊은 날에 길거리에 내팽개쳐졌으니, 혼자서는 견디기 어려웠죠……. ABC 후배들도 늘 같이 지내며 고립감을 막아내고 승리하길 바랍니다."

언론 자유를 위해 평생 동안 뜻을 꺾지 않은 동아투위 기자들은 ABC 구성원들에게 묵직한 자극이었다. 파업 두 달을 넘기면서 지치기 시작한 그들에게, 저항의 역사적 의미를 되새기게 했다. 동아투위 외에 언론개혁시민연대 등 국내 언론 단체는 물론, 국제사무직노동운동조합(UNI)도 ABC를 찾아 연대할 것을 약속했다.

"방금 확인된 속보를 전해드리겠습니다."

집회가 끝나갈 무렵, 진행을 맡은 홍보국장의 목소리가 다급해졌다.

"사장과 보도본부장이 파업 대체 인력을 뽑기로 결정했답니다. 경력 기자와 피디들을 최대한 빨리 뽑아, 제작에 투입하겠다는 것입니다. 이는 명백한 불법행위입니다. 합법성을 인정받은 파업이 진행 중일 때는 현행법상 대체 인력을 뽑을 수 없기 때문입니다. 물론 이번 조치는 명백한 불법인 만큼, 현 경영진을 사법 처리할 수 있습니다."

1987년 6월항쟁 이후, 언론사마다 길고 짧은 파업이 여러 차례 있었다. 하지만 경력 기자와 경력 피디를 급히 대체 인력으로 뽑은 일은 한 번도 없었다. 경력자 충원은 후배들에 대한 선전포고와 다름없다. 공정 방송을 위해 월급을 포기하고 싸워온 후배들에게 결별을 선언한 것이기 때문이다.

'더 이상 타협은 없으니, 어서 파업 접고 올라와라. 그렇지 않으면 너희 자리는 끝이다!'라는 돌직구인 셈이다. 글러브도 마스크도 없는 포수에게 던져진 강속구. 경력자들로 빈자리를 채우면, 파업이 끝나도 돌아갈 곳이 없어진다. 파업 유도 의혹을 제기한 유치장의 기자들도 예상하지 못한 '대체 인력 투입 정국'이 벌어진 것이다.

전체 집회가 끝나고 부문별 토론이 이어졌다. 새 기자회장 현종민이 마이크를 잡았다. 2주일 전, 보도국 기자들은 새 기자회장에 현종민을 선출했다. 기자회장은 15년 차 전후의 기자들이 1년을 임기로 봉사하는 자리다.

"ABC기자회는 보도본부장에게 공식 면담을 요청합니다. 정당한 파업 중에 대체 인력 모집 공고를 낸 것은, 법치국가에서는 있을 수 없는 일입니다. 당장 철회해야 합니다."

유치장을 다녀온 뒤, 한동안 조용했던 이세진 기자가 간만에 마이크를 신청한다.

"노동조합법은 쟁의행위 기간 중에 대체 인력 채용과 업무 하도급을 금지하고 있습니다. 때문에 이는 명백한 단체행동권의 침해입니다. 정부는 당장 특별근로감독을 실시해야 합니다."

유치장에서 이틀 밤을 같이 보낸 조승헌 기자가 마이크 없이, 바닥에 앉은 채로 외친다.

"기자회장님, 다 같이 본부장실이 있는 10층으로 올라갑시다. 직접 얼굴 보고 따져야 합니다. 불법행위를 바로잡아야 합니다. 기자들은 사회의 여러 불법행위에는 분노하면서, 자신들이 속한 언론사의 불법에는 왜 유독 눈을 감으려 합니까?"

어색한 침묵이 흘렀다. 하지만 침묵을 깨는 박수가 뒤쪽에서 시작되자, 걷잡을 수 없이 커지면서 그칠 줄을 모른다.

"불법 대체 인력, 즉각 철회하라!"

순발력 넘치는 구호 소리가 이어지고, 백 명이 넘는 기자들이 엘리베이터를 나눠 타고 본부장실로 올라간다. 10층 복도를 가득 메운 기자들이, 빽빽이 복도를 채운다. 본부장실은 경호 인력이 가로막아 접근할 수가 없다. 바닥에 양반다리로 앉아 장기전을 편다. 야무진 구호 소리가 좁은 로비와 복도에 메아리친다. 사회를 맡은 노동조합 편제국장은 막내 기수 조합원들이 소신 발언을 하도록 유도한다.

유리창 문턱에 머물던 햇빛이 어느덧 복도 가운데까지 파고든다. 최지웅 기자가 자리에서 일어난다.

"이제 얼마 안 있으면 퇴근 시간입니다. 임원들은 비상 엘리베이터를 이용해 로비로 내려갈 수 있습니다. 본부장은 배정받은 회사차를 타고 퇴근합니다. 이제는 1층으로 옮겨야 할 시간입니다."

농성 참가자 중 최고참급인 윤동우 차장이 이례적으로 발언권을 신청한다.

"다만, 꼭 잊지 말아야 할 것이 있습니다. 지금까지의 경험과 법원 판례를 통해 알 수 있듯이, 본부장 몸에는 절대로 손을 대서는 안 됩니다. 손가락 끝이 옷깃을 스치기만 해도, 업무방해와 폭력 등의 혐의를 덮어씌워 또 고소를 할 가능성이 높습니다. 노동조합 자문 변호사들이 늘 강조하는 이 부분, 오늘도 기억해야 합니다!"

정문 현관에 검은색 체어맨이 들어서고, 잠시 후 배석호 보도본부장이 임원용 엘리베이터에서 모습을 나타낸다. 현종민 기자회장 등 대여섯 명의 기자들이 민첩하게 승용차의 문을 막아선다.

"뭐야? 당장 비키지 못해!"

현관 밖으로 나온 배석호 본부장이 언성을 높인다. 최지웅 기자의 시뮬레이션이 정확히 들어맞은 셈이다.

"정당한 파업 중 대체 인력 채용은 명백한 불법입니다. 배선배, 어서 철회하시죠."

현종민 기자회장이 나름 예의를 갖춰서, 차분한 톤으로 첫 합을 시작한다. 기자들은 일반적으로 '님'자를 붙이지 않고 '선배'라고 부르는 게 일반적이다. '선배'라는 호칭은, 최소한의 애정을 아직은 갖고 있음을 내포하는 표현이기도 하다.

"난, 너희들 같은 후배 둔 적 없어. 보도본부장 퇴근길을 막아? 이건 명백한 업무방해야. 유치장 다녀오고도 아직도 정신 못 차렸어?"

백 명이 넘는 기자들이, 본부장 차량을 둥글게 둘러싼다. 이세진 옆으로 김다혜가 밀려온다. 어깨가 살짝 부딪친다. 다혜가 가볍게 눈인사를 한다.

다혜와 세진 사이의 냉랭한 갈등은 지난 주말 극적으로 회복됐다. 나인의 주선으로 함께 만나 취재 작전을 짜면서, 분위기가 반전됐기 때문이다.

"세진 씨, 씻는 거 별로 안 좋아하는 편인가 봐? 발 냄새가 어후! 너무 심해서 소파에 밴 냄새 빼느라 내가 얼마나 고생했는 줄 알아요?"

"아이고, 죄송합니다. 세탁비 청구하시면 바로 송금하겠습니다."

"다혜 너, 앞으로 자기 동료는 본인이 직접 챙겨. 안 그러면 나 취재고 뭐고 안 할 거야."

그날 나인은 중요한 정보를 풀어놓았다. 조경혜 의원과 미미 킴으로 보이는 재미교포가 지난겨울 VVIP들만 출입하는 백화점 명품관의 프라이빗 쇼룸에 다녀갔다는 얘기였다. 라벨이 없는 최고급 수제 명품을, 현금으로 구입했다는 얘기도 덧붙였다.

"언니, 진짜 발 넓다. 그 얘기는 어디서 들은 거야?"

"이거는 진짜 비밀이야. 잘못하면 내 친구 바로 잘려. 친구가 명품관 VVIP 매니저의 도우미거든."

명품관은커녕 백화점도 별로 가본 적이 없는 이세진이 용기를 내서 끼어든다.

"제가 이 바닥은 워낙 문외한이라서요. 다음에 다시 온다면 혹시 몰카 같은 게 가능할까요?"

"아마 불가능할 거예요. 세진 씨가 다른 직장을 미리 알아봐준다면 가능할지 몰라도……."

둘이 함께 명품관에 나타났다면, 출산과 입양 의혹을 뒷받침할 훌륭한 정황증거가 될 수 있다. 리라를 몰래 낳은 조경혜 의원이 재미교포 미미 킴에게 입양을 시키고, 그 고마움에 보답하기 위해 명품관에서 최고급 명품을 자주 선물한다는 시나리오가 가능해지기 때문이다. 다혜와 세진은 그날 밤 '특종 본능'이 깨어나며 술을 자제한다.

'가정이 맞다면, 조경혜와 미미 킴은 도대체 어떤 관계일까?'

데킬라 없이 맥주만으로 술자리가 마무리됐다. 세 명 모두 각자의 집으로 향했다.

"불법 대체 인력 즉각 철회하라!"

"배석호는 물러가라!"

구호 소리가 갑자기 커지면서, 세진의 의식이 시간 여행을 마치고 현실로 돌아온다. 조승헌 기자가 보도본부장 앞에 나선다.

"지금 급하게 경력 기자를 채용하면, 경쟁력 있는 타사 기자들이 지원을 할 거라고 보시나요?"

"야! 조승헌이, 경쟁력 있고 없고는 네가 판단할 문제가 아니야!"

최지웅 기자가 차분히 가라앉은 목소리로 공세를 이어간다.

"제 눈에는 존경했던 선배 기자 배석호는 간데없고, 출세에 눈먼 불쌍한 중년 남성만 보입니다. 배선배, 정말 왜 이러십니까? 이러시면 안 됩니다. 민주주의와 공정 언론을 위해 나름 애써오시지 않았습니까?"

배석호가 말없이 최지웅을 잡아먹을 듯이 노려본다. 갑자기 현종민 기자회장을 밀치며 기자들 틈새를 비집고 승용차 문으로 접근한다. 현종민은 '본부장 몸에 손을 대서는 안 된다'는 지시를 기억하며 본부장의 팔을 피한다. 본부장이 승용차 문손잡이를 힘껏 당긴다. 하지만 문은 열리지 않는다. 기자들이 차 안으로 들어올까 두려워 운전기사가 안에서 잠갔기 때문이다.

너무 힘껏 문을 당긴 탓에 제 힘을 이기지 못하고 휘청거린다. 순간, 노회한 본부장의 뇌리에 잔꾀가 떠오른다.

"어! 선배를 밀어? 지금 나를 밀친 게 누구야?"

현종민 기자회장이 어이없어하며 답한다.

"본부장님, 왜 이러세요? 지금 이 현장을 촬영하는 카메라가 다섯 대가 넘습니다. 저쪽 벽에는 CCTV가 돌아가고 있구요."

"어이구~ 내 목이야!"

본부장이 뒷목을 잡으며 아스팔트 바닥에 주저앉는다. 경호원과 운전기사가 본부장을 부축해 뒷자리에 앉히고 서둘러 출발한다.

"아이, 저런 개자식! 마라도나보다 뛰어난 할리우드 액션이네."

세계적인 축구선수 마라도나가 1986년 월드컵 8강전에서 팔을 이용해 공을 컨트롤한 뒤 비겁하게 넣은 골을 언급한 것이다. 이 골은 월드컵 사상 최악의 오심으로 기록됐으며 '마라도나의 신의 손' 사건이라고 불린다. 마라도나는 20년이 지나서야 자신의 잘못을 인정했다.

"저 양반 어쩌다 저렇게 망가진 거야?"

"그러길래 잘 늙는 게 중요하다는 대선배들 말씀이 정말 맞다니까……. 나이 마흔 넘어서 보직, 특파원, 앵커 자리에 눈이 멀면서 많이들 저리 되는 거지."

"정말 씁쓸하구만."

누가 먼저랄 것도 없이 욕설 섞인 분석을 내놓는다. 그러나 다음 날 이 할리우드 액션이 뉴스로 보도되리라고는 아무도 전망하지 못했다.

다음 날 저녁 메인 뉴스에는 시청자들에게 전혀 도움이 안 되는, 단신 기사가 방송됐다.

"어젯밤 배석호 ABC 보도본부장이 퇴근길에 노조원 수십 명으로부터 저지를 받는 과정에서 목에 큰 충격을 받았습니다. 담당 의사는 '경추부 염좌로, 3주의 치료가 필요하다'고 진단했습니다."

해고통지서

"배본부장, 아주 잘했어! 목 다친 데는 술이 약이래. 자, 건배!"

채석규 중앙정보국 차장이 간만에 고무된 듯 들뜬 목소리로 건배를 청했다. 목에 깁스를 한 배본부장이 기세 좋게 잔을 비운다. 채차장의 시선이 옆에 앉은 넥타이에게 향한다. 비만이 한창 진행되면서 턱선이 무너져 내렸지만, 콧날이 오뚝한 40대 남성이다.

"이봐, 김대표. 이런 좋은 찬스를 그냥 넘길 수는 없잖아."

오늘 자리에 이례적으로 초대된, 노무법인 개벽의 김호겸 대표다. 김호겸이 금빛 안경테를 밀어 올리며 입을 연다.

"본부장님 목에 받은 충격으로 3주 진단서 끊으셨죠? 몇 달 전에는 기자놈들이 방을 점거하기도 했구요. 본부장실 전신거울도 깨졌습니다. 당연히 폭행과 업무방해로 걸 수 있는 상황입니다. 그리고 기자회장과 노조 간부를 해고할 최고의 타이밍입니다. '해고' 강력 추천 드립니다."

배석호 본부장이 술잔을 들었다 놓으며 대구한다.

"해고하면 역풍이 불 수도 있어요. 게다가 법원 가서 재판 받으면 합법적 파업이라 다시 복직하게 될 텐데…… 너무 세게 나가는 게 아닐까요?"

채석규 차장이 김대표 편을 들고 나선다.

"신자유주의가 대세인 요즘 세상에서, 무슨 파업이고 공정 방송 타령이야. 검사는 물론이고 일부 판사들도 눈치 빨라졌어요. 해고, 밀어붙입시다! 재판 3심까지 가려면 아무리 빨라도 1년은 훌쩍 넘게 걸려. 그 정도면 판세 뒤집는 데 충분한 시간을 벌 수 있잖아."

김호겸 전 노무사가 전문가 티를 내면서, 다소 거만하게 설명을 시작한다.

"본부장님, 일각에서는 반발이 거셀 수 있습니다. 하지만, 월급을 서너 달 못 받아 집에서 바가지 긁히는 참가자들은 흔들릴 수밖에 없습니다. '어, 이러다 나두 잘리는 거 아냐' 두려워지는 거죠. 파업 석 달이 지나면, 일반적으로 생존을 위해 이탈하는 사람들이 생겨납니다."

채석규 차장은 개벽과 전에도 일을 해본 경험이 있는 듯 보였다.

"어이, 김대표. 그리고 빨리 '제2노조' 만들어서 세를 불려가야지. 그 작업은 언제부터 시작할 거야? 그거 자기 특기라면서?"

"빨갱이 같은 놈들은 제2노조를 어용 노조라고 부르지만, 이것은 신자유주의 트렌드에 올라탄 '새로운 노동조합'입니다. 경력 기자와 경력 피디 새로 뽑기로 하셨잖아요. 선발 과정에서 제2노조에 가입 의사가 있는 지원자 중심으로 선발하는 게 성공 포인트입니다. 여기에 방송 현업을 돕는 업무직 직원을 기존 노조에서 탈퇴시킨 뒤, 제2노조에 가입시켜 숫자를 늘려가는 겁니다. 우리 개벽에 복수 노조 전문 노무사들이 몇 명 있거든요."

배본부장이 말을 끊으면서 다급하게 묻는다.

"경력 기자 뽑으면서, 제2노조 가입 의사를 물어보란 얘기예요?"

김호겸 전 노무사가 시니컬하게 한쪽 입꼬리를 올리며 대꾸한다.

"그렇게 노골적으로 하면, 탈락자가 문제 제기할 경우 법적으로 복잡해지죠. 그래서 '촛불집회에 대해 어떻게 생각하느냐?' '언론사 노동조합의 파업에 대해 어떤 입장을 갖고 있느냐?' 같은 중립으로 포장된 질문을 던져서 성향을 파악해야죠. 디테일한 노하우는 그때 가서 다시 말씀드릴 겁니다. 참, 그리고 전에도 말씀드렸지만, 기존 노조 조합원 수 줄어드는 비율에 따라 특별컨설팅비 주시는 것 잊으시면 안 됩니다."

배석호 본부장이 불안감을 덜어낸 듯 건배를 권한다.

"까짓거, 한번 해보자구. 선 해고, 후 복수 노조!"

채석규 중앙정보국 차장이 거리낌 없이 김호겸 전 노무사와 어깨동무를 하며 친한 척을 한다.

"자, 이제 계집애들 다시 들어오라고 해!"

거미줄에 매달린 이슬 목걸이에 아침 햇살이 반짝이는 모습을 보며 한강 자전거 길을 따라 경쾌하게 페달을 밟던 중에 현종민 기자회장은 메시지를 받았다. 출근길이다.

"띵똥"

현종민은 회사에 도착해 자전거를 세우면서 문자를 확인한다.

'인사위원회 결과가 인트라넷에 게시됐습니다. 직접 결과를 확인하기 바랍니다.'

급히 들어선 노동조합 사무실에는 전화벨 소리가 요란하다.

"때르르릉."

"때르르릉."

내용은 대동소이하다.

"전하영 노조위원장과 현종민 기자회장 등 네 명 해고된 거 맞습니까? 홍보국장 바꿔주세요!"

ABC를 출입처로 하는, 다른 언론사의 방송 담당 기자들의 해고 확인 전화가 빗발치는 것이다.

전하영 노조위원장이 서둘러 컴퓨터에서 ABC 인트라넷으로 들어간다.

'전하영 해고' '윤동우 해고' '현종민 해고' '조승헌 해고'

사장이 고용 계약을 해제하고, 직장에서 내보내는 해고 조치. 유신독재 시절 이후, 30여 년 만에 다시 그런 일이 벌어진 것이다. 언론사마다 속보 경쟁이 붙었다.

'ABC, 기자 등 4명 무더기 해고'

'동아투위 이후 38년 만에 언론인 집단 해고'

〈딥뉴스〉 앵커와 취재기자로 이름이 제법 알려진 윤동우, 현종민, 조승헌의 이름은 어느덧 인기 검색어 순위에 진입한다.

당사자의 집으로는 해고통지서가 등기우편으로 배달됐다. 낮에는 뉴스를 멀리하는 현종민 기자의 아내는 우편으로 1보를 접했다.

'현종민, 귀하는 사규에 따라 해고되었기에 통지합니다.'

그 뒤에는 사측이 주장하는 해고 시 유가 A4용지 세 쪽 분량으로 첨부됐다. 남편이 며칠 전 만취해서 했던 얘기가 떠올랐다.

"긴급체포하고 구속영장까지 치는데, 조만간 해고될 가능성도 있을 것 같아. 여보, 미안해! 그런 일이 벌어져도, 오래가지는 않을 거야."

아내가 도리질을 치며 언성을 높인다.

"꼭 이렇게까지 해야 되는 거야?"

"내가 결혼 직전에 그랬던 거 기억 안 나? 기자로 살다 보면, 감옥에 갈 수도 있을지 모른다구. 해고가 감옥보다는 낫잖아……. 나, 자기랑 맥주 한 캔 하고 싶다."

돌아서 냉장고로 향하는 아내의 눈에 이슬이 맺힌다.

다시 현실로 돌아온 아내는 흐르는 눈물을 키친타월로 닦아낸다. 해고통지서를 접어 우편 봉투에 넣고, 남편에게 문자를 보낸다.

'올 게 왔네요. 잘 버텨내길~ 끝내 이길 거라 믿어요. 파이팅!'

그 시각 현종민은 파업 현장에서 아내의 메시지를 읽고 있었다.

"앞서서 나가니~♬ 산 자여 따르라~"

회사 1층 로비에는 긴급 소집된 '해고 규탄 집회'가 한창이다. 집회에 참가한 기자와 피디, 아나운서, 기술과 경영, 편성 소속의 노동조합원들로 앉을 공간이 없다. 집단 해고는 ABC 구성원들에게 적잖은 충격이었다. 널리 알려진 여자 아나운서들이 눈물짓는 사진은 인터넷을 타고 급속히 퍼져갔다. 사장과 부사장 등 경영진 역시

오랫동안 같이 부대끼며 일해온, 선배 기자고 선배 피디다. ABC 창립 이래 수십 년 동안, 선배들이 여러 후배들의 목을 친 적은 단 한 번도 없었다.

오전에 시작된 집회는 점심식사 뒤에도 이어졌다. 방송기자연합회 회장과 한국기자협회 회장도 잡혔던 일정을 급히 취소하고 여의도 ABC를 찾았다. 국제기자연맹(IFJ)도 해직 철회를 촉구하는 성명을 발표했다. 국제기자연맹은 105개 나라의 기자협회가 참가한 단체다.

'공정 방송을 위해 애쓴 언론인을 해고하는 것은 한국의 국격을 떨어뜨리는 행위다. 한국 정부가 앞장서서 언론인 해고를 즉각 철회해야 한다.'

보직을 맡고 있는 보도국 부장 네 명과 간판 뉴스 앵커 세 명이 1층 로비에 나타났다. 한참 일하고 있어야 할 부국장과 부장들이 등장한 것은 예상하지 못한 일이다. 시청자와의 약속인 최소한의 뉴스를 위해, 보직자들은 파업에 참여하지 않는 게 관례였다. 그러나 함께 내려온 고참급 기자들 일곱 명의 눈빛은 단호했다. 세련된 외모에 어울리지 않는, 소탈하고 직설적인 말투로 인기를 얻고 있는 앵커가 마이크를 요청한다.

"저는 오늘부로 부국장직을 내려놓고 파업에 동참합니다. 뉴스 앵커도 물론 그만둡니다. 공정한 방송을 만들기 위해 애써온 후배들을, 하루아침에 해직자로 만드는 경영진의 패륜적 작태를 더 이상 앉아서 보고 있을 수는 없습니다!"

인기 앵커들의 파업 동참은 시청자는 물론 여론의 향배에 큰 영향을 끼칠 수 있나. 번개가 치듯 사진기자들의 플래시가 번쩍이고, 우레 같은 박수소리가 귀를 먹먹하게 했다. 해직자를 대표해 먼저, 조승헌 기자가 마이크를 잡았다.

"솔직히, 해고 예상했었습니다. 경찰 동원해 긴급체포하고 구속영장까지 치게 하는 경영진이, 해고 조치 못할 게 뭐 있겠습니까? 하지만 평소 존경해온 부장과 앵커 선배들이 보직을 던지고, 파업에 동참하시니, 해고를 당했어도 힘이 솟구쳐 오릅니다."

환호와 함께 박수가 이어진다. 해고와 보직 사퇴 같은 슬픈 소식에도 때로는 축하의 세리머니가 사용된다. 박수가 잦아들자, 사회자는 해고 통보를 받은 현종민 기자회장에게 발언을 요청한다.

"공정 방송을 위한 정당한 파업에 불법적인 해고의 칼날을 휘두른 저들을 결코 용서해서는 안 됩니다. ABC 식구들 모두가 힘과 지혜를 모아서, 불법을 자행한 경영진을 몰아내야 합니다. 또 부당 해고와 부장 징계를 받은 동료들을 원상 복귀시키고, 공정 방송을 쟁취해야 합니다. 그러려면 경영진에게 강한 타격을 줄 태스크포스팀을 꾸릴 필요가 있습니다. 보도와 제작, 경영과 기술 등 부문별로 전략회의를 열고, 효율적인 해결책을 모았으면 합니다."

기자회장의 제안은 박수로 받아들여졌다. 부문별 전략회의는 해가 넘어간 뒤에야 끝이 났다.

보도국은 파업한 기자들이 리포트를 제작해서 '제대로 뉴스'라는 타이틀로 유튜브에 올리기로 뜻을 모았다. 〈제대로 뉴스〉에는 정치권을 감시하고 불공정한 경제 질서를 고발하는 아이템 외에, ABC방송의 언론 탄압 사례를 자세히 보도하기로 했다. 또 〈제대로 뉴스〉를 위해 언더커버 취재팀을 꾸리기로 했다. ABC 경영진과 그들의 인사에 영향력이 있는 정치권에 강한 임팩트를 줄 수 있는 특종을 목표로 정했다.

ABC는 비영리 공익법인이 대주주고, 정치권은 공익법인의 인사권을 사실상 장악하고 있다. 공익법인 이사회 멤버 아홉 명 중 여섯 명을 여권이, 세 명을 야권이 지명하는 구조다. 다른 공영 언론처럼 집권여당의 의지가 관철되는 시스템인 것이다. 공정 방송과 사장 퇴진을 위해서는 집권당을 효율적으로 압박하고 설득하는 것이 결정적이라는 것이 회의 결과다.

회사 정문을 나서는 윤동우의 어깨가 평소보다 처져 있다. 은행 잔고가 바닥난 데다, 이제는 해직자 신세여서 추가 대출마저 어려워졌기 때문이다.

"징~징."

통화 진동음이 울린다. 안면이 있는 J그룹 박형주 부사장의 번호다.

"윤차장님, ABC 대각선 맞은편 호텔 이탈리아 식당에 있습니다. 잠시 얼굴 좀 뵈려구요."

마포대교와 밤섬이 한눈에 들어오는 전망 좋은 창가에 박부사장이 앉아 있다. 곱슬머리인 박부사장은 홍보 라인 중에서는 보기 드물게 공학도 출신이다. J그룹의 근황과 ABC의 파업 상황을 서로 간략히 브리핑하며 커피를 마셨다.

"윤차장님, 제가 긴히 제안을 드릴 게 있습니다……. 저희는 윤기자님이 J그룹의 임원으로 오셔서 같이 일해주셨으면 합니다."

뜻밖의 제안을 들은 윤동우는 시선을 커피잔에 고정시킨 채 말이 없다. 고참 민완기자를 대기업 홍보팀으로 영입하는 케이스가 더러 있기는 하지만, 흔한 일은 아니다. 대기업 대주주가 위기에 몰릴 경우, 대외 협력 업무를 강화할 필요 때문에 벌어지는 게 대부분이다. 윤동우의 뇌리에 아내의 얼굴이 떠오른다. 대출이자와 애들 학원비 내느라 쩔쩔매며, '돈 걱정 한번 안 하고 살아봤으면 좋겠다'고 말하던 아내의 넋두리가 스쳐 간다.

'지금은 무노동 무임금이라 경제 사정이 바닥이지만, 후배들이 해고된 파업 상황에서 나만 살자고 대기업으로 옮길 수는 없는 일이지. 내리는 비는 함께 맞아야 하니까……. 그리고 대기업 가서 연봉 두 배로 뛴다고 해도, 아들딸 헝그리 정신만 더 줄어들어 나약해질 가능성도 높아.'

강하게 밀려드는 흡연 욕구를 억누르며 바로 거절의 뜻을 전한다.

"제안은 감사합니다. 하지만 지금은 때가 아닌 듯합니다. 마음만 고맙게 받겠습니다."

박부사장이 겸연쩍은 미소를 짓는다.

"급히 결정하지 마시고, 천천히 생각해보시죠."

"부사장님, 제가 지금 ABC를 떠난다면…… 저를 믿고 따라온 후배들은 뭐가 됩니까? 그럴 수는 없습니다. 파업 끝나고 족발에 소주나 한잔 하시죠. 먼저 일어나겠습니다."

호텔을 나온 윤동우는 버스정류장을 지나쳐 마포대교를 걸어서 건넜다. 해가 떨어지자, 늦가을의 바람이 제법 차갑게 파고 들어온다. 포장마차에 자리를 잡고 꼼장어를 시킨 뒤, 마포에 사는 초등학교 친구를 불러낸다.

"언제든 내가 도울 게 있으면 말해, 알았지?"

어려울 때면 늘 곁에 있어주는 고마운 녀석이다. 초등학교 때는 공놀이하다 싸움도 많이 했었는데…… 친구에게 J그룹 얘기를 하지는 않았다. 늘 그랬듯이 소주 한 병씩 나눠 마시고 일어섰다.

버스가 집 앞 정류장에 멈춰 섰다. 상가 건물의 불 켜진 학원 간판들이 눈에 띈다. 파업 중에도 애들 학원비는 계속 들어간다. 월급을 포기해야 하는 파업은 처자식을 볼모로 하는 외로운 싸움이다. 당장 큰놈의 제주도 졸업여행비가 걱정이다.

현관문에 들어서자, 큰놈이 반갑게 인사를 한다.

"민수야, 아빠 ABC에서 해고됐다."

"알고 있어. 기사 봤거든. 근데 아빠 짱이야! 오늘 새 앨범 낸 아이돌 그룹보다 검색어 순위에서 아빠가 앞섰어!"

해직된 아빠를 웃게 하는 아들놈의 배려에, 순간 눈물이 핑 돈다. 혹 눈물이 흘러내릴까 서둘러 화장실로 들어가 손을 씻는다. 아내가 고등어구이와 김치찌개에, 반 병 남은 화이트 와인을 내온다. 아이들의 잔에는 주스를 따른다. 검색어 순위 멘트와 저녁식사를 총괄 기획한 아내가 건배를 이끈다.

"자, 아빠 힘내시라고 다 같이 건배!"

"얘들아, ABC 높은 사람들이 나쁜 선택을 해서 그래. 아빠 곧 복직할 거야. 걱정 말고 엄마 말씀 잘 듣고……"

윤동우는 아이들이 잠이 든 뒤, 아내에게 J그룹 임원 제의를 거절했다고 얘기한다. 아내가 말없이 안방으로 들어간다. 따라 들어가 방문을 닫는다.

"아니, 여보. 그런 중요한 결정은 나랑 같이 해야 하는 거 아니야? 혼자 결정하고 통보만 하면 끝이야? 그럼 나는 당신한테 도대체 어떤 존재야?"

윤동우가 다가가 어깨를 안으려 손을 내밀자, 아내가 밀치며 소리친다.

"이렇게 가정 경제 내팽개치고, 혼자서 다 결정하고 살 거면 차라리 이혼을 해!"

아내는 흘러내리는 눈물을 닦은 뒤, 외투를 입고 밖으로 나가버린다. 멍하니 현관문을 한참 바라보던 윤동우가 휴대폰을 집어 든다. 휴대폰으로 귀에 익은 음악 소리가 들려온다. 하지만 아내는 전화를 받지 않는다. 냉장고에서 소주를 꺼내 드는데, 전화벨이 울린다.

"윤선배, 긴히 보고드릴 게 있습니다."

이세진 기자다.

"이 늦은 밤에? 뭔데?"

"뉴욕 안재용 선배가 취재 결과를 알려왔는데요. 조경혜 의원의 딸로 추정되는 채리라가 1995년 경기도의 고아원에서 미국 캘리포니아로 입양됐다는 기록을 찾았답니다. 법적인 아버지는 데이비드 폴링이라는 영국계 미국인이구요."

"오케이. 미미 킴과 조경혜의 관계는 파악됐어?"

"리라의 법적 어머니인 소피아의 친언니가 조의원과 절친인 듯합니다. 친언니 김미희가 조경혜와 서울에서 같은 초등학교를 졸업한 것은 제가 확인했구요. 조의원이 석사학위를 받은 캘리포니아 주립대를 김미희도 다녔습니다."

잔뜩 찌푸렸던 윤동우의 표정이 다소 밝아진다.

"그런데 리라의 성이 최씨야 채씨야?"

"최가 아니라 채소 할 때 '채'입니다."

"친아빠나 입양 과정을 주도한 사람이 채씨일 가능성이 높다는 거네. 수고했어. 줄거리는 대충 나온 것처럼 보이네."

"그런데, 윤선배. 안재용 선배가 출산 의혹 관련 온라인 1보는 본인이 했으면 하는데요. 그래도 될까요?"

"그려. 서로 도우면서 같이 가야지. 취재 결과에 따라서는 몇 달 남은 서울시장 선거판이 크게 흔들릴 수도 있겠네. 신공화당의 재집권 플랜이 제로 세팅될 수도 있겠어. 보안 유지 잘하면서 취재하자!"

버틀러 서비스

"밤이 오면 심장이 뜨거워지는 여자♬

　밤이 오면 심장이 터져버리는 사나이♪"

〈강남스타일〉테크노 버전이 거세게 울려 퍼지는 강남의 핫스팟 '헵타곤'. 세일러복을 입고 생일 파티를 하는 대학생들이 눈길을 끈다. 중학교 교복부터 아찔하게 짧은 밀착형 원피스까지, 이들의 패션은 패션쇼장만큼 다양하고 화려하다. 최근 핫스팟 클럽으로 떠오른 헵타곤은 칠각형 무대로 유명하다.

"이기자님, 여기가 워낙 넓어서 찾으려면 고생 좀 해야겠는데요."

식스팩 복근이 비치는 투명한 셔츠에 아베크롬비 청바지를 입은 젊은이가 묻는다. 외모가 모델 수준이다. 이세진 기자를 돕는 '화이트 해커' 백준섭 전무의 절친 '곤'이다. 곤은 클럽 전문가다. 서울의 인기 클럽들을 손바닥 보듯 꿰뚫고 있다고 했다. 세진이 휴대폰을 앞으로 내밀며 바짝 다가가 설명하기 시작한다.

"곤이라고 했죠? 여기 이 사진 속 여자예요. 친한 매니저한테 좀 물어봐야 하지 않겠어요?"

곤이 스트레이트 잔을 단번에 비운 뒤, 팔을 들어 매니저를 부른다. 농구선수 출신인 듯 키가 2m에 가까운 매니저가 알은체를 하며 다가온다.

"이 사진 좀 봐. 오늘 내 타깃인 재미교포 여대생이야. 여기 왔다는데, 보이지가 않네."

"아~ 형님. 2층 룸으로 들어간 분들인 것 같은데요. 초저녁부터 아주 작정하고 온 것 같은 분위기였어요."

"사진 속 여자 맞아?"

"맞는 거 같아요. 근데 무도회 가면 같은 것을 쓰더라구요. 또래 여자 세 명이랑 같이였어요. 앗! 형님, 저기 스테이지에 나가 있는 쟤네들인데요. 직접 확인해보시죠."

"이기자님, 스테이지 기둥 오른쪽에 가면 쓰고 춤추는 네 명 보이세요? 쟤네들이라는데요."

"나는 전에 만난 적이 있어서, 눈에 띄면 안 되는 상황이에요. 곤이 씨가 스테이지로 나가서 직접 확인 좀 해줄래요?"

"해보죠. 한잔하고 계세요."

제목을 알 수 없는 전자댄스뮤직 EDM의 비트가 점점 강렬해진다. 투명 셔츠 속 식스팩을 자랑하며 곤이 다가선다. 가면 쓴 여인 넷이 깔깔대며 관심을 보인다. 곤이 뭐라고 말을 건네는 듯 보인다. 여성 넷의 가운데 공간으로 곤이가 들어가서, 허리를 들썩이며 리듬에 몸을 맡긴다. 베네치아풍의 눈꼬리가 치켜 올라간 가면을 쓴 여성이 두 번째로 가운데 무대를 넘겨받는다. 천장을 향해 팔을 곧게 펴고, 다섯이 하나가 된 듯 움직인다. 한참이 지나서야 곤이 테이블로 돌아왔다.

"이기자님, 쟤네들 재미교포와 유학생들 맞아요. LA 근처서 사는 듯하구요."

"리라라는 이름 부르는 거 혹시 들었나요?"

"워낙 시끄러워서 잘 안 들려요. 한데 베네치아 가면 쓴 애한테 '니나'라고 했던 거 같기도 해요. 쟤네들 청담동의 싱글몰트 위스키 바로 옮긴대요. 생각 있으면 친구들이랑 오라는데요."

"클럽에서 마무리를 하지 않구, 위스키바로 또 이동한다구요?"

"이기자님, 요즘 선수들은 클럽에서 잘 안 놀아요. '헌팅 핫스팟'으로 떠오르는 바에서 원나이트 상대를 고르는 게 유행이 된 지 좀 됐답니다."

곤이 치밀한 준비성을 과시하며 근처에서 놀던 친구들 세 명을 더 부른다. 팔뚝에 새겨진 작은 전갈 문신이 독특한 분위기를 자아낸다. 이세진 기자와 곤이네 네 명이 '바 CAVE'에 들어선다. 은은한 조명으로 아늑한 분위기를 연출하는 인테리어다. 옆 테이블과는 1m 이상의 공간을 확보해 프라이버시를 보장하는 여유를 과시한다. 곤이 앞장서, 헵타곤에서 만난 재미교포 여성들 옆으로 자리를 잡는다. 17년산 싱글몰트 위스키를 주문한다.

이세진은 여자들을 등지고 앉은 채, 순간적으로 고개를 돌려 얼굴을 확인한다. 발목 위로 살짝 올라간 조커팬츠를 입은 여자가 눈에 띈다. 레이스 크롭탑에 드러난, 구릿빛 왼쪽 어깨가 캘리포니아의 뜨거운 태양을 연상시킨다. 날씬한 턱선에 왼쪽 보조개와 커다란 눈. 페블비치에서 처음 본 리라 폴링이 맞다. 미국으로 입양된 조경혜 의원의 딸일 가능성이 높은 여자가 한국을 방문한 것이다. 세진은 혹시라도 리라가 자기를 알아볼까 걱정이다. 곤에게 술값을 현금으로 건네며 자리를 뜬다.

"곤이 씨, 평소처럼 즐거운 시간 보내세요. 고마워요."

곤이가 눈을 찡긋거리며 하이파이브로 작별 인사를 대신한다. 그러고는 바로 옆 테이블로 다가간다.

"Good to see you again(다시 만나 반가워요). 하이~ 예쁜이들!"

"오~ 곤이 오빠, 어서 와요!"

이세진이 뉴욕의 탐사블로거 안재용 선배의 전화를 받은 것은 어제 아침이었다.

"이선수, 오렌지카운지 친구한테 연락이 왔어. 미미 킴과 리라가 한국행 비행기를 탔대. 어제 도착해서 서울 어딘가에서 묵고 있을 거야. 미미 킴이 홀로 사는 친정엄마 만나러 한국에 가끔 간다고 하네."

"역시, 안선배 대단해요! 감사드려요. 근데 이거 서울에서 김서방 찾는 수준인데요. 추가 정보 확보되면 바로 연락 주실 거죠?"

"그럼. 그리고 리라의 법적 아버지인 데이비드 폴링은 2년 전에 군수회사로 스카우트됐다네. '제너럴 마틴'이라는 글로벌 방위산업체, 이선수도 알지?"

"아, 한국계 미녀 로비스트 낸시 리 덕분에 유명한 그 회사 말이군요. 레이더와 미사일을 세계 곳곳에 수출하는…… '글로벌 넘버 2'쯤 될걸요. 취재해서 성과 나오는 대로 보고드릴게요."

세진은 문득 과학자가 꿈이라던 안선배의 아들이 떠올랐다.

"참, 아드님은 사립고등학교에서 공부 잘하나요?"

"뭐, 한국 DNA가 좀 독하잖아. 성적은 나오는데, 대학 등록금이 워낙 비싸서…… 장학금 못 받으면 아이비리그 대학에 가기는 어려울 것 같아."

"와우! 안선배, 미국서 고생하신 보람이 있네요. 서울서 세진 삼촌이 응원하고 있다고 전해주세요."

전화를 끊자마자 태스크포스 팀장인 윤동우에게 미미 킴과 리라의 귀국 정보를 보고 했다. 바로 취재전략회의가 잡혔다.

〈딥뉴스〉 제작실로 사용하다, 지금은 텅 빈 8층 사무실에 다섯 명이 모였다. 최지웅과 조승헌, 김다혜가 불려왔다. 비상회의에 호출된 기자들은 다소 어리둥절한 표정이다. 윤동우 팀장이 이세진에게 브리핑을 지시한다.

"3선 의원이자 여당의 서울시장 유력 후보인 조경혜 의원의 몰래 출산 의혹 관련입니다. 사실 지난달 미국에 와이너리 의혹 취재를 갔을 때, 조의원의 딸로 추정되는 여대생을 카메라에 담고 인터뷰를 했습니다. 22세인 리라 폴링, 한국 이름 채리라가 주인공입니다."

최지웅이 브리핑을 끊고 끼어든다.

"와! 그때 인터뷰하고 확인까지 하고서, 아직까지 보안을 유지한 거야?"

"최선배, 아직 리라가 조경혜의 친딸인지는 확인되지 않은 상태입니다. 리라는 1990년대 초반 제주에서 출생해 경기도의 고아원에서 자라다 세 살 때 LA의 재미교포 가정으로 입양됩니다. 입양한 어머니는 소피아 폴링, 한국 이름 미미 킴입니다. 아버지는 데이비드 폴링, 영국계 미국인입니다. 2년 전부터 제너럴 마틴이라는 글로벌 방위산업체에서 근무 중입니다. 소피아와의 사이에 다른 자녀는 없습니다. 미미 킴의 언니, 김미희는 조경혜 의원과 초등학교 대학교 동기동창으로 알려져 있습니다."

조승헌 기자가 요점 정리를 해본다.

"제주에서 몰래 애를 낳고 미국에 사는 절친 여동생의 집에 입양을 보냈다는 시나리오인가?"

이세진이 답을 할 겨를도 없이 김다혜가 치고 들어온다.

"전략적 입양이 사실이라면, 미미 킴은 재벌가 손녀인 조경혜 의원에게 적잖은 양육비를 받았을 텐데요. 그물망에 걸린 게 좀 있나요?"

다혜의 날카로운 질문에 세진이 내심 놀란다. 하지만 태연하게 취재 결과를 브리핑한다.

"그 두 여성의 주소지는 LA 옆의 오렌지카운티입니다. 그 동네 같은 골목에 사는 재미교포에 따르면, 미미 킴이 타는 차와 걸치고 다니는 옷은 월급쟁이인 남편의 수입으로는 커버가 안 되는 수준이랍니다. 그리고 공무원을 통해 간접 확인한 바로는, 조경혜 의원이 측근과 지인을 통해 미국으로 송금해왔습니다. 액수는 한 해 4억 원 안팎입니다. 하지만 그 돈이 미미 킴으로 흘러들어갔는지는 확인하지 못했습니다."

윤동우 팀장이 스마트폰으로 음악을 틀면서, 브리핑에서 취재전략회의로 모드를 전환한다. 러시아풍의 묵직한 노래가 흐른다.

"그런데 오늘 아침 재미블로거 안재용 씨가 세진에게 전화를 걸어왔지. 미미 킴과 리라가 한국에 들어왔다는 정보를 전한 거구. 김다혜의 취재에 따르면, 미미 킴은 한국에 와서 조경혜 의원과 백화점 명품관 VVIP룸에 가서 최고급 명품을 무더기로 구입한 적이 있어. 대부분 라벨이 눈에 띄지 않는 수제 명품이라네. 그래서 미미 킴과 리라, 조경혜가 만나는 현장을 카메라에 담아야 하는데, 어떻게 해야 가능할지 창의적인 의견 주시길……."

짧은 침묵을 최지웅 기자가 깬다.

"왜 파업 몇 달 전에, 제가 이세진과 함께 휴대폰으로 도청하고 위치 정보 빼내는 해킹 기술을 리포트 세 개로 연달아 소개했잖아요. 그때 같이 공동 작업한 IT보안업체에 뛰어난 화이트 해커가 있었어요. 범죄가 목적이 아니라, 좋은 일을 위해 해킹하는 IT 보안 전문가를 '화이트 해커'라고 부르잖아요."

세진이 바통을 이어받는다.

"예, 좋은 판단인 듯 보입니다. 그때 만난 보안업체 젊은 임원 한 명이 세계해킹대회 수상자라고 했었죠. 직접 찾아가 설득해서, 리라와 미미 킴의 위치 정보를 손에 넣어야죠. 현역 의원인 조경혜의 위치 정보 파악은 불필요한 잡음이 생길 수 있으니까요."

윤동우가 회의를 마무리한다.

"최지웅과 조승헌, 고참 둘이 소문 안 나게 호텔과 백화점 명품관 빨대 통해서 두 여성의 위치 파악해봐. 그리고 그 화이트 해커는 젊은 남자지? 나두 기사에서 본 적 있어. 다혜가 세진이랑 같이 가서 설득해봐. 물론 모든 취재비용은 본인 부담인 거 알지? 자, 어서 출발!"

파업 석 달을 넘기면서, 대부분의 가정 경제는 파탄 직전이다. 당구비 같은 작은 돈에도 사람들은 예민해지기 시작했다. 취재 지시를 내리는 윤동우도 불편한 마음을 숨기기가 점점 힘이 들었다. 돈 얘기로 불편해진 분위기를 바꾸려는 듯 이세진이 묻는다.

"윤선배, 근데 이 행진곡풍의 노래는 뭐예요?"

"어, '슬라브 여인의 작별'이라는 옛 노래야. 너희들이 진정한 이별이 뭔지 알겠냐? 허허."

서울역 주차장에 이세진의 아반떼가 진입한다. 옆에 앉은 김다혜가 콘솔박스를 열면서 묻는다.

"그런데 휴대폰은 왜 가지고 오면 안 된다는 거야?"

다혜가 세진의 휴대폰까지 받아 박스에 넣는다.

"최악의 경우, 경찰이나 검찰의 위치추적을 받을 수도 있잖아. 그럴 때 화이트 해커와 우리의 휴대폰 위치 정보가 같은 장소로 나오면, 만났다는 게 사실상 입증되는 거니까, 미리 막아두자는 거지. 휴대폰 위치 정보만으로 특정인이 누구와 연인인지도 파악이 가능한 시대잖아. 정보기관이 스파이들의 비밀 접촉을 추적할 때, 위치 정보가 겹치는지를 보는 것은 기본이래요."

"그래서 휴대폰 없이, 불특정 다수의 사람들이 가장 붐비는 서울역 대합실의 패스트푸드점에서 만난다? 해커들이 해킹에 신경을 더 쓰는 거네."

세진이 잠시 빈틈을 이용해 로맨틱 모드로 넘어가본다.

"우리도 다음 데이트 때는 휴대폰 없이 만나는 건 어떨까?"

"아이고~ 왜 이러세요. 처음 만난 여자 집에서 숙박하면서도 휴대폰 켜두는 분이⋯⋯."

"다혜, 너 아직도 나인 씨 집 일로 쌓인 게 있는 거야? 아무 일도 아닌 거, 다 알면서⋯⋯. 이제 좀 쿨하게 털고 가자."

세진이 귀요미 표정을 지으며 코앞까지 바싹 다가온다. 하지만 반응이 싸늘하다.

"일하는 도중에 이러기 없어. 시간 다 됐어, 빨리 가자!"

스냅백 모자를 눌러쓴 백준섭 전무가, 패스트푸드점에 흘러나오는 음악에 리듬을 맞춰 손을 들며 반긴다.

"헤이! 여기예요~"

다혜가 예상했던 뿔테안경 쓴 공대생 분위기가 아니다.

"반갑습니다. 말씀 많이 들었어요. 뉴스 인터뷰에서도 봤구요. ABC 김다혜입니다."

"아, 직접 보니 더 미인이시네요. 우리 이기자님은 복도 많으시지, 이런 미인과 함께 다니는 행운까지⋯⋯ 전생에 나라를 구하신 듯?"

세진이 농담을 진정시키며 바로 핵심으로 접근한다.

"전화로 짧게 말씀드렸지만, 재미교포 모녀의 위치 정보가 필요해요."

"이기자님, 이게 위치정보보호법을 어기는 불법행위라는 것은 아시죠?"

백전무의 태도가 녹록해 보이지 않는다. 그의 입장에서는 위험을 감수할 이유가 없는 셈이다.

다혜는 본능적으로 자신이 나서는 게 낫다고 판단한다.

"백전무님, 저희들 취재라는 게 합법과 불법의 경계를 기술적으로 넘나들면서 진행되는 경우가 많아요. 시사 고발 프로그램에 자주 등장하는 몰래카메라의 경우도 범죄행위의 요건을 갖춘 측면이 있죠. 하지만 국민의 알 권리가 그 위법성보다 더 중요하다는 법원 판례가 대부분입니다. 취재 결과가 사회정의나 국민의 편익에 도움이 된다고 보기 때문이죠."

다혜가 커피잔을 들며 잠시 말을 멈춘다. 그러고는 백전무의 눈동자에 정확히 시선을 맞춘다.

잠시 후, 기도하듯 두 손을 하나로 모으며 다시 말을 잇는다.

"이번 취재는 저희에게 정말 소중해요. 백전무님 같은 정의롭고, 세계 최고인 화이트 해커의 도움이 절실합니다. 그 은혜는 저를 포함해서, 많은 사람들이 기억할 거예요."

다혜의 진정성 넘치는 설득에, 어느새 백준섭 전무의 이마 주름이 펴져 있다. 그의 시선이 다혜의 눈에서 떨어지지 않는다. 탐색전은 다혜의 맹활약으로 가볍게 제압한 셈이다. 이세진이 타이밍을 놓치지 않고 바로 치고 들어간다.

"재미교포 여성은 40대 후반과 20대 초반, LA에서 왔어요. 법적으로 어머니와 딸이에요."

"알았어요. 도와드릴게요. 그런데 만에 하나 사법 처리를 받아야 할 상황이 온다고 하더라도, 제 존재는 취재원 보호 차원에서 숨겨주시는 거 확실하죠?"

"그럼요, 백전무님. 당연하죠. 우리는 취재원 보호 못 하면 이 바닥에서 살아남을 수가 없어요."

백준섭 전무가 작심한 듯 목소리 톤을 낮춰 설명을 시작한다.

"휴대폰 해킹은 일반적으로 데스크 컴퓨터를 이용합니다. 그러면 IP 주소가 당연히 노출되죠. 그래서 미리 중국이나 일본의 컴퓨터 IP로 세탁을 한 뒤에 시작합니다. 최악의 경우, 해킹이 역추적된다고 해도, 세탁을 거친 외국 IP 기록만 남게 됩니다. 때문에 해커가 누구인지 드러날 가능성은 제로에 가깝습니다."

마술사의 손수건에서 나온 비둘기를 처음 본 어린이처럼, 다혜의 표정이 해맑아진다.

"백전무님, 정말 신기해요! 위치 정보 말고 저장된 사진이나 문자를 휴대폰에서 빼내도, 해커가 추적당할 가능성이 낮은 것은 마찬가지겠네요?"

"그럼요. 아주 이해 속도가 빠르시네요. 혹시 공학 전공이세요?"

"아니에요. 제가 배울 게 많을 거 같아요. 앞으로 자주 뵈어요."

백전무가 거수경례를 하듯 모자챙을 만지더니, 환한 미소를 보내며 계획을 설명한다.

"젊은 재미교포는 한국의 밤문화를 동경하는 경우가 대부분입니다. 딸 이름이 리라라고 했나요? 휴대폰으로 강남의 핫스팟 클럽 커머셜 메시지를 보낼 겁니다. 이기자님이 주신 미국 휴대폰 번호로요. 리라 양이 그 메시지를 클릭하는 순간, 위치 정보는 물론 휴대폰에 저장된 거의 모든 정보에 접근할 수 있죠."

"김기자님, 이 커머셜 메시지 한번 보실래요?"

백전무가 다혜 옆으로 다가앉으며 태블릿에 스캔해 온 SNS 광고 메시지를 보여준다.

'강남 핫스팟 헵타곤, 1등 경품 인도네시아 발리 3박 4일 패키지 2매.'

"와! 이 클럽 진짜 멋져 보이네요."

"이번 취재 잘 마무리되면, 제가 한번 모실까요?"

"어머! 정말요? 백전무님, 좋아요!"

두 사람의 얼굴을 번갈아 쳐다보는 세진의 표정이 떨떠름하다. 급히 이별 모드로 전환한다.

"백전무님, 그러면 가능한 한 빨리 위치 파악 좀 부탁드려요."

백전무를 자리에 남겨두고, 다혜와 세진이 먼저 일어선다. 다혜가 백전무에게 따스한 미소로 작별 인사를 대신한다.

주차장에 도착해 차에 탈 때까지 어색한 침묵이 이어진다. 세진이 자동차 문을 평소보다 거칠게 닫는다.

"뭐? 둘이 클럽에 간다구? 취재원하고 노골적으로 썸을 타시겠다는 거야?"

다혜도 목소리를 한 톤 높여서 강하게 반격을 시작한다.

"어, 기가 막혀! 처음 본 여자 취재원 집에서 잔 사람도 있는데, 클럽에 못 갈 게 뭐 있어?"

"다혜야, 너 너무 막 나가는 거 아니니?"

세진이 굽히지 않자, 다혜가 자존심 때문에 참았던 분노를 터뜨린다.

"뭐 막 나간다구? 이세진 씨는 사내 연애 전문가라며? 후배 아나운서 허 모 씨와도 염문을 뿌렸던데……."

후배 아나운서와 썸을 타다가 흐지부지됐다는 얘기를 들은 것은, 지난달 세진이 긴급체포된 때였다. 당시에는 유치장에서 고생한다는 생각에 덮고 넘어가려 했다. 하지만 쌓이다 곪은 감정이 이성의 둑을 무너뜨린 것이다.

세진이 분위기를 바꿔보려고 음악을 틀어본다. 리메이크된 〈사랑했지만〉이 흘러나온다. 슬픈 이별을 연상시키는 가사에 세진은 재빨리 음악을 끈다. 그러자 낡은 엔진 소리만이 공간을 가득 채운다. 둘 다 상대방이 얘기하기를 기다리는 듯 말이 없다. 세진이 불편한 침묵을 깬다.

"다혜야, 허 아나운서와는 와인 한 번 마신 게 다야. 아무 사이도 아닌 거 다 알잖아. 지난 일로 힘들게 하지 말자."

"끝났는지 아닌지 내가 알 게 뭐야?"

"아이고, 정말 왜 이래? 나 지난주에 집 나와서 영등포에 오피스텔 얻었어. 아버지가 기자 때려치우고 로스쿨 가라고 난리시거든. 서른 넘어 유치장 신세 지는 아들 보고, 어머니는 앓아누우셨어. 옛 소문 리바이벌 안 시켜도, 나 충분히 힘들어……. 그리고 다른 사람은 몰라도, 너는 내 진심 알잖아."

세진의 아반떼가 북악스카이웨이를 올라탄다. 서울 시내가 한눈에 내려다보이는 팔각정 레스토랑에 자리를 잡는다. 굽이쳐 서서히 흐르는 한강과 초고층 빌딩 숲속 남산타워가 눈에 들어온다. 답답했던 세진의 가슴이 좀 뚫리는 듯하다.

웨이터의 권유로 스테이크 피자를 주문한다. 허기를 달랜 뒤, 테이크아웃 잔에 커피를 들고 테라스로 나간다. 바람이 제법 차다. 노란 옷을 벗은 은행나무는 앙상한 가지를 드러냈다. 다혜의 시선은 멀리 남산 방향에 머문다. 세진이 다가가 그녀의 등에 가슴을 밀착시킨다. 테라스에 둘만 남게 되자, 세진이 귓가에 속삭인다.

"많이 화났었지? 정말 미안해……. 다시는 그런 일 없을 거야."

나름 용기를 낸 사과였다. 다혜의 반응을 기다린다. 대답도, 움직임도 없다. 세진이 커피잔을 옆에 내려놓고, 두 팔로 다혜의 허리를 안는다. 다혜가 팔을 뿌리치지는 않는다. 그녀의 두 눈에 맑은 이슬이 맺힌다. 세진이 다혜의 목에 얼굴을 파묻는다. 이슬을 보지는 못한다.

"따르릉 따르릉."

벨소리와 함께 까마귀 몇 마리가 날아든다. 거의 100일 만에 재개된 로맨스가 짧게 마무리된다.

"이기자님, 그 교포 아가씨가 미끼를 물었어요. 현재 잠실 주변을 돌아다니고 있구요. 분위기로 봐서는 아까 그 클럽에 올 가능성이 높아요. 클럽 전문가인 제 절친이 취재를 도와주기로 했습니다. 친구 이름은 곤이에요."

"백전무님, 정말 고마워요. 내가 평생 형제처럼 모실게."

"별말씀을요. 지난번 기획 보도로 저희 회사 공신력이 많이 올라갔는걸요. 그런데요, 이기자님, 김다혜 기자는 남친 없나요?"

세진은 순간적으로 머리가 띵해온다. 바로 대꾸를 하지 못하고, 다혜에게서 떨어져 레스토랑 입구로 몇 걸음 옮긴다. 최대한 자연스럽게 하자고 다짐하며 어설픈 답변을 내놓는다.

"아마, 그럴 거예요. 워낙 기자라는 직업이 힘이 드니까요……. 결혼은 말할 것도 없고 연애도 쉽지 않거든요."

사귀는 남자가 없는 '솔로'라고 답하면서도, 순발력을 발휘해 '여기자는 연인으로 별로'라는 보호막을 치는 것을 잊지 않았다.

전화를 끊은 세진은 다혜에게 하이파이브를 청한다. 연인 모드에서 동료 모드로 순식간에 전환한 것이다. 세진은 다혜에게 전화 내용을 브리핑한 뒤, 팀장에게 보고해달라고 부탁했다. 다혜를 부암동에 내려주고, 남산 1호 터널을 향해 액셀을 밟는다.

헵타곤 클럽과 케이브 바에서 곤이네와 어울렸던 리라 폴링, 채리라가 잠실의 특급호텔로 들어선다. 로비 소파에서 졸고 있던 남자가 전화벨 소리에 깨어난다. 잠복 취재 중인 최지웅 기자다. 새벽 1시를 넘긴 시각이다.

"최선배, 사진 보셨죠? 지금은 외투를 입어서 바지로 확인하셔야 되요."

"오케이, 저기 들어오는 것 같네."

검정색 조커팬츠를 입은 리라가 엘리베이터 앞에서 선다. 최지웅도 엘리베이터로 걸음을 옮긴다. 문이 열리자 먼저 올라타서 스카이전망대 층을 누른다. 리라는 룸키를 갖다 댄 뒤, 26층을 누른다. 리라는 피곤한 듯 살짝 하품을 하며 휴대폰의 메시지를 체크했다.

'땡똥' 소리가 좁은 공간에 크게 울린다. 문이 열리고 리라가 내린다. 엘리베이터가 닫히기 직전, 최지웅은 문 사이에 발을 끼우면서 열림 버튼을 누른다. 살며시 따라 내린 뒤, 리라가 걸어가는 방향을 응시한다. 들어가는 방의 위치로 호수를 확인하고 나서, 다시 엘리베이터 안으로 들어간다.

잠시 후 17층 비즈니스룸으로 최지웅이 들어온다. 샤워를 마친 세진은 목욕 가운을 반쯤 걸쳤다. 최지웅이 창가 쪽 싱글베드에 걸터앉는다.

"세진, 저녁은 먹었니?"

"샌드위치 두 개 먹었죠. 최선배는요?"

"난 햄버거. 26층 7호로 들어간 것 같아. 26층은 로열 스위트룸 여덟 개와 서비스센터밖에 없는 VIP 전용 층이야. 대저택의 집사를 뜻하는 버틀러Butler 서비스가 새로 도입됐는데, 스위트룸마다 한 명씩 집사가 배치된다네. 식사를 룸에서 하기 때문에 프라이버시가 철저히 보장되고, 목욕물 온도에서부터 사소한 예약까지 모든 서비스를 집사가 도맡아 해준대. 투숙 기간 동안은 귀족처럼 지낼 수 있다는 거지."

"아, 기사로는 본 적 있어요. 두바이의 7성급 호텔에서 버틀러 서비스로 헬기 드라이브를 하고, 퍼스널 스타일리스트를 붙여준다는…… 그런 해외토픽성 기사가 현실로 다가왔군요."

"미미 킴의 남편 연봉이 20만 달러 안팎이라며? 2억 남짓한 돈인데…… 1박에 2천 달러에 가까운 버틀러 서비스 스위트룸은 너무 과해. 뭔가 퀘퀘한 냄새가 확 올라오지 않아?"

"그럼요. 최선배. 하지만 이 호텔이 조경혜 의원한테 그 비용을 다 청구하기야 하겠어요? 파격적인 할인 혜택이 주어지겠죠. 일단 주무시죠. 리라의 위치 정보를 계속 파악할 수는 있지만, 그래도 계속 따라붙어야 촬영할 게 좀 나올 테니까요."

불을 끄자, 수줍은 듯 구름에 살짝 가린 초승달이 눈에 들어온다. 세진의 뇌리에 다혜의 가늘게 손질된 눈썹이 잠시 머물다 사라졌다.

네 시간쯤 지난 새벽 5시. 26층 7호 로열스위트룸에서는 거품목욕 준비가 한창이다. 베일 듯 주름 잡힌 제복을 입은 버틀러가 목욕물에 장미꽃잎을 뿌린다. 미미 킴이 5시 반 거품목욕을 원했기 때문이다. 자개가 촘촘히 박힌 욕조의 물 온도를 40도에 맞춘다. 적당한 볼륨으로 거품이 맞춰지자, 뽀송뽀송한 타월을 각을 맞춰 팔걸이에 건다.

6시쯤 목욕 가운을 입은 미미 킴이 욕실에서 나오며 리라 방을 두드렸다.

"오늘 아침 이모랑 라운딩하는 거 알지? 어서 일어나야지!"

"졸려요……. 좀 늦추면 안 돼요?"

"한국은 골프장이 멀리 있는 데다, 교통체증이 심해. 잔말 말고 어서 일어나!"

리라가 눈을 비비며 욕실로 들어가자, 집사를 찾는다.

"버틀러, 40분 뒤에 리무진 서비스 준비시켜요."

버틀러 서비스에 포함된 BMW 리무진이 골프장 클럽하우스로 미끄러져 들어온다. 붉은색 체크무늬 유니폼을 입은 골프장 직원들이 리무진으로 다가선다. 골프가 처음 시작됐다는 스코틀랜드의 상징적 디자인을 따온 듯 보인다. 미미 킴이 토막잠에서 헤어나지 못하는 리라를 흔들어 깨운다. 검게 그을린 체크무늬 유니폼들이 운전기사의 도움을 받아 골프가방을 건물 안으로 옮긴다.

프런트에 다가서자, 지배인급으로 보이는 여직원이 레스토랑 안쪽 귀빈실로 직접 안내한다.

구름 위에 돛단배가 떠 있는 초현실주의풍의 유화가 한쪽 벽을 거의 다 차지하고 있다. 고딕풍의 식탁과 등받이가 유난히 높은 의자가 눈길을 끈다.

미미 킴과 리라가 의자에 앉자마자 문이 다시 열린다. 미미가 일어나며 반갑게 인사를 한다.

"어머, 언니! 오랜만이에요."

"아이고, 잘 지냈어? 정말 반가워. 건강하지?"

여권의 차기 대권 후보인 조경혜 의원이다. 미미 킴과 허그를 마친 뒤, 리라의 손을 잡는다.

"리라는 이제 시집가도 되겠네."

조경혜가 자신의 볼을 리라의 얼굴에 비비다가 당겨 안는다.

"이모! 보고 싶었어요. 건강하시죠?"

"나두 보고 싶었어. 리라 너 골프를 그렇게 잘 친다며? 그래서 너 챔피언 되기 전에, 같이 라운딩하려고 초대했지."

긴 포옹을 끝내는 조경혜 의원의 눈동자가 촉촉하다. 미미 킴이 분위기를 바꾸려는 듯, 리라를 바라보며 준비한 멘트를 던진다.

"얘, 너 캘리포니아주 대회 1등 한 거 말씀드려야지."

"이모, 저 지난달 캘리포니아주 아마추어 대회에서 드디어 우승했어요. '투 언더'로요. 마지막 홀에서 역전한 거라서, 꽤 드라마틱했어요."

조경혜가 리라의 손을 다시 움켜쥐며 축하의 뜻을 전한다. 미미 킴이 우승 뒷얘기를 덧붙인다.

"언니, LA 스포츠 전문지들은 리라가 위기 관리 능력이 뛰어나다고 앞다퉈 칭찬했어. 후반부에 미국 애랑 계속 '1 언더'로 공동 선두였거든. 마지막 18홀에서 리라는 버디를 했어. 근데 상대는 퍼팅 실수를 했어. 정말 대단했었지. 우리 리라. 최고!"

조경혜가 리라의 탄력 있는 팔뚝을 만지면서 칭찬을 이어간다.

"아이고, 우리 새끼. 정말 장하다. 경기하면서 떨리지는 않았어?"

"처음에는 좀 떨렸어요. 그런데 막판에는 괜찮았어요. 구경하는 갤러리들이 있으니까. 저는 오히려 승부욕이 더 생기더라구요."

무표정한 포커페이스 이미지가 강점인 조경혜 의원의 얼굴에 평소와 달리 밝은 미소가 가득하다.

"와! 우리 리라, 이모가 내일 제대로 축하해줄게, LPGA 진출을 위해서!"

화이트 해커

클럽하우스 식당에 최지웅과 이세진 기자가 들어선다. 다른 손님들과는 달리 골프용 모자나 장갑이 없다. 잠시 홀을 두리번거리다, 창가에 자리를 잡는다. 이세진은 통유리를 등지고, 전체를 조망할 수 있는 각도로 앉는다. 세진은 서둘러 아웃도어용 마스크팩을 얼굴에 착용한다. 지난여름 인터뷰했던 리라가 자신을 알아볼 수 있기 때문이다. 최지웅 기자가 올갱이해장국 두 개를 주문했다.

세진은 휴대폰 버튼을 누른다.

"백전무, 클럽하우스 식당이에요. 근데 안 보여요."

그 순간, 유럽식 조찬 세 개가 귀빈실로 들어가는 것을 최지웅 기자가 확인한다. 통화 중인 세진에게 귀빈실 방향을 보라고 손가락으로 가리킨다. 전화기에서 백전무의 목소리가 흘러나온다.

"그럴 리가 없을 텐데요. 위치는 거기가 맞구요. 다른 여자랑 셋이 대화하는 게 들리는데요."

"백전무, 들린다구?"

"이기자님, 왜 그러세요? 아마추어처럼······. 몰래 들을 수도 있게 해뒀죠."

"역시, 세계챔피언! 최고야!"

최지웅 기자가 휴대폰을 촬영 모드로 켜놓고 귀빈실을 향해 스탠바이 한다. 조경혜 의원과 리라가 만나는 장면을 확보해야 하기 때문이다. 웨이터에게 신용카드를 건네 해장국값을 치를 때쯤, 귀빈실의 묵직한 나무 문이 열렸다. 최지웅이 슬며시 녹화 버튼을 누른다.

리라가 먼저 나타나고, 선글라스를 낀 두 명의 중년 여성이 나란히 걸어 나온다. 선글라스가 커서 얼굴을 3분의 1쯤 가리긴 했지만, 조경혜 의원의 가느다란 턱선 윤곽이 나온다. 휴대폰으로 촬영 중인 최지웅 기자의 손가락이 부들부들 떨린다. 이세진도 능청스레 셀카를 찍는 척하며 스틸 사진을 연속으로 눌러댄다. 세 명의 여인이 시야에서 사라져간다.

"세진아! 이거 느낌 좋다. 이제는 DNA 검사로 친자 확인만 하면 대박이 날 수 있는 거야. 일단 나는 윤선배한테 상황 보고할게. 자기는 후속 취재 방법 좀 생각해봐."

최지웅이 자리를 뜬다. 잠시 후 레스토랑 통유리 밖으로 골프 카트를 타고 첫 번째 홀로 향하는 세 여인의 모습이 보인다. 백준섭 전무가 '여자 셋이 대화 중'이라고 말했던 대목이 세진의 의식을 자극한다. 다시 버튼을 누른다.

"백전무! 그 여자들 대화, 녹음 가능할까요? 꼭 필요한 상황이에요."

"아이고~ 불법 도청을 녹음까지 해서, 뉴스에 내려구요?"

"아뇨. 뉴스에 내지는 않을 거예요. 방송용은 따로 후속 취재를 해서 확보할 거예요. 다만 세 여자의 관계를 정확히 파악할 필요가 있어서 그래요."

백전무가 잠시 여짓거리다 대꾸한다.

"어쩌겠어요. 이제 와서……. 제 인생은 꼼짝없이 이기자님에게 종속됐네요."

"백전무, 피해 없을 테니 걱정 말아요. 우리를 믿어주세요!"

홍대 근처, PC방이 있는 5층 건물의 조그만 사무실. 스냅백 모자를 눌러쓴 백전무가 지루하다는 듯, 다리를 책상에 올리고 의자에 파묻혀 앉아 있다. 리라의 휴대폰으로 주변 대화를 도청하면서 녹음도 하고 있다. 휴대폰을 해킹하면서 도청 기능을 추가했기 때문이다. 담배 한 개비를 다 피운 백전무가 휴대폰 버튼을 누른다.

"이기자님, 이 시답잖은 대화를 하루 종일 듣고 있을 수는 없어요. 저도 제 생업이 있잖아요. 확인해야 될 내용이 뭔지 알려줘야 효율적으로 일을 하지 않겠어요?"

잠시 뜸을 들인 이세진이 대답한다.

"백전무님, 보안이 우선이구요. 두 아주머니 중 누가, 젊은 여성의 진짜 엄마인지 파악하는 게 중요해요. 잘 부탁드려요."

어차피 세 여인의 얼굴은 보이지 않는 상황이다. 백전무에게 조경혜 의원의 존재를 알릴 필요는 없다고 판단한 것이다. 출산 의혹 비밀 취재 얘기가 새어 나갈 수도 있고, 백전무에게 쓸데없이 불똥이 튈 가능성도 미리 막을 수 있기 때문이다. 백전무의 태도도 부드러워졌다.

"오케이, 잠시 집중해서 들어볼게요."

"똑똑."

노크 소리와 거의 동시에 김다혜가 들어왔다.

"백전무님, 모닝커피 하셨어요? 같이 듣는 게 더 낫지 않을까요?"

다혜가 캐리어에 커피 두 잔을 들고 고운 자태를 뽐낸다. 백전무는 커다란 솜사탕을 선물 받은 어린이처럼, 금빛 송곳니가 튀는 하얀 치열을 한꺼번에 드러냈다. 자리에서 벌떡 일어나며 앉았던 의자를 권한다.

"천군만마를 얻은 느낌입니다. 환영합니다!"

백준섭 전무의 시선이 다혜의 롱부츠 위로 드러난 새하얀 다리에 잠시 머문다. 둘은 마치 연인인 양 이어폰을 한쪽씩 나눠 쓴다. 두 사람의 시선이 다소 어색하게 마주쳤다. 다혜가 먼저 고개를 돌리며 모니터와 오디오에 집중하기 시작한다. 리라의 휴대폰에서 픽업한 세 여인의 오디오가 불안정하게 들려온다.

"드라이버 치는 순서를 뽑기로 정할까요?"

뜻밖에 바리톤의 남자 목소리가 들려온다. 프로골퍼를 꿈꾸는 아마추어 남자선수가 캐디로 나선 듯하다.

"아뇨, 나랑 언니랑 먼저 칠 거예요. 쟤는 워낙 장타라서 먼저 치면 멘탈이 흔들리거든요."

미미 킴의 웃음소리가 이어진다.

"깡~"

"나이스 샷!"

"너 리라 핑계로 자주 치더니, 아주 선수 됐구나."

조경혜 의원이 칭찬 겸 견제구를 날리면서 두 번째로 티박스에 들어선다.

"깡~"

날아간 공을 확인한 남자 캐디가 큰 소리로 외친다.

"페어웨이 한가운데로 잘 날아갔습니다."

"고마워요. 이제는 우리 리라 차례네. 부담 갖지 말고 편하게 쳐. 이모들 앞인데 뭐."

"탕~"

임팩트 있게 정확히 중앙에 맞은 듯, 경쾌한 금속성의 파열음이 났다.

"와! 대단하시네요. 선수신가 봐요? 그런데 조금 전에 치신 이모님하고 스윙 폼이 너무 똑같네요. 어려서 이모님한테 직접 배우셨나 봐요?"

남자 캐디의 날카로운 지적에 조경혜 의원이 다소 당황한 듯 잠시 말이 없다. 먼저 카트에 올라탄 미미 킴이 너스레를 떨며 어색해진 분위기를 바꾸려 한다.

"정말 잘 치죠? 하하. 어머, 근데 리라 공은 숲으로 굴러들어간 것 같은데. 캐디 양반 공 좀 같이 찾아봐줘야겠네~"

카트에 둘만 남은 듯 대화의 주제가 바뀐다.

"언니, 전에 말씀드린 '패트리어트 쓰리'는 진전 속도가 좀 늦는 거 같아요. 리라 아빠가 그것 때문에 회사에서 많이 쪼이나 봐요."

"아, 그래. 내가 일정이 빨리 진행되게 더 신경 쓸게."

"참, 그리고 지난달에 전화로 말씀드린 면세점 신규 허가도 관심 좀 부탁드려요."

"면세점 건은 아마 잘 진행될 거야. 보좌관이 그렇게 보고하던데……"

캐디와 리라가 성큼성큼 다가온다.

"이모, 저 공 찾았어요. 벌타 없이 안쪽으로 옮겨서 치면 안 될까요? 가족끼리인데……"

카트가 달리는 듯 바퀴 소음이 커진다.

백전무가 이어폰을 빼면서 다혜에게 양해를 구한다.

"저 담배 한 개비만 피워도 될까요? 안 그러면 집중이 잘 안 돼서요."

다혜가 싫은 표정을 애써 감추며 상냥하게 대꾸한다.

"창문만 열어주세요. 꼴초 선배들이 많아서 익숙해요."

"오늘 어디 중요한 약속 가시나 봐요. 평소와 달리 투피스 정장 입으셨네요?"

"아, 백화점 명품관 취재를 해야 할 수도 있는 상황이라서요. 보시기에 어색한가요?"

"그럴 리가요? 정말 매력적이십니다."

백전무가 의식적으로 시선을 다른 곳으로 돌리면서 화제를 바꾼다.

"김기자님, 나올 거 웬만큼 나온 거 같아요. 리라는 둘 다에게 이모라고 부르네요. 그리고 한 아주머니가 다른 여자한테 비즈니스 민원을 하는 것 같구요."

다혜는 본능적으로 패트리어트 쓰리와 면세점을 메모했는지 확인하며 대꾸한다.

"둘 다 이모라고 하는 게 석연치가 않아요. 그럴 리가 없는데……."

다혜가 걱정하는 표정을 짓자, 백전무가 백마 탄 기사라도 된 듯 친절하게 던진다.

"아, 하지만 그 남자 캐디가 나름 의미심장한 얘기를 했었잖아요. 두 번째 드라이버 친 아주머니와 젊은 여성의 스윙 자세가 아주 똑같다고 했죠."

"백전무님의 브레인은 부족한 부분이 없는 것 같네요. 캐디의 말을 떠올려보면 그 둘이 모녀일 가능성이 크겠네요. 역시! 감사해요."

다혜가 두 손을 맞잡고 고개를 살짝 비껴 숙이며 감사의 뜻을 전한다. 다혜의 섬세한 몸짓을 바라보던 백전무가 수줍게 미소 짓는다. 그 순간, 다혜의 휴대폰이 진동으로 떨린다.

'화이트 해커, 취재전략회의에 합류 기대.'

백준섭 전무를 회의에 합류시켜서 해킹 협조 요청을 더 하자는 뜻이다.

"백전무님, 오늘 스케줄 바쁘세요? 혹시 여건 되시면, 저희 팀 기자들이랑 식사 같이하시면 좋은데……."

"아, 회사 미팅이 하나 있기는 한데요, 김기자님이 그리 말씀하시니 미루겠습니다."

한 시간 뒤, 여의도 단골 호프집에 특별취재팀 기자들이 세계 최고 화이트 해커를 둘러싸고 앉았다. 평소와 달리 전문점에서 배달시킨 참치 샌드위치와 조각 낸 불고기 햄버거가 준비됐다.

윤동우 팀장이 호프잔을 치켜들며 건배사를 시작한다.

"오늘 이렇게 세계해킹대회 수상자인 백전무님을 직접 만나게 돼서 정말 영광입니다! 창업하신 모바일 보안 전문 '스가'의 발전을 위하여!"

초면인 윤동우 팀장, 조승헌 기자와 간단한 호구조사가 진행된다. 한국 사회는 프로필을 읊다 보면, 지연과 학연 중 하나는 걸쳐지는 경우가 많다. 뜻밖에도 조승헌 기자가 백준섭 전무의 초등학교와 고등학교 선배였다. 반갑게 둘이 한 잔씩을 더 비우면서, 분위기가 뜨거워진다.

노련한 조승헌 기자가 후배인 백전무에게 거의 말을 놓으며 적극적인 협조를 요청한다.

"백전무, 스마트폰으로 위치 정보는 물론이고 오디오까지 녹음하게 해줘서 정말 고마워. 그런데 사실 우리는 방송쟁이라 그림이 필요하거든. 그래서 말인데, 명품관 프라이빗 쇼룸의 CCTV를 볼 수 있게 해주면 크게 도움이 될 것 같아."

백전무 옆자리에 앉았던 다혜가 재빨리 흐름을 파악한다. 타이밍을 놓치지 않고 애교 섞인 말투로 끼어든다.

"세계 최고인 백전무님한테야…… CCTV가 어려운 건 아니겠죠? 해주시면 큰 도움이 될 텐데."

백전무가 맥주를 한 모금 마시며 뜸을 들인다. 기자들 다섯 명은 아무도 백전무의 얼굴을 쳐다보지 않는다. 그러나 모두 다 곁눈질로 그의 표정을 살피는 코미디 같은 상황이 연출됐다.

"아이고…… 뭐 어차피 서로 신뢰하지 못하면, 시작도 못했죠. 취재원 보호 약속 확실하게 지켜주실 테니."

"와! 백전무님, 최고!"

김다혜가 잔을 치켜들며 건배를 제안했다. 잔을 부딪친 뒤 최지웅 기자가 묻는다.

"CCTV는 어떻게 해킹을 하죠? 외국 영화에서는 더러 실시간 해킹이 나오더라구요."

"통신요금 절약하려고 와이파이를 많이 사용하잖아요. 와이파이는 사실 전문가 입장에서는 해킹하기 가장 쉬운 대상이죠. CCTV 해킹도 와이파이를 이용하는 경우가 대부분입니다. 덧붙여서 충고를 드리자면, 보안이 필요한 취재를 할 경우에는 와이파이 안 쓰시는 게 여러모로 안전합니다."

초등학교 후배를 치켜세우려는 듯 조승헌 기자가 받아친다.

"아, 맞아. 정보기관이나 청와대 사람들은 와이파이 아예 켜지 않기도 하더라구."

옆자리의 다혜도 맞장구를 친다.

"맞아요. 요금 몇 푼이나 더 나오겠어요? 사생활 보호가 더 중요하죠."

"해킹 관련된 디테일은 설명을 생략하구요. 와이파이와 동일한 네트워크를 탐색해보면 CCTV가 함께 연결되어 있기 마련입니다. 보안의식이 약하기 때문에 제조사가 걸어놓은 단순한 비밀번호 11111이나 12345를 그대로 놔두는 경우도 많구요. 백화점이라면 그렇지는 않겠지만요. 해킹한 IP 주소로 원격제어하면, CCTV 화면이 제가 쓰는 PC 모니터에 나타나게 할 수 있죠. 원격제어로 현장의 카메라 렌즈 방향을 바꿀 수도 있구요. 과거에 찍은 화면을 재생할 수도 있습니다."

말이 없던 최지웅이 맥주잔을 들어 백전무에게 잔을 부딪치자고 청한다.

"역시, 백전무 명성이 다 이유가 있어! 우리 뭐 비밀 취재 계약이라도 맺어야 하는 거 아닌가요?"

세진이 백전무와 자연스레 어깨동무를 하면서 끼어든다.

"실정법을 어기면서 압수수색 영장에 접근하거나 몰래 도청을 시도하는 아날로그적 취재 방법은 설 자리가 점점 좁아지는 트렌드네요."

윤동우가 분위기를 쿨다운시킨다.

"그래도 해킹은 실정법을 위반하는 것이니까, 일단 해킹으로 팩트를 폭넓게 확보한 뒤에는 다른 합법적 방법으로 다시 확인 취재를 해야겠지. 자, 여기는 내가 계산할 테니까 간만에 회사 앞 포장마차로 2차 가는 거, 어때?"

윤동우가 카운터로 향하고, 나머지는 라이터와 담배를 꺼내들며 밖으로 나간다. 호프집 사장님이 카드를 긁다가 난처한 표정을 짓는다.

"윤기자님, 이 카드 승인이 안 되는데요. 다른 카드 없으세요?"

"그래요? 이걸로 한번 해보시죠."

"이 카드도 마찬가지네요. 다음에 와서 주세요."

이런 일이 처음이 아니라는 듯 호프집 사장의 말투가 담담하다. ABC 직원들이 단골인 호프집 사장은 상황을 충분히 헤아리고 있는 눈치다. 파업이 계속되면서 모아둔 돈도 바닥이 나고, 카드값을 갚지 못해 신용카드가 정지된 ABC 사람들이 늘어났기 때문이다.

윤동우 기자 역시 지난달 신용카드 대금을 막지 못한 것이다. 며칠 전 아내가 '카드값 내일까지 막아야 해' 하던 말이 그제야 떠올랐다. 윤동우는 호프집 사장의 은행 계좌를 받아 적은 뒤, 사과하면서 문을 나선다.

'현금도 다 떨어졌는데, 카드도 막혔으니 막막하네. 내일은 돈 빌려달라고 친구놈들에게 전화 좀 돌려야겠네.'

먼저 세상을 떠난 대학시절 선배의 얼굴을 의식적으로 떠올렸다. 힘든 상황을 이겨내는 윤동우만의 노하우다.

'진실을 위해 스스로 목숨을 던진 선배도 있는데, 난 아직 살아 있잖아.'

의식적으로 환하게 미소 지으며 포장마차 비닐 문을 호기 넘치게 밀치고 들어선다.

"어이, 윤선배. 여기예요."

살짝 혀가 둔탁해진 이세진이 소리쳤다. 주문한 꼼장어와 대합 찌개가 나오고, 잔 하나로 소주를 돌린다. 알코올의 힘으로 대담해진 취객이 비닐 커튼 밖에서 노상방뇨하는 소리가 들려왔다. 소리에 아랑곳하지 않고 백준섭 전무가 다소 정색을 하면서 낮은 톤으로 말했다.

"오늘 2차는 제가 내겠습니다. 잘나가는 공중파 기자 피디들 파업한다고 해서, 저는 별로 관심 없었거든요. 근데 요 며칠 말씀 들으니까…… 다섯 달째 월급을 포기하면서 정말…… 고생들 많으시네요. 덕분에 공정한 방송에 대해 처음으로 생각해보게 됐습니다……"

아직 술에 덜 취한 듯 윤동우 팀장이 예상보다 생생한 발음으로 말을 받는다.

"과거 군사독재 시절에는, 비판적인 언론인과 작가들을 엉뚱한 죄를 뒤집어씌워서 잡아 가두곤 했죠. 바른말 하는 문화계 인사들과 시민단체 사람들도 그렇게 잡아갔구요. 일반인들은 '나와는 관계없는 일'이라고 모른 척하기가 쉽죠. 그러다 부당한 정책이나 법 집행에 억울한 일을 당하면, 그때 후회를 하게 되죠. 옆에는 하소연을 들어주고 같이 싸워줄 기자와 시민단체 활동가들은 이미 사라지고 없는 거죠. 요즘은 감금보다 해직이나 블랙리스트가 유행인 셈이구요."

최지웅이 짧은 침묵을 끊고 들어온다.

"그런 시국에서는 정부 정책에 불만 섞인 목소리만 내도 소위 '빨갱이'로 몰리게 되기도 했죠. 분단국가 국민의 레드콤플렉스를 악용하는 거죠. 뜻이 다른 사람들을 빨갱이로 몰아붙이는 매카시즘은 OECD 국가에서는 유일하다고 봐야죠. 그런 악순환이 21세기에 반복돼서는 안 된다는 소박한 믿음이 있어요. 그게 파업에 뜻을 같이한 이유죠. 근데 예상보다 너무 길어요."

백전무가 소주잔을 부딪치며 잔을 비우자고 권한다.

"꼭 승리하시길 바랍니다!"

세진이 해장을 위해 우동을 주문하면서 파장 분위기를 유도한다. 다음 날 이어질 출산 의혹 취재 때문이다. 다들 우동 국물에 마지막 잔을 비운다.

포장마차에서 나와 작별 인사를 한다. 일부는 대리기사를 부르고 나머지는 택시를 잡는다. 백전무가 콜택시를 기다리는 다혜에게 다가서며 묻는다.

"이번 해킹 잘 마무리되면, 클럽 같이 가시는 거죠?"

"그럼요. 잘 마무리되면 예쁜 제 친구랑 같이 가서 재미나게 놀아요."

다혜는 백전무를 처음 본 순간부터, 나인 언니와 잘 어울릴 것 같다는 촉이 왔다.

"오케이. 그럼 약속하신 겁니다!"

세 여인

다음 날 오전 서울 명동의 백화점 명품관. 이탈리아산 아이보리색 가죽소파 여러 개가 떨어져 배치돼 있다. 다리를 뻗은 채 올리고 쉴 수 있는 구조다. 웨딩샵처럼 중앙에 둥그런 무대가 있고, 바로 옆에 전신거울이 세워져 있다. 거울 뒤 벽에는 작은 우주선 위에 선 여성이 무지개를 향해 골프채를 휘두르는 판타지풍의 그림이 걸려 있다. 다른 벽은 문이 없는 옷장에 고풍스러운 나무 옷걸이가 빼곡히 걸려 있다. 억대 매상을 올리는 VVIP 회원만을 특별 관리하는 프라이빗 쇼룸이다. 백여 명의 VVIP는 '아너스 클럽'에서 퍼스널 스타일리스트의 개별 맞춤형 서비스를 받을 수 있다. 이들에게만 은밀하게 주어지는 폐쇄적 전용 공간이다. 일반인은 접근이 불가능한 것은 물론이고 출입구를 찾기조차 어렵다. 진지한 표정의 양실장이 카리스마 넘치는 목소리를 토해낸다.

"13시에 VVIP 세 분 예약 있어. 오늘 구매 컨셉은 노티(통보)가 없었으니, 예전 구매 리스트 확인해서 미리 각 매장 매니저들에게 재고 확인하도록 해."

업무 미팅이 시작되자마자 퍼스널 스타일리스트인 양실장과 도우미의 움직임이 분주하다. 그들만의 은밀한 쇼핑을 돕는, 명품관 프라이빗 쇼룸의 하루가 시작되는 순간이다. 백화점이라는 열린 공간과 일반인들의 눈길이 불편한, 정재계 인사와 정상급 연예인 일부가 찾는다. 물론 주요 고객은 그들의 연인들인 경우가 대부분이다.

VVIP 스타일리스트로 성공하려면 화려하게 예쁜 외모로는 어렵다는 게 이 바닥의 정설이다. 편안하게 VVIP의 대화를 이끌어내는 능력이 필요한데, 뛰어난 외모는 오히려 방해가 되기 때문이다. 의외로 속을 터놓고 말할 친구가 없는 VVIP들에게 프라이빗 쇼룸은 사랑방이기도 한 셈이다. 대화가 무르익으면 스타일리스트에게 비밀스러운 부탁을 하기도 한다. 대포통장을 만들어달라는 부탁이 대표적이다. 또 현금으로 가득 찬 여행가방을 보관해달라는 경우도 적지 않다.

이 바닥에는 재벌과 관련된 재미있는 유머도 있다. '재벌 총수의 애인은 총수와 함께 방문하고, 세컨드는 홀로 직접 와서 구입하고, 본처는 전화로만 주문한다'는 것이다. 본처든 애인이든 해외서 쇼핑할 시간이 없는데, 갑작스러운 주요 행사가 잡혔을 때 이용하는 경우가 대부분이다. 스폰서가 재벌 총수급이 아니라면, 연예인이 VVIP 아너스 클럽에 가입하는 것은 현실적으로 어렵다.

나인의 친구 채영은 최고 스타일리스트인 양실장 밑에서 4년째 일하고 있다. 예전 구매 리스트를 확인하던 채영은 미미 킴의 이름을 보고 화들짝 놀란다. 친구 나인에게 알려주기로 한 재미교포 여성이기 때문이다. 채영은 잰걸음으로 프라이빗 쇼룸 밖으로 빠져나가, 휴대폰 버튼을 눌렀다.

전화벨이 서너 번 울린 뒤, 다혜가 전화를 받는다.

"다혜야. 프라이빗 쇼룸에 오늘 낮 1시에 재미교포가 온대. 어서 서둘러."

"나인 언니, 정말 고마워요. 내가 잘되면 깜짝 선물해줄 거야."

다혜에게 보고를 받은 윤동우는 메신저 단체 대화방에서 취재 지시를 내린다.

'최지웅 김다혜, 결혼 예물 준비 예비 부부로 위장, 일반 명품관 내부 촬영 시도/ 윤동우 조승헌, 휴대폰 없이 화이트 해커 해킹 사무실 합류. 위치 정보 누출 방지/ 이세진, 새 아이템 제보자 만나, 인터뷰 확보. 새 아이템은 보안 유지.'

백준섭 전무 사무실은 담배 연기가 자욱하다. 조승헌 기자도 같이 뿜어대고 있다. 어렵게 담배를 다시 끊은 윤동우 팀장이 참다못해 불만을 터뜨린다.

"야, 조승헌. 너는 나가서 피워. 너는 해킹하는 것도 아니잖아."

조승헌의 초등학교 후배인 백전무가 가까스로 웃음을 참는다.

"윤기자님, CCTV 해킹 성공했습니다."

윤동우가 엄지손가락을 치켜세우는 순간, 첫 CCTV 화면이 컴퓨터 모니터를 가득 채웠다.

가죽 소파에 미미 킴과 리라, 조경혜 의원이 앉아서 와인잔을 만지작거리고 있다. 조승헌은 PC에 띄운 제3자 명의의 SNS로 김다혜에게 '세 여인이 프라이빗 쇼룸에 들어왔다'고 알린다.

　백전무가 CCTV 카메라를 테이블을 향해 조절하고 와인을 크게 비춰본다. 오르넬라이아ORNELLAIA라는 이탈리아 투스칸 와인 옆에 치즈와 육포, 견과류가 담긴 작은 접시가 있다. 오르넬라이아는 이탈리아 토스카나 지역에서 생산되는 정상급 와인이다.

　"와! 목 넘김이 정말 부드러운데요. 이모, 이거 어디 와인이죠?"

　리라의 목소리가 사무실로 처음 전달됐다. 잠시 후 모니터에 두 번째 CCTV 화면이 떴다. 스타일리스트 양실장이 채영의 도움을 받으며 특수 소재로 제작된 카트를 밀고 들어온다. 모피 코트가 가장 많은 자리를 차지하고, 드레스와 목걸이, 보석 상자가 올려져 있다. 흔히 '찔레꽃 장갑'으로 불리는 보석 보호용 장갑을 낀 채영이 조심스레 보석 상자의 각도를 바로잡는다. 양실장이 설명을 시작한다.

　"미세스 폴링에게 어울릴 만한 스칸디나비아 반도산 사가Saga 모피 코트를 몇 개 준비했습니다. 리라 양을 위해서는 날씬하게 빠진 모피 조끼를 보여드릴 겁니다."

　"와, 이모. 이거 입어봐도 되나요?"

　모피 조끼를 입은 리라가 좁은 원형 무대에 올라서 한 바퀴 턴을 한다. 허리 부분은 갈색 무스탕, 목 부분은 비슷한 색상의 순록 모피다. 몸에 밀착되는 모피 조끼가 운동으로 다져진 리라의 바디 라인을 돋보이게 했다.

　조경혜 의원이 밝게 웃는 모습이 CCTV 화면에 잡힌다. 최고급 명품 브랜드에 난생처음 둘러싸인 리라는 묘한 흥분 상태에 빠진 듯 보였다. 오디오 톤도 평소보다 조금 높아졌다.

"와! 보석 박힌 이 손목시계는 정말 멋지네요. 반짝이는 게 다 다이아몬드인가요?"

금으로 된 숫자판의 12시 아래 부분에 일곱 개의 작은 보석이 박혀 있다.

"북두칠성 별자리 일곱 개의 별을 여섯 개의 0.1캐럿 다이아몬드와 한 개의 에메랄드로 표현한 작품이에요. 에메랄드의 영롱한 그린green이 아슴푸레하게 빛나죠? 젊은 분 안목이 탁월하네요."

모처럼 조경혜 의원의 오디오가 비교적 선명하게 전달된다.

"리라야, 목걸이와 드레스도 골라보렴."

"고맙습니다, 이모! 근데 이 시계는 얼마짜리예요?"

"리라야, 가격은 네가 신경 쓰지 않아도 돼요. 이모가 마음으로 주는 거예요."

한 시간쯤 더 지나, 세 여인은 프라이빗 쇼룸을 빠져나왔다. 일반 명품관 매장에 잠복 취재하던 최지웅과 김다혜가 재빨리 지하로 이동한다. 가까스로 지하주차장에서 세 여인이 함께 걷는 모습을 발견하고 스마트폰에 담는다.

골프장 현장과 CCTV 화면 외에 명품관에서도 영상이 확보된 것이다. ABC 파업 기자들이 만드는 〈제대로 뉴스〉의 메인 아이템이 되기에 충분하다.

다혜의 휴대폰이 진동한다. 나인의 다급한 목소리가 들려온다.

"내 친구 채영이가 그 여자들이 묵는 호텔로 배달을 간대."

"언제요?"

"30분 안에 출발할 거라는데."

"고마워요, 언니! 그리고 채영 씨 전화번호 좀 찍어주세요!"

채영은 프라이빗 쇼룸 전용 운전기사와 함께 백화점 차량으로 이동했다. 트렁크에는 모피 코트와 조끼, 드레스와 손목시계 그리고 보석 상자가 실려 있다. 특이한 것은 그녀들이 구입하지 않은 커다란 가죽 가방이 실린 것이다. 가죽 가방은 책으로 가득 찬 것처럼 무거웠다. 채영은 들 수 없었다. 호텔리어가 돕기까지는 운전기사가 끙끙대며 고생을 했다.

스위트룸에 들어서자, 미미 킴의 어머니로 보이는 70대 여성이 눈에 들어왔다. 버틀러의 주도로 분홍색 소시지 같은 음식이 서빙되고 있다. 자세히 보니 프랑스인들이 선호한다는 거위 간, 푸아그라다. 룸에서 버틀러 서비스로 저녁식사가 막 시작되던 참이었다. 두 손을 모은 채영이 공손하게 질문한다.

"안녕하십니까? 양실장이 보낸 물건들입니다. 어디에 놓을까요?"

쇼핑한 물건들과 가죽 가방이 침실로 옮겨지자, 미미 킴은 깜박했다는 듯 어머니에게 눈짓을 한다. 은행 통장으로 보이는 작은 물건이 미미 킴의 손에 건네진다. 세계 최고의 화이트 해커인 백전무의 활약은 이 특급호텔 스위트룸에서도 멈추지 않았다. 채영의 휴대폰을 통해 대화 내용은 물론 물건이 옮겨지는 장면도 흔적을 남긴다.

제대로 뉴스

'이름을 밝혀야 하나? 말아야 하나?'

당장 모레 방송을 위해서는 조경혜 의원의 이름을 실명으로 보도할지 여부를 판단해야 했다. 미혼인 조의원의 출산이 사실이더라도, 그것이 범죄는 아니다. 검찰총장을 혼외자 의혹으로 석연치 않게 낙마시켰던 사례가 특별취재팀 기자들의 판단을 늦추고 있었다. 어찌 보면 사생활인 혼외자 관련 의혹이 정치적으로 악용돼선 안 된다는 공감대가 일부 형성됐기 때문이다.

다만 서울시장 출마가 기정사실화된 거물급 정치인인 만큼, 사생활에 대한 철저한 검증이 필요한 측면도 있다. 취재 진척 상황으로는, 조경혜 의원과 채리라의 친자 확인 유전자 검사만 남았을 뿐이다.

파업 상황인 만큼 최종 판단은 팀장인 윤동우의 몫이다. 소송이 들어온다면 노동조합과 취재기자를 상대로 할 것이다. 그 역시 결국은 취재팀장인 그가 책임져야 한다. 하루 종일 해킹하느라고 고생한 백전무, 조승헌과 아쉬운 술자리를 마무리하고 집으로 향했다.

잠기지 않은 현관문 사이로 아내와 아들 민수의 대화가 들려온다. 아들 목소리에 제법 감정이 실렸다.

"우리 반 애들 제주도로 졸업여행 전부 다 가요! 어떻게 나만 안 갈 수가 있어?"

초등학교 6학년이 졸업여행을 가는 것이 유행이 된 모양이다.

"요즘 집안 상황이 이런 거, 다 알잖니? 동생은 학원도 끊었잖아……"

아내가 목이 메는지 대화를 잇지 못한다. 아들이 답답하다는 듯 소리친다.

"할머니 할아버지한테 말씀드리면 되잖아요!"

헛기침으로 인기척을 하면서 윤동우가 들어선다.

"제주도로 간다구? 민수야, 아빠가 보내줄 테니 걱정 마."

"여보, 꼭 내야 할 공과금도 넘쳐나요. 그렇게 여유로운 때가 아니에요. 공정 방송도 좋지만 월급통장 체크도 좀 해보세요."

엄마 아빠의 대화를 듣던 민수가 벌떡 일어난다. 한마디 하려는 듯 씩씩거리더니, 외마디 소리를 지르며 방으로 들어간다. 방문 닫히는 소리가 요란하다.

"여보, 공연히 걱정하시니까 부모님께 말씀드릴 수는 없구…… 졸업여행 포함해서 당장 25일까지 급하게 막아야 할 돈이 얼마지?"

아들이 들을까 걱정이 되는지 식탁에 놓인 신문지에 액수를 적는다. 윤동우는 휴대폰을 들고 현관문을 나선다. 아파트 단지 끝에 있는 한가한 놀이터로 터벅터벅 걷는다. 흔들림이 남아 있는 그네에 앉는다. 한쪽으로 몸이 기울다 가까스로 균형을 잡고는 휴대폰에 입력된 번호 중 즐겨찾기 3번을 눌렀다.

"야, 나 좀 도와주라. 여섯 달째인데, 카드는 펑크 나고, 애 졸업여행 보낼 돈이 없네……. 외벌이로는 더 이상 방법이 없다."

"그럼요, 형! 제가 보낼게요. 얼마면 되겠어요?"

대학시절 대부분을 함께 보낸 후배다. 기꺼이 마음을 나눠주는 모습에 속절없이 눈물이 흐른다. 남몰래 흘린 눈물이 처음은 아니다. 역기러기 생활을 하는 한 고교 선배는 지난달 윤동우와 아내를 동시에 울렸다. 자신도 어려운 처지인 그 선배는, 지갑에서 신용카드를 꺼내 손에 쥐어주며 말했다. 많이 못 도와줘서 미안하다고. 윤동우는 많은 말 대신 '형, 고마웠어요. 좋은 날이 곧 오겠죠.'라고 짧게 쓴 편지와 함께 3주 뒤 카드를 반납했다. 3주 동안 윤동우가 그 카드로 긁은 금액은 고작 2만 5천 원, 밥값과 교통비로 쓴 것이었다.

지난주에는 초등학교 동창인 교회 친구, 지금은 기자를 그만둔 입사 동기도 '파업을 지지한다'며 마음을 전해왔다. 그랬기에 특별취재팀 전략회의 호프값을 낼 수 있었다. 하지만 집에 가져올 돈을 마련하지는 못했다. 아내의 올곧은 유전자에 기대는 모습이 점점 더 비겁하게 느껴져간다.

그럼에도 불구하고 여기서 멈출 수는 없다. 개인적으로 돈을 벌어서 해결할 수 있는 문제는 아니기 때문이다. 결정적인 카운터블로우로 판을 뒤흔들어야만, 파업과 해직 모두 해결이 가능하다고 판단한다. 이 판단이 과연 옳은 것일까? ……옳다고 믿고 싶다.

"빰빰빰빰♬~ 빰빰빰빰♪~"

전자 키보드, 신시사이저의 박진감 넘치는 타이틀 음악과 함께 〈제대로 뉴스〉가 시작된다.

ABC 파업에 참가한 기자와 카메라 기자, 컴퓨터그래픽과 편집 전문요원들이 개인 장비를 총동원해서 만든 뉴스다. TV가 아니라 유튜브에서 클릭해야 볼 수 있다. 첫 번째 아이템은 3선 의원의 출산 의혹이 아니라, '할리우드 액션의 진실'이다.

"어이구~ 내 목이야!"

지난 11월 배석호 보도본부장이 퇴근길에 내뱉은 말이다. 배본부장이 잠긴 승용차 문을 힘주어 열다가 몸이 휘청대는 장면이 화면 전체에 흐른다. 이어 다음 날 ABC 메인 뉴스에 보도본부장이 노동조합원들의 퇴근 저지로 3주일의 치료가 필요한 '경추부 염좌' 진단을 받았다는 기사가 낭독됐다.

편집 효과로 화면이 뒤집어지면서, 이세진 기자가 강남의 고급 유흥주점 앞에서 마이크를 잡은 모습으로 넘어간다.

"배석호 본부장은 지난 11월 4일, 노조원들의 저지로 퇴근길에 목을 크게 다쳤다고 주장했습니다. 하지만 이런 주장은 이틀 전인 11월 2일 배본부장과 술을 함께 마신 종업원들의 목격담과는 크게 차이가 납니다. 그날 저녁 이 유흥주점에서 일을 하던 여성 목격자의 말입니다."

야구모자를 쓴 채 뒷모습으로 인터뷰한 여성의 목소리가 살짝 변조돼 흘러나온다.

"지인 두 분과 함께 오셨었죠. 그날따라 기분이 유난히 좋은 것처럼 보였어요. 평소와 달리 도미노주를 만들라고 하셨어요."

이세진의 오디오에 생동감이 묻어난다.

"천만을 돌파한 영화 〈내부자들〉에서도 '도미노주'가 등장했습니다. 맥주를 반쯤 채운 맥주잔 여러 개를 일렬로 늘어놓습니다. 다음은 맥주잔 사이사이에 양주를 반쯤 채운 양주잔을 조심스레 올려놓습니다. 그리고 한쪽 끝의 양주잔에 어떤 형태로든 충격을 가합니다. 충격을 받은 양주잔이 옆의 양주잔에 부딪친 뒤, 맥주 속으로 빠져드는 도미노가 발생합니다."

열악한 방송 환경에서도 컴퓨터그래픽 담당자들은 도미노주 설명을 돕는 그래픽 영상을 노트북으로 사전 제작했다.

"원래는 톡 쳐서 도미노주를 만들잖아요. 그런데 그날은 이마로 헤딩을 하듯 테이블을 쿵 쳐서 떨어뜨리자고 하셨어요. 테이블이 좀 두꺼운 편이라 쉽지 않았죠. 아마 다들 두세 번씩은 머리로 테이블을 쿵쿵 했을 거예요. 모두 성공은 하셨군요. 그런데 좀 있다가 본부장님이 목이 뻐근하다고 말씀하셨어요. 분위기가 썰렁해지면서 파장 분위기가 앞당겨졌어요."

여종업원의 목격담이 끝나자 이세진의 내레이션이 이어졌다.

"취재팀의 확인 결과, 배석호 본부장이 경추부 염좌 진단을 받은 것은 사실이었습니다. 하지만 진단서를 뗀 날짜는 노동조합원들과 만나기 하루 전인 11월 3일이었습니다. 이틀 전 술집에서 다친 부상으로 받은 진단서를 엉터리 무기로 삼아, 후배인 ABC 조합원들에게 폭행 혐의를 뒤집어씌우려 한 것으로밖에 볼 수 없습니다. 취재진은 진단서를 내준 정형외과 의사 K씨에게 찾아가 상황 설명을 요청했지만, 답변을 들을 수 없었습니다."

화면이 바뀌면서 간이 스튜디오에 현종민 앵커와 이세진 기자가 투 샷으로 출연한다.

"이세진 기자, 그러면 결국 배석호 본부장의 부상 주장은 '할리우드 액션'이었다는 일각의 지적이 맞았던 셈이군요?"

"예, 현재로는 진단서가 타임머신을 타고 시간 이동을 한 게 아니라면, 배씨의 그날 언행은 할리우드 액션일 가능성이 99% 이상입니다. 공영방송 임원으로서 책임 있는 답변을 해주기를 기대합니다. 그렇지 않다면 무고 혐의로 검찰 조사를 받게 될 것입니다."

"빰빰빰빰♬~ 빰빰빰빰♪~"

타이틀이 돌고 현종민 앵커가 등장한다.

"이번 아이템은 한 여성 정치인의 출산 의혹을 단독 보도합니다. 보도진은 짧지 않은 시간 동안 토론과 고민을 거친 끝에 정치인의 이름은 익명 처리하기로 결정했습니다. 혼외 출산 의혹이 정치인의 성품을 검증하는 데는 유효하지만, 범죄 혐의는 아니기 때문에 내린 결론입니다. 김다혜 기자, 취재 과정이 쉽지는 않았을 텐데요?"

"여성 정치인은 공인이지만, 그녀가 출산했다는 의혹을 받고 있는 젊은 여성은 공인이 아닙니다. 그러기에 사생활과 개인정보 보호가 필요하다는 게 취재팀이 내린 결론입니다. 영상과 목소리가 변조된 것이 많습니다. 답답하시더라도 시청자 여러분의 너그러운 양해를 부탁드립니다."

뉴스는 강남의 클럽 댄스 그룹샷에서 시작됐다. 춤을 추던 젊은 여성 중 한 명이 다음 날 경기도의 한 골프장에서 여성 정치인과 클럽하우스에서 만나는 장면으로 넘어간다. 라운딩 중 젊은 여성이 정치인을 '이모'라고 부르는 오디오가 변조되어 공개된다. 이틀 뒤, 이모로 불린 여성 정치인은 VVIP 명품관에서 젊은 여성과 그녀의 법적인 어머니에게 최고급 명품을 선물한다. 취재 결과 선물한 명품의 가격은 1억 원이 넘을 것으로 추정됐다. 젊은 여성은 해외에서 살고 있으며, 여성 정치인이 그 나라로 석연치 않은 송금을 한 의혹을 제기했다. 그리고 구입하지 않은 커다란 가죽 가방을 클로즈업하면서 뉴스 화면은 끝이 났다.

"이모라고 부르기는 하지만, 생모일 가능성이 높다는 게 취재팀의 판단이군요. 여성 정치인이 누구인지 몹시 궁금해질 수밖에 없을 텐데요?"

앵커의 질문에 김다혜는 차분하게 취재팀의 입장을 설명한다.

"여성 정치인이라고 부를 수 있는 사람은 백 명이 살짝 넘습니다. 어떤 여성이 젊은 시절, 사랑을 지키기 위해 아이를 낳았다면 보호해야 할 측면도 있다는 것이 취재팀의 판단입니다. 후속 취재를 통해 시청자들에게 꼭 알려야 할 상황이 온다면, 그때 다시 판단하겠습니다."

포털의 인기검색어 순위는 '제대로 뉴스'로 널을 뛰었다. 30분 정도 1위를 차지한 '할리우드 액션'을 밀어내고, 출산 의혹과 김다혜 기자가 세 시간 넘게 1위를 유지했다.

20년을 지켜온 비밀

조경혜 의원이 저녁 약속을 일찍 마무리하고 단골 마사지샵에 있을 때였다. ABC 파업 기자들의 출산 의혹 단독 보도가 조의원에게 전해졌다. 스마트폰으로 기사를 살펴보니, 모두 익명 처리됐고 개인정보는 철저히 보호됐다.

'취재팀이 옐로우라면, 얼마든지 이름을 밝힐 수도 있는 상황이었어. 나를 통해 얻어야 할 무언가가 있다고 봐야겠지.'

조경혜는 중앙정보국장을 지낸 아버지와 아이비리그 출신 어머니를 둔, 명민한 여성이다. 또 국회에서 12년을 지내면서 산전수전을 다 겪었다.

휴대폰에 삼청동의 한 식당 전화번호가 찍히며 진동이 울린다. 채석규 중앙정보국 2차장이 통화할 때 애용하는 방식이다. 조경혜가 휴대폰을 집어 들자, 마사지사가 조용히 자리를 피해준다. 잠시 후, 특유의 사무적인 목소리로 전화를 받는다.

"여보세요, 꼭 통화할 필요가 있었나요?"

"보셨죠? 이건 ABC 딥뉴스 기자들이 협상을 제안한 거라고 봐야 해요. 그렇게 생각하죠?"

채석규의 목소리에는 걱정이 배어 나온다.

"그럴 가능성이 있다고 봅니다. 하지만 섣불리 먼저 움직일 수는 없어요. 거기 저렇게 된 지 얼마나 됐죠?"

"다섯 달 넘었습니다."

"⋯⋯그러길래 무리한 파업 유도와 해고, 재고하라고 했었잖아요. 홍보수석하고 상의해서 섬세한 카드 몇 개 준비하세요. 내가 연락할 때까지는 움직이지 마시구요!"

위기 상황에서 냉정함을 잃지 않고 두뇌회전이 더 빨라지는 조경혜의 장점이 빛나는 순간이다. 여권의 차기 대권 후보인 조의원은 청와대 홍보수석은 물론 정무수석, 민정수석과도 각별한 관계다.

정치인으로 살아온 20년의 세월 동안, 그녀는 감성이라는 마음의 문을 닫았다. 대학시절 그녀가 좋아하던 같은 과 선배는 겨울방학이 시작되자마자 강제징집을 당했다. 검사 출신으로 중앙정보국고위 간부인 아버지의 작품이었다. 면회도 갈 수 없는 상황에서 눈물이 마를 때까지 그녀는 울고 또 울었다. 그게 사랑이었다면 사랑이었으리라⋯⋯. 그녀의 아버지는 강제징집이 자신이 지시한 일임을 부인하지 않았다.

졸업 후 집안에서 원하는 맞선 자리에 나갔지만, 그녀의 마음속에는 강제징집으로 소식이 끊긴 선배가 늘 자리잡고 있었다. 다른 사람이 들어올 마음의 공간은 없었던 것이다. 구릿빛 각진 얼굴에,

카리스마 넘치는 표정으로 사자후를 토해내듯 변혁의 정당성을 주장하던 그 모습을……

채석규를 처음 만난 것은 미국에서 박사학위를 받고 귀국해 제주도에서 책을 쓰기 시작한 때였다. 아들이 없는 아버지는 큰딸의 인상적인 정계 입문을 염두에 두고, 서적 집필을 지시했다. 주목받는 서적이 필요하다는 아버지의 전략에 발맞춰 외부와의 접촉이 차단된 애월 해안가의 주택에 칩거했다. 큰 파도가 밀려들면 앞마당에 바닷물이 들이칠 것 같은 집이었다.

DNA의 절반은 재벌 핏줄인 조경혜는 피부에 와닿는 경제서적 집필을 목표로 삼았다.

가사도우미 아주머니가 일주일에 세 번 오가는 것을 제외하고는 철저히 혼자인 시간이었다.

중앙정보국 임원인 아버지는 제주에 파견된 직원에게 일주일에 한 번씩 딸의 상황을 점검하라고 지시했다. 해안 주택에 짐을 푼 지 며칠 지났을 때, 애월 앞바다에 수백 마리의 돌고래떼가 나타났다. 수십 마리씩 떼 지어 다이빙을 했다가 다시 치솟으며 한동안 장관을 연출했다.

지나가던 관광객들은 차를 세우고 연신 카메라 셔터를 눌러댔다.

〈동물의 세계〉 같은 다큐멘터리에 들어와 있는 듯한 그 순간, 강한 바람에 챙이 넓은 갈색 모자가 날아갔다. 조경혜가 모자를 집으러 뛰기 시작했지만, 점점 멀어져만 간다. 지쳐 포기하려는 순간, 선글라스를 쓴 검게 그을린 남자가 모자를 들고 그녀에게 다가왔다.

그는 아버지가 지시한 내용과 함께 자신을 소개했다. 첫 만남은 바닷가 모래사장에서, 그렇게 짧게 끝났다.

조경혜와 채석규는 그 뒤, 아버지의 말씀대로 매주 금요일 점심을 같이했다. 해녀들이 직접 잡은 해산물을 칼국수와 함께 파는 '해녀의 집'에서였다. 네 번째 식사에서, 조경혜는 맥주를 마신 탓인지 안 해도 될 얘기를 한다.

"당신은, 지금은 사라진 옛 과 선배를 많이 닮았어요."

다음 주부터 그들은 저녁식사를 같이하기 시작했다. 채석규는 과 선배와 비슷한 지역 출신이었고, 사투리 억양이 비슷했다. 채석규의 인생 목표는 물론 '민주화'와는 거리가 멀었다. 하지만 조경혜는 잃어버린 첫사랑을 다시 만난 듯한 느낌을 떨쳐낼 수가 없었다. 조경혜는 '아버지에게 또 사랑을 짓밟힐 수는 없다'고 다짐한다. 그녀는 잉태한 아기를 몰래 낳아, 키우기로 결심했다.

채석규는 임신 사실을 알게 되자, 바로 청혼을 했다. 하지만 조경혜의 라이프 플랜에는 결혼이라는 항목이 들어 있지 않았다. 시골 촌구석의 맏며느리 역할은 애초 그녀와 맞지 않았다.

조경혜는 결혼하지 않고, 아기만 낳아 멀리서 키우고 싶은 비혼非婚파에 속했다. 봉건적 가부장제의 전통이 여전한 한국 사회에서 결혼이라는 제도는 그녀에게 거추장스럽게만 느껴졌다.

결혼은 그녀의 야망과 출세에 도움이 되는 아이템이 아닌 것이다. 특히 싱글이라는 사실은 중장년의 남성 유권자들에게는 매우 긍정적인 요소라는 판단이었다. 하지만 자신의 DNA를 남기고 싶은 생물적인 본능은 누구보다 강했다.

20년을 지켜온 비밀

'결혼을 하지 않을 거면, 차라리 낙태를 하자.'

이 얘기가 채석규의 혀에서 계속 맴돌았지만, 감히 내뱉지는 못했다. 그녀의 아버지가 임신 사실을 알게 된다면, 그의 조직 생활은 사실상 끝난 것과 비슷할 것이다. 만일 낙태를 한다고 해도, 좁은 제주 바닥에서 알려질 가능성이 크다. 그렇게 되면 더 파렴치하게 보일 수도 있다고 결론 내렸다. 그녀의 아버지는 반드시, 임신과 아기에 대해 몰라야만 했다.

조경혜는 아기를 낳은 뒤 미국에 사는 교포 친구에게 입양을 시키자는 계획을 얘기했다. 그는 울며 겨자 먹기로, 그녀의 계획을 따를 수밖에 없었다. 조경혜는 리라를 낳은 지 100일이 지나자, 채석규를 통해 경기도의 고아원으로 보냈다. 그녀는 멈추지 않는 젖을 짜서 난초 화분에 정성껏 따라주면서, 리라의 건강을 기도했다. 6개월 넘게 젖을 먹고 자란 난초는 이듬해 봄 노오란 꽃송이를 피워 올렸다.

그녀의 계획은 단 한 번 변경됐을 뿐이다. 조경혜의 초등학교 친구인 김미희가 교통사고로 LA에서 사망했기 때문이다. 리라가 두 돌이 막 지난 때였다. 조경혜는 미희의 친동생인 미미의 집으로 리라를 입양 보냈다. 미미 킴은 엄청난 양육비를 요구했지만, 조경혜는 기꺼이 동의했다. 리라는 지금도 숨진 이모 김미희를 자신을 낳아준 엄마로 알고 있다. 조경혜는 '내가 진짜 네 엄마'라고 말하고 싶을 때가 한두 번이 아니었다. 하지만 가문과 출세를 위해 비밀을 유지해왔다. 20여 년을 지켜온 그 비밀이, 오늘 익명이기는 해도 구체적으로 드러났다. 특단의 대책이 필요해진 것이다.

마사지를 마친 조경혜는 기사를 먼저 들여보내고, 운전석에 앉는다. 핸드백 바닥에서 대포폰을 꺼내들어 버튼을 누른다. 벨이 몇 번 울린 뒤, 채석규의 음성이 들려온다.

"잘 들으세요. 오늘 관련 보도 취재한 기자들 빠짐없이 파악해야 하지 않을까요? 그리고 후속 취재를 할 수 없게 특별한 대책이 필요하지 않을까요?"

"예……."

명령형이 아닌 청유형의 멘트가, 그녀가 떠오르는 권력임을 느끼게 했다. 굳이 대답을 들으려 하지 않고 전화를 끊는다.

채석규 차장은 몇 년 만에 조경혜의 전화를 직접 받았다. 그만큼 사태가 엄중하다는 뜻이다. 채석규의 출세는 조경혜의 지원 없이는 사실상 불가능했다는 것을 본인도 잘 알고 있다.

채석규는 메신저로 올라온 보고를 잠시 살펴본 뒤, 배석호 ABC 본부장에게 바로 전화를 건다.

"배본부장, 그 제대로 뉴스도 딥뉴스 하던 기자들이 하는 거라면서?"

"그렇다네. 앵커는 현종민이지만, 취재는 모두 딥뉴스 핵심 멤버들이지."

"걔네들 아직 해고 안 했어?"

"그중 셋은 이미 했지."

"나머지도 해고를 하든 징계를 하든 대책을 취해야 하지 않겠어?"

"알았어. 생각 중이야. 내가 지난번에 목 아프다고 쇼한 게, 오늘 제대로 뉴스에 다 까발려졌어. 내 코가 석 자라구. 내일 다시 통화합시다."

조경혜의 뜻은 곧 현실로 나타났다. 다음 날 ABC 인사부는 2차 징계자 명단을 발표했다. 보직을 내려놓고 파업에 동참한 부국장급 선배 등 일곱 명에게 3개월 이상의 정직이 내려졌다. 이세진, 구준혁 등 〈제대로 뉴스〉 기자들에게도 2개월의 정직과 자택 대기 명령이 내려졌다. 1차와 2차 징계자 숫자가 오십 명을 넘어섰다. 특이한 점이 있다면 김다혜가 징계 명단에서 빠진 것이다.

"김다혜 씨, 나 오국장이야. 건강은 괜찮나?"
다혜가 오형석 보도국장의 전화를 받은 것은 전날 오후였다.
"……어쩐 일로 전화를 다 주시구요?"
당황한 다혜가 가까스로 대화를 이어가자 오국장이 본색을 드러냈다.
"파업도 이제 할 만큼 했잖아. 이번 파업은 탈출구가 없어요. 타협의 여지도 거의 없어요. 그래서 말인데…… 에이스 김다혜는 이제 올라와서 ABC뉴스를 살리는 데 힘을 보탰으면 해요. 메인 뉴스 앵커를 김다혜 씨를 시키자는 고참들이 적지 않아요. 어때?"
오형석의 이야기를 듣는 다혜의 표정이 일그러진다.
"오부장님 아니 오국장님, 일반적인 상황이었다면 좋은 제안이겠네요. 하지만 같이 파업해온 동료들을 배신하고 저만 올라갈 수는 없죠. 이만 끊겠습니다."

다혜는 불쾌감을 억누르기 위해 8층 사무실까지 계단으로 걸어 올라간다. 데스크에게 상황을 서둘러 보고해야 한다고 판단한 것이다.

다혜가 숨을 헐떡거리며 사무실에 도착했을 때 윤동우와 이세진이 회의용 테이블에 둘러앉아, 징계 상황에 대해 울분을 토하고 있었다. 다혜가 그들의 대화를 끊고 들어온다.

"윤선배, 저 완전히 꼭지 돌겠어요. 저놈들이 나를 얼마나 우습게 보는지! 오형석이 전화를 걸어서는 글쎄 저더러 파업 접고 올라오면 메인 뉴스 앵커를 시켜주겠대요. 나를 뭐 친일파의 후손쯤으로 여기는 건지, 이거 명예훼손으로 걸 수 없을까요?"

윤동우가 다혜의 어깨를 토닥거리며 입을 연다.

"징계와 회유, 채찍과 당근을 동시에 쓴다는 작전이구만. 넘어가는 친구들도 있겠는데⋯⋯."

듣고만 있던 이세진이 새로운 방송사 내부 취재 결과를 브리핑하기 시작한다.

"김다혜 선수, 흥분 좀 가라앉히고 얘기 좀 들어봐. 오국장 등 보도본부 수뇌부의 중장기 계획이 일부 확인됐어. 파업을 접으면 징계 받은 기자 피디 아나운서들을, 재교육을 명분 삼아 의정부 연수원으로 격리할 계획이라네. 6개월 이상 교육시킨 뒤, 본사가 아닌 지방의 사무실로 유배를 보낸다는 구상이래."

쿵쾅거리며 들어선 조승헌이 나쁜 소식을 전한다.

"아나운서와 기자 등 이십여 명이 개인적으로 파업을 접고, 업무에 복귀하기로 했다네. 저들의 회유에 넘어간 것이라는 분석이야.

더 기막힌 얘기도 있어. 파업 6개월에 가정 경제가 파탄 나자, 파업의 시발점인 딥뉴스팀을 원망하는 목소리도 나오고 있다네……. 어이가 없어."

턱수염을 쓰다듬던 윤동우가 짧은 침묵을 깬다.

"우리가 출산 의혹을 익명으로 보도했잖아. 그것은 적당한 선에서 타협을 하자고 제안한 거였어. 그런데 이세진과 구준혁을 2차 징계자 명단에 포함시켰어. 이것은 조경혜가 맞장을 뜨자고 달려든 형국이라고밖에 볼 수 없어. 이제 더 늦으면 승부수를 던질 기회를 잃을 수도 있을 것 같아. 제대로 뉴스에 보도할지 여부는 더 이상 중요하지 않아. 이제는 올인이야. 조경혜가 항복할 수밖에 없는 마지막 수를 넣어야 해!"

태스크포스팀에게 대외비를 전제로 두 가지 미션이 주어졌다.

리라 폴링

미션 지시 이틀 후 이세진은 인천공항을 빠져나갔다. 어느 나라든 공항의 출입국을 담당하는 공무원들은 지나치게 느긋하다. 멕시코 출신으로 보이는 LA국제공항 공무원들도 예외는 아니었다. 이세진은 공항 입국심사장을 빠져나오는 데만, 두 시간 가까이 허비했다. 북미 대륙 동쪽 끝인 뉴욕에서 여섯 시간을 날아온 블로거 안재용 선배가 반갑게 손을 흔든다.

"와, 이게 얼마 만이야. 시차 때문에 피곤하지?"

"견딜 만합니다. 안선배, 인터뷰 약속은 거듭 확인된 상태구요. 모기 받아오셨어요?"

이세진은 떠나기 전 윤동우 차장의 지시에 따라 작전에 쓸 모기를 부탁해두었던 것이다.

"그럼, 걱정하지 말아. 혹시 몰라서 두 통에 나눠서 일곱 마리 준비했지."

안재용 기자가 운전하는 소나타 렌터카가 LA 코리아타운 7번가로 들어선다.

"6개월째 무노동 무임금인데, 비행기값은 어떻게 마련했어?"

"앵커 내려놓고 파업 참가하신 선배가, 외부 강의하고 받은 강사료 쾌척했어요."

"그래도 ABC는 선후배 관계가 탄탄하네, 부러워."

이세진은 한 시간에 150달러인 작은 인터뷰룸에 들어선다. 리라 폴링과의 인터뷰를 위해서 특별히 빌린 공간이다. 널찍한 마호가니 테이블에 의자 여덟 개뿐인 단출한 인터뷰룸이다. 안재용 선배가 한쪽 벽에 대형 브로마이드 사진을 건다. 캘리포니아주 대회 우승 트로피를 들어 올리는 채리라의 모습이다. 이세진은 인터뷰룸이 좀 더 따듯하도록 에어컨디션을 조절했다.

안재용이 손목시계로 시간을 확인하더니, 가방에서 조심스레 곤충포집망을 꺼낸다. 그리고 문을 열자 일곱 마리의 모기가 차례로 날아오른다. 잠시 후, 리라 폴링이 활기찬 걸음으로 들어온다. 턱수염이 얼굴의 절반을 덮은 미국 중년 남성이 따라붙는다. 전에도 본 적이 있는 리라의 캐디다. LPGA 진출 발표와 함께 후원받기 시작한, 한국 C기업의 마크가 모자와 셔츠에 선명하다.

"반갑습니다. 리라 양. 전에 페블비치에서 인터뷰했던 이세진 기자입니다, 기억하시겠어요?"

"그럼요. 안녕하셨어요? 다시 뵙게 돼서 반갑습니다."

"이분은 뉴욕에서 활동하는 안재용 기자세요."

안재용 기자가 수다스럽게 떠벌리며 편안한 분위기를 유도한다.

"반가워요. 리라 폴링 선수와 좋은 관계 만들려고 뉴욕에서 날아왔어요. 질문과 대답 먼저 진행하구요. 스틸 사진은 나중에 따로 포즈 좀 취해주세요. 대답할 때는 가능하면, 이 가운데 카메라에 시선을 맞춰주시구요. 맥주 한 잔 마셨다고 생각하고 편하게 하시면 됩니다. 얘기하다 틀리면, 다시 시작하면 돼요. 시간 많으니 아무 걱정 마시고…… 자, 시작해 볼까요?"

첫 질문은 이세진이 던진다.

"이미 캘리포니아주 대회 우승으로, 가장 준비된 프로 선수라는 평가를 받고 있는데요. LPGA 진출 첫해 목표는 어떻게 세우셨어요?"

"특별한 목표를 따로 세우지는 않았습니다. 다만 지금 페이스대로 꾸준히 최선을 다하면 좋은 결과 있을 거 같아요."

이후 LPGA 최종 목표와 약점인 어프로치 개선 방법 등에 대한 질문이 이어졌다. 리라는 반바지 치마에 반팔 셔츠를 입은 상태다. 벌써 모기에 물렸는지 팔과 다리를 긁는 순간이 몇 차례 포착됐다. 캐디가 날렵한 손놀림으로 리라의 다리에 앉은 모기를 잡아 죽인다.

이세진이 서둘러 마무리 질문을 던진다. 모기가 다 잡혀 죽으면 낭패이기 때문이다.

"최근 한국을 방문해서 좋은 시간을 보내셨다고 하던데요. 어떤 분들 만나셨나요? 한국에서 라운딩도 하셨나요?"

리라 폴링은 순간적으로 머뭇거리다 미소 지으며 대답한다.

"외할머니 만나러 갔었어요. 이모랑 한국 골프장에서 라운딩도 했습니다. 한국 음식도 맛있었지만, 골프장이 아주 예뻐서 좋았어요."

안재용이 VVIP 명품관 선물더미를 염두에 두고, 질문 하나를 더 치고 들어간다.

"좋은 이모를 두셨네요. 선물도 많이 받으셨나요?"

"음…… 예쁜 옷들 사주셨어요."

리라 폴링은 ABC 파업 기자들의 여성 정치인 출산 의혹 특종 보도를 모르는 듯했다. 돌아가면서 악수를 하고, 리라와 캐디가 인터뷰룸을 빠져나갔다. 안재용과 이세진은 준비해온 접이식 잠자리채를 꺼내서 모기를 잡기 시작한다.

"저 천장에 붙어 있는 놈은 어려운데…… 젊은 이선수가 의자 놓고 올라가라. 나는 못하겠데이."

10분이 채 지나기 전에 모기 여섯 마리를 수거했다. 안재용과 이세진은 하이파이브를 한 뒤, 재미교포 의사가 운영하는 DNA정보센터로 향했다. 모기가 빨아들인 사람의 혈액으로 DNA를 감정하는 데 성공한 나고야대학의 연구 결과가 상업화된 곳이다. 모기가 흡혈한 뒤 12시간 내에 피를 분석하면, 99% 이상 DNA를 판정할 수 있다. 이 연구 결과로 범죄 현장에서 형사들이 잠자리채를 들고 모기를 잡으러 뛰어다니는 새 풍속도가 생겨나고 있다고 안재용은 전했다.

DNA정보센터에서 나온 두 기자는 코리아타운의 순두부집으로 옮겼다. 선배인 안재용이 먼저 소맥 칵테일을 제조한다.

"딥뉴스의 승리를 위해, 건배!"

잔을 털고 내려놓는 순간, 휴대폰이 진동한다.

"이기자님, 오랜만이에요. 도움될 만한 정보가 있어요."

한때 서울역 노숙까지 했던, 유흥업소 사장이다. 고교 시절 재벌 3세와 짝이었던 인연 때문에 파란만장한 삶을 살아온 오래된 취재 원이다.

"반갑습니다. 지금 미국이긴 합니다만, 어떤 일이시죠?"

"새로 확장한 호빠에서, 이기자님께 드릴 만한 정보가 생겨서요."

"호빠라면, 남성 접대부가 나오는 호스트바를 말씀하시는 건가 요?"

"나랑 의형제 맺은 후배 하나가 호스트바 빠꼼이거든요. 그런 데 그놈이랑 친한 호빠 마담이 재미난 얘기를 했답니다. 거물급 여 성 정치인이 드나드는 회원제 비밀 호빠가 있다구요. 전에 이기자 님이 말씀하신 그 여성 의원도 왔었다는 거 같았어요. 어디냐 하면 요……."

전화를 끊은 세진은 만세를 부르며 바로 윤동우 차장에게 전화 를 걸었다.

호스트바 잠입

서울, ABC방송사 8층 제작실. 여전히 러시아풍의 〈슬라브 여인의 작별〉이 흘러나오고 있었다. 윤동우 팀장은 음악 때문에 김다혜가 다가와도 알아채지 못했다. 그는 빨간 볼펜으로, 손으로 직접 쓴 글들을 수정하고 있었다. 누런색 A3 크기의 줄 그어진 종이 제일 위에는 이런 글이 적혀 있었다.

'보편적 복지와 선택적 복지를 비교하고, 하나를 선택해 장점을 논하시오.'

윤팀장은 쉬지 않고 읽어 내려가면서, 틀린 맞춤법을 바로잡고 주어와 술어의 부조화를 바로잡았다. 끝에는 글 전체에 대한 평을 붉은색으로 서너 줄씩 달았다.

한참을 멍하니 바라보던 김다혜가 입을 열었다.

"선배, 뭐 하시는 거예요?"

윤팀장은 수정하던 종이를 뒤집어 감추면서 어색하게 받아친다.

"어? 인기척을 좀 하고 오지."

"이거 입시 학원 논술 연습한 거, 맞죠?"

"그래, 재수하는 수험생들이 대입 논술 앞두고 쓴 글을 수정 첨삭하는 거야. 다른 애들 알면 사기 저하되니까, 그냥 너만 알고 넘어가자."

"이거 하면 얼마 받으시는데요?"

"……두 장 하면 2천 원. 안 하는 것보다는 나으니까……"

"권력형 비리 고발 전문인 선배가…… 논술 첨삭이라니요……"

김다혜의 눈동자가 순간적으로 젖어든다.

윤동우는 지난달 카드값을 막지 못한 뒤부터, 입시 학원 원장인 친구를 통해 2천 원짜리 논술 첨삭을 시작했다. 무노동 무임금 상황에서 몇십 만원은, 생활비에 적잖은 도움이 됐다. 후배들에게 들키지 않으려고 나름 조심했는데, 실수를 한 것이다. 윤동우는 빠르게 예능 모드로 전환한다.

"야, 김다혜. 내가 늘 얘기하잖아, 광폭 인생! 오래 살아보면 뭐 그럴 수도 있는 거야. 그냥 대범하게 넘어가주라. 하하하."

"예, 알겠습니다."

김다혜도 어색한 분위기를 바꾸려, 음악으로 화제를 바꿔본다.

"그런데, 윤선배. 이 노래 너무 많이 들으시는 거 아니에요?"

"그래? 그러면 빅토르 최의 노래 한번 들어볼래? 소비에트체제에서 저항의 록을 부르다 의문의 교통사고로 29세에 숨진 고려인 3세, 알아?"

"들어는 봤죠. 가사도 모르고 가락도 낯선데, 왠지 우리 민족의 한恨 같은 게 느껴지더라구요. 그건 그렇구요, 윤선배, 뭐 급한 일 있다면서요?"

"그렇지, 깜박했네. 너, 호스트바 가본 적 있니?"

"호스트바 경험도 여기자 취재력의 전제 조건인가요? 선배가 지시하시면 가봐야겠죠."

김다혜는 고민 끝에 역시 나인에게 부탁했는데, 다음 날 전화가 왔다.

"오늘 내가 아는 언니에게 그곳에서 한잔 사라고 했어. 부담 없이 와."

"고마워요, 나인 언니."

앞서 이탈리아 식당에서 만나 들어선 그곳은 겉과 달리 화려하기 이를 데 없었다. 셋이 앉아 몇 마디 주고받고 있는 사이 남자들이 우르르 들어와 인사를 했다.

"파워 가이, 훈입니다."

자기소개를 마친 젊은이가 갑자기 엎드려 푸시업을 시작한다. 순식간에 50개를 하면서 힘을 과시한다.

"누님들, 저는 제임스예요."

해외 유학파임을 은근히 내세우는 제임스는 화이트셔츠에 물을 뿌리면서 가슴과 배 근육을 자랑한다. 방에 들어온 열 명 남짓한 남자들은 대부분 반바지에 화이트셔츠 차림이다. 미남형 앳된 얼굴에 키는 175cm에서 190cm까지 분포가 다양하다. 연령별로는 군 입대 전후의 20대 초반이 가장 많고, 서른 전후의 남성도 서너 명 섞여 있다. 회원제로 운영되는 비밀 호스트바에서 남성 접대부를 고르는 순서가 진행 중인 것이다.

가운데 상석에 앉은 선글라스의 여성이 귀찮다는 듯 한마디 던진다.

"식스팩 자신 있는 애들, 까봐!"

절반 이상의 남자들이 셔츠를 걷어 올리며 복부에 힘을 준다.

"식스팩들 중에, 이 비어 있는 얼음통 걸 수 있는 애 있어?"

룸에 들어오는 남성 접대부는 비아그라 같은 발기부전 치료제를 먹고 들어오는 경우가 많다. 선택받아 돈을 벌기 위해, 약간의 신체적 부담은 감수하는 것이다. 푸시업을 했던 훈이가 손을 번쩍 든다.

"제가 할 수 있습니다."

"그래? 너 이 언니 옆에 앉아."

상석에 앉아 프로처럼 분위기를 리드하는 여자는 나인의 대학 선배다. 화류계 비즈니스에 종사한 지 십 년이 넘은, 호스트바 분야의 전문가다. 훈이가 바짝 다가와 옆에 붙어 앉자, 나인은 묘한 흥분과 기대감이 교차한다. 육체미 대회의 입상자처럼 가슴 근육이 웬만한 여성보다 크다. 김다혜 옆에는 셔츠에 물을 뿌린 제임스가 배정됐다. 상석의 큰언니는 마담을 부르면서 지갑을 꺼낸다.

"훈이라고 했지? 이 5만 원권 열 장 물에 적셔서 TV 화면에 붙여. 너희들이 파트너를 아주 기쁘게 해주면, 몇 장씩 떼어가는 거야, 알지?"

작은 양주잔으로 원샷을 세 차례 한 뒤, 왕게임을 하면서 야한 벌칙이 진행된다. 남성 접대부가 반바지를 내리는 장면도 연출됐다. 속칭 버섯주가 제조돼 돌려지기도 한다. 다혜와 나인도 정신을 차리지 못한다. 반면 큰언니는 차분히 부탁받은 미션을 수행한다.

30대 중반의 남성인 마담을 옆에 앉히더니, 귓속말을 계속 주고받는다.

"여기 여자 국회의원도 자주 온다며? 조경혜도 단골이라며?"

"고객의 사생활 보호가 저희들의 마지막 자존심입니다."

마담이 버팅기며 입을 열지 않자, 큰언니가 지갑에서 지폐를 손에 잡히는 대로 꺼내 쥐어준다.

"몇 년 전만 해도 여의도 중년 여성들이 제법 왔었죠. 그런데 최근 들어서는 외국으로들 나가는 분위기예요. 누구라고 했죠?"

"조경혜라고 3선 의원 있잖아."

"이거 우리 형님이 특별히 부탁한 거라서 말씀드리는 거예요. 비밀 꼭! 알죠? 그 언니는 이탈리아 드나든다던데……. 잘나가는 언니들은 동남아가 아니라 유럽 가서 놀거든요. 그게 그들만의 노블리스 오블리제 아니겠어요?"

테이블 옆에서 시작된 즉석 춤판이 끝나자, 큰언니가 남자들을 내보낸다.

"김기자님, 여기서 더 얻을 것은 없을 거 같아요. 몇 년 전에는 온 것도 같다는데…… 요즘에는 이탈리아에 들락거린다네요."

"이탈리아요?"

"동남아가 아니라 이탈리아 종마랑 즐긴다는 거 같아요."

오늘은 큰언니가 대학 후배인 나인에게 한잔 사는 자리였다. 파랑새를 자주 찾는 큰언니 남편의 외도 시도를 나인이 적절히 신고했기 때문이다. 세 여인은 남자 마담의 안내로 사무실 입구 같은 문을 빠져나온다. 미로 같은 길을 빠져나가자, 주차장으로 연결된다. L호텔 건너편, 명문고등학교 옆에 이런 회원제 호스트바가 운영 중이라는 게, 다혜는 믿어지지 않았다.

8층 제작실에 고려인 3세 빅토르 최의 히트곡이 잔잔하게 흐른 다. 윤동우 팀장과 최지웅, 조승헌 기자가 티타임을 갖고 있다. 저항 적인 음악이 그들의 의지를 유지시켜주는 측면이 있는 듯하다. 그 곳으로 LA에서 돌아온 이세진이 지친 듯 어깨를 떨구고 들어온다. 곧 호스트바 취재를 마친 김다혜가 사뿐사뿐 다가온다. 자연스레 취재전략회의가 시작된다. 이세진이 먼저 보고한다.

"모기 흡혈 첨단 방법으로 리라 폴링의 DNA 확보해 분석 마쳤 습니다. 그리고 김다혜 선수가 확보한 이 봉투 안에는 조경혜 의원 이 사용한 빗이 있습니다. 회의 마치는 대로 센터로 가서 친자 확인 DNA 검사 의뢰할 계획입니다."

윤동우 팀장이 엄지를 치켜세우며 후배들을 칭찬한다.

"우리 ABC의 에이스들, 어려운 상황에서도 정말 수고 많았어. 자 랑스럽다……. 후배지만 존경한다."

최지웅이 오글거리는 분위기를 깨고 들어온다.

"아이고, 왜 이렇게 띄우시나? 더 센 거 시키려고 그러시죠?"

윤동우의 동공이 순간적으로 작아진다. 의도를 들킨 듯한 분위 기가 감지된다.

"푸하하. 들켰죠?"

조승헌이 웃음을 떠뜨리며 회의 진행을 자청한다.

"그럼 DNA 검사 통해 출산 의혹은 마무리되구요. 다혜는 취재

어땠어?"

"호스트바에서 직접적인 성과는 없었습니다. 다만 조경혜가 이탈리아를 자주 드나들면서 현지 남성과 즐기고 있을 것이라는 얘기를 들었습니다. 한국의 잘나가는 여성들은 유럽을 선호하는 트렌드랍니다. 조경혜 의원 관련 기사를 찾아보니, 소속 상임위인 국방위원회 업무를 포함해서 최근 1년 동안 세 번 이탈리아 피렌체를 방문했습니다. 이제 공항에서 포착됐던, 조경혜 100유로 지폐 다발 의혹의 윤곽이 잡히시죠?"

윤동우 팀장이 빠르게 리액션을 보인다.

"앗! 금융분석원이 파악했다는 조경혜의 100유로 현찰 다발 말이지? 이탈리아에서 제법 큰 현지 여행사를 하는 친한 친구가 있어. 내가 좀 알아볼게……. 나만 믿지는 말고, 각자 취재하자구."

최지웅 기자가 두 손으로 분위기를 가라앉히며 끼어든다.

"시차 때문에 어차피 지금은 전화 취재 어려워요. 그런데 윤선배, 그 어이없는 얘기 들으셨어요?"

"뭔데?"

방송사 내부 취재에 밝은 최지웅이 중요한 정보 보고라도 하듯, 미스터리 기법으로 얘기를 시작한다.

"배석호 본부장이 파업 불참하고 남아 있는 십여 명의 기자들한테 골 때리는 지시를 내렸었대요. 파업 막 시작한 지난가을에요. 새로 뽑은 경력 기자를 새로 만든 어용 노조에 많이 가입시키면, 1년짜리 해외 연수 보내준다구요."

"그래? 결과는?"

"경력기자 세 명을 어용 노조에 가입시킨 김 모 차장이 프랑스 연수자로 최종 결정됐답니다."

혀를 끌끌 차던 조승헌 기자가 바통을 이어받는다.

"해외 연수는 약과죠. 본부장 밀정 노릇하던 녀석은 사실상 샌프란시스코 특파원으로 내정됐답니다. 더 가관은 뭔지 아세요?"

불쾌지수가 높아진 김다혜가 씩씩대며 다그친다.

"뜸 들이지 말고 얼른 말씀하세요."

"메인 뉴스 앵커 자리와 끝장 토론 사회자 자리를 놓고, 자기네들끼리 마타도어가 대단하대요. 밤마다 사장과 본부장 술자리 파악해서 찾아다닌대요. 자기 앵커 시켜달라고 부탁하면서요. 친했던 취재 차량 기사들 중에 임원 차량 운전하는 분들이 생생하게 전달하는 얘기예요. 얼굴 팔아서 국회의원 출마하고 청와대 대변인 노리는 정치지향형 '기레기(기자 쓰레기)'들이죠. 실제로 K 모 선배는 취중에 고향에서 출마하겠다는 의사를 언급하기도 했었잖아요. 국민의 재산인 전파를 출세의 발판으로 이용하려는 그 천박한 가치관이 정말 대단해요!"

멍하니 듣고 있던 이세진이 남은 커피를 목에 쏟아부으며 시동을 건다.

"그렇게 정치하고 싶으면 깔끔하게 국회의원 비서 하면서 바닥에서부터 올라가야 하는 거 아닌가요? '기레기'라는 신조어가 국어사전에 등재될까 두렵습니다."

윤동우 팀장이 창문을 열자, 찬 바람이 쌩하니 몰려든다.

"자, 이제 DNA 검사 결과도 곧 나올 테니, 피렌체에서 그녀의 이탈리아 종마를 잡자구! 그러면 의외로 기레기들의 소꿉장난을 빨리 끝낼 수도 있을 거야. 인터넷에서 조경혜의 이탈리아 행적을 샅샅이 훑어봐. 나는 피렌체와 로마에서 여행사 하는 친구한테 연락해볼게."

　다혜가 열린 창문을 닫으며 밖을 내다본다. 겨울 끝자락의 하늘이 가을처럼 눈부시게 파랗다.

시뇨라 조

세계 각국의 여행객들이 피렌체 중앙역 광장으로 쏟아져 나온다. 꽃무늬 원피스에 챙이 넓은 바캉스 모자를 쓴 동양 여성과 검정 반바지에 하얀 피케셔츠를 입은 동양 남성이 눈에 띈다.

손에는 여행용 캐리어를 하나씩 끌고, 남자 어깨에는 제법 큰 배낭이 걸쳐 있다. 전형적인 한국 신혼부부의 모습이다.

다혜는 다리 사이로 자꾸 감기는 원피스 자락을 끌어당기며 모자를 깊이 눌러쓴다.

"세진 씨, 조경혜 동선은 파악된 건가요? 이런 미친 복장까지 하고…… 아는 사람들이 보기라도 하면……."

이세진이 눈을 크게 뜨며 어이없다는 표정으로 대꾸한다.

"나두 뭐 그리 맘에 드는 복장은 아니거든. 어쨌든 중차대한 취재니까 신혼부부로 위장도 하고……. 또 영상 확보를 확실히 하려고 카메라 기자 구준혁까지 급파한다는 거 아니겠어?"

광장 끝의 횡단보도에 이르자, 정문 앞으로 트램이 지나가는 엠베시아토리호텔이 바로 코앞에 있다. 오늘 이 가짜 신혼부부가 묵을 호텔이다.

"오늘 조경혜 의원은 호주 구축함 시장에서 미국, 스페인과 치열한 경합을 벌이고 있는 판킨티 에리라는 이탈리아 군수업체를 방문 중이야. 내일부터는 공식 일정이 없어서 파악이 안 돼. 다만 '시뇨라 조'라고 불리는 한국 여성이 오전 10시에 우피치미술관 관람을 예약한 상태야. 윤팀장의 이탈리아 현지 취재원에 따르면, 재미교포로 알려진 시뇨라 조는 이탈리아 올 때마다 단테의 고향인 피렌체에 들러 꼭 그림을 본다네."

"시뇨라 조를 조경혜로 추정하는 근거는?"

"조씨들은 영어로 Cho라고 쓰거든. 이탈리아 사람들은 그걸 '초'가 아니라, 조 혹은 꼬라고 읽는다네."

다혜의 미간에 주름이 잡히면서 낯빛이 어두워진다.

"그러면, 우피치미술관에 나타난 마담 조, 아니 '시뇨라 조'라고 했죠? 그녀가 조경혜가 아니라면…… 지구 반 바퀴를 날아온 이번 취재는 물거품이 되는 거네?"

"취재가 꽝 나면, 그때 가서 다시 전략을 마련하구……."

여덟 시간의 시차 때문인지 다혜는 평소와 달리 지친 표정이 역력하다.

"그런데 왜 우리들만 이렇게 뺑이를 쳐야 하는 거야? 어떤 기자들은 파업 참가는 했지만, 노동조합 집회에 얼굴 한번 안 내밀잖아. 형평성이 전혀 없어요!"

"어쩌겠어……. 잘 버텨오다가 갑자기 왜 그래? 하지만 그들도 월급을 포기한 것은 인정해야지. 일단은 긍정적 마인드로 취재 마무리하자."

어느덧 엠베시아토리호텔 로비로 들어서자, 클래식한 외관과는 달리 인테리어가 현대적이다.

빛이 들어오는 길쭉한 반투명 주머니들을 엮은 공상과학적인 조형물이 시선을 잡아끈다. 배정받은 5층 객실 문을 열자, 넓은 창문 밖으로 피렌체의 랜드마크인 두오모성당의 붉은 돔이 한눈에 들어온다.

"뭐야! 왜 침대가 하나뿐이야?"

모자를 벗고 소파에 걸터앉으며 다혜가 세진에게 따지듯 묻는다.

"신혼부부인데 침대를 두 개 달라면, 이상한 소문이 나서 취재에 방해가 되지 않을까? 우리 경찰서 숙직실에서도 한방 쓴 사인데 뭘 그래. 나 짐승보다 못한 놈 맞거든. 안심해."

진지한 표정으로 시작된 답변은, 옛 추억까지 끌어들여 해맑은 미소로 마무리된다. 비행기값도 가까스로 마련해온 상황이라, 방을 따로 쓰자는 등 숙박비를 더 지출하자고 우길 형편도 아님을 다혜도 알고 있다.

취재팀은 현지 관광 명소를 배경으로 신혼부부들의 스냅 사진을 찍어주는 스냅 웨딩팀으로 가장하기로 했다. 은밀한 만남이 시작될 가능성이 높은 미술관에서, 가장 자연스럽게 접근할 수 있기 때문이다.

원근법을 개척한 브루넬레스키가 15세기에 건축했다는 피렌체대성당의 원형 돔, 쿠폴라를 12시 방향으로 바라보며 걸어간다. 내일 취재 현장인 우피치미술관을 미리 살펴보려는 것이다. 노을이 물들기 시작한 아르노강가에 축구공을 차는 젊은이들의 모습이 인상적이다. 서늘한 저녁 바람을 맞으며 골목을 돌아나가자, 하얀색과 초록색 대리석으로 지어진 대성당이 노란 간접조명을 받으며 빛나고 있다.

대성당을 지나 피렌체 시청사가 있는 미켈란젤로광장으로 향하는 골목 양쪽으로 젤라또로 유명한 카페 거리가 펼쳐진다. 야외 카페 거리를 빠져나가자, 곧 우피치미술관이 나타난다. 이탈리아어로 집무실이란 뜻의 우피치미술관은 피렌체공화국의 행정국 건물을 리모델링한 것이다. 14~16세기 이탈리아 르네상스 회화를 비롯해, 로코코 바로크시대의 회화와 미켈란젤로의 성화들이 작은 액자의 형태인 이콘icon으로 제작돼 전시되는 미술관이다.

관람객 수를 제한하기 위한 사전 예약을 실시하는 탓에, 시뇨라 조의 일정을 확보하는 게 가능했다.

세진은 검은빛을 띠는 ㄷ자 건물인 우피치를 한참 올려다보았다. 다혜는 입구를 확인하면서 시뇨라 조의 동선을 시뮬레이션 해본다.

"시뇨라 조가 조경혜라면, 수많은 그림 중에서 어떤 작품을 볼까?"

"글쎄, 난 그림에 문외한이라……."

다혜가 우피치 가이드북을 꺼내 펼치며 철문이 닫힌 정문 앞 대리석 계단에 걸터앉는다. 산드레 보티첼리의 비너스의 탄생. 프리마베라. 미켈란젤로의 성가족. 레오나르도 다빈치의 수태고지……

'우피치미술관이 초행이 아닐 가능성이 높고, 그렇다면 보티첼리는 봤을 가능성이 높은데…… 어차피 나머지는 내일 뻗치기 취재를 하다가 따라붙어야지.'

세진이 손에 묻은 젤라또를 물티슈로 닦아낸 뒤, 다혜를 일으킨다.

"어둠이 내리는 피렌체 거리, 꽤 멋지네. 파랑새나 구치소 잠입보다 훨씬 나은 듯하네?"

세진이 다혜의 손을 자신의 팔에 감아 팔짱을 낀다.

"신혼부부 코스프레 연습해야 내일 자연스러울 거야. 어차피 할거기도 하고."

다혜가 그런 세진의 팔을 꼬집는다.

"아야!"

작은 돌들이 촘촘히 박혀 있는 거리를 걸어 나가자, 베키오다리 아래로 아르노강이 흐른다.

폭이 넓지 않은 강에 내려앉은 간접조명이 포근하다. 다혜의 등에 세진의 가슴이 느껴진다.

자연스레 세진의 입술에 그녀의 입술이 포개진다. 그의 입술은 뜻밖에 부드럽고 촉촉하다. 짧은 순간이 길게 흐른다.

"아~"

탄식 같은 그녀의 숨소리가 흘러나온다. 얼마나 지났을까. 세진이 오른팔로 다혜의 허리를 두르며 당겨 안는다. 다혜가 세진의 목 뒤에서 두 손으로 깍지를 끼어 매달린다. 베키오다리 위로 보름달 이 자태를 드러낸다. 피렌체의 저녁이 밤으로 넘어가고 있다.

호텔 엘리베이터에서 내리는 세진의 팔이 다혜의 어깨를 감싸 안고 있다. 심장의 강력한 고동을 느끼며 설레는 맘으로 5층 객실 문을 연다. 문이 열리자 욕실 앞에 낯익은 카메라 가방이 보인다. 하나뿐인 침대에는 구준혁이 큰 대자로 엎어져 코를 골고 있다. 세 진의 미간에 순간적으로 주름이 잡힌다.

"이게 무슨 신혼부부 위장 취재야? 자식이 눈치도 없이……."

페블비치 잠입 취재에서 호흡을 맞춘 구준혁은 다섯 시간 늦게 피렌체에 도착했다. 세진은 곯아떨어진 준혁을 침대 한쪽으로 밀려 고 애를 쓰다 포기했다. 소파에 타월을 깔아, 먼저 다혜의 잠자리 를 마련했다. 그리고 소파 바로 아래 큰 수건을 깔고 자신의 잠자리 를 준비한다. 샤워를 하고 나오는 다혜가 머리를 수건으로 감싸며 세진을 바라본다.

"내 베개는 어디 있어?"

이세진이 카펫의 큰 수건 위에 누우며 대답한다.

"내 오른팔이 그대의 베개가 되어줄 수 있지."

다혜가 머리를 감쌌던 수건으로 세진의 어깨를 내리친다. 너무 세게 때려 미안한지, 가끔 애용하는 그 농담을 다시 던진다.

"내 소파에 올라오면, 짐승이야. 알지?"

"그래, 난 또 짐승만도 못한 놈이 되겠지."

구준혁의 코 고는 소리가 좀 잦아들자, 세진과 다혜도 코를 골기 시작했다.

같은 시각, 윤동우 팀장은 로마 이한트래블의 정병대 사장과 통화 중이다.

"인터넷에서 조경혜 의원 사진 찾아봤어? 시뇨라 조라고 불리는 그 재미교포 여성이랑 똑같이 생기지 않았어?"

"비슷한 거 같기는 한데…… 짙은 화장, 선글라스에 큰 모자…… 중년 여성의 얼굴은 다 비슷비슷하거든."

정병대는 윤팀장과 중학교 때 가까운 사이였다. 집안의 불화로 방황하며 주먹 쓰는 친구들과 어울려 다니던 정병대를 다시 책상에 앉힌 게 윤동우였다. 정병대는 예술고등학교와 음대 성악과를 졸업했다. 그리고 밀라노 베르디 국립음대 유학길에 오르며 스포트라이트를 받았다.

그런데 베르디 졸업 후, 아버지 사업이 실패하면서 생활비 송금이 끊어졌다. 가끔씩 서는 오페라 무대의 조연급 배우 수입으로는 생활을 유지할 수가 없었다. 그래서 호구지책으로 나선 것이 현지 투어가이드였다. 그는 그것에서 재능을 보이기 시작했다. 큰 키에 선이 고운 귀공자 스타일에, 묵직한 바리톤 음성까지 갖춘 공감각적 비주얼이 먹혀들었기 때문이다. 정병대는 한국 여행 블로거와 이탈리아 한인 사회에서의 인기를 바탕으로 여행사를 직접 차렸다. 이한트래블을 창업한 지 3년쯤 지났을 무렵, 재미교포 여성 둘이 미술관 투어 통역을 요청했다. 리무진 서비스를 포함해 비용을 아끼지 않는 고급 투어를 선호했다. 시뇨라 조와 시뇨라 킴 두 재미교포는 1년에 한 번꼴로 이탈리아를 찾았다.

2년 전, 시뇨라 조는 시뇨라 킴이 아니라 노실장이라는 비서와 함께 로마를 방문했다. 노실장은 운동한 티가 그대로 묻어나는 몸매를 가진 여비서였다. 전화로 투어 서비스를 상의하던 노실장이 잠시 뜸을 들였다.

"이번 일정에는 개인 가이드를 좀 부탁드려요."

촉이 좋은 정병대 사장은 노실장의 속뜻을 감지한 듯 목소리를 더 낮게 내리깔았다.

"어떤 부분까지 커버해야 하는지 알려주시면 맞춤 일정 준비하겠습니다."

이미 한국 대기업 임원들의 비공식 일정에, 유학 중인 여자 대학원생들을 파트너로 동원해본 경험이 그의 촉을 살짝 건드렸기 때문이다. 노실장이 디테일을 언급하기 시작했다.

"영어 유창한 이탈리아 남성으로요. 미술 전공에 매너 있고, 건강한…… 아시겠지만 프라이비트한 일정인 만큼 보안 유지 철저히 해주셔야 됩니다."

건조하고 사무적인 노실장이 '보, 안, 유, 지'를 또박또박 힘주어 말했다. 그것이 무슨 의미인지 정병대 사장은 헤아릴 수 있을 듯했다.

"잘 알겠습니다. 관람 원하시는 작품 미리 말씀 주시면, 일정에 참고하겠습니다."

"정사장님의 안목과 명성을 믿어보죠."

정병대의 머릿속에서는 30대 이탈리아 아트디렉터 서너 명의 얼굴이 떠올랐다. 공식적으로 아트디렉터 직함을 갖고, 돈 많은 해외 여성들의 원나이트 상대로 이중생활을 하는 '마카로니 가이'들이다. 정병대는 당시 누구를 시뇨라 조에게 보냈는지 정확한 기억은 나지 않았다.

정사장은 친구인 윤동우에게 시뇨라 조를 알게 된 과정을 간략히 설명했다.

"늘 여기 오면 피렌체미술관 들르고 나서, 와이너리 주변에서 숙박을 하곤 했어. 어쨌든 우피치미술관의 오래된 빨대가 예약자 명단에 시뇨라 조가 있다고 하니까…… 확인해봐야지."

"피렌체에서 내일 후배 기자 셋이 취재할 거야. 비상 상황 생기면 도와줘야 하니까 전화 빨리 받아주라."

"그래. 그리고 너도 가족들 데리고 한번 와라. 비행기값 빼고는 내가 다 쏠 테니까……."

유학 가서 주저앉아 사업하는 친구에게, ABC방송사 파업과 해직 등을 일일이 설명하기는 다소 구차했다.

다음 날 오전 10시, 우피치미술관에 취재팀이 입장했다. 정병대 사장의 도움으로 사전 예약에 이름을 올렸기 때문이다. 시카고 불스 야구모자를 쓴 웨딩스냅 촬영기사가 오디오 수신기 두 개를 빌려, 신혼부부에게 건넨다.

"수신기 목에 걸고…… 어리바리하게 관광객 티 팍팍 내세요."

청바지와 청치마에 하얀색 커플룩을 입은 이세진과 김다혜도 카메라를 하나씩 따로 들고 있다. 예약자 입장이 끝나갈 무렵, 나비 모양 프레임의 검정 선글라스를 쓴 여인이 들어온다. 머리에는 코까지 그림자가 걸치는 파나마모자를 쓰고 있다. 그 옆에는 역삼각형 상체가 돋보이는 슈트에 얼굴의 3분의 1이 적당한 길이의 수염으로 덮인 이탈리아 사내가 서 있다. 여성의 얼굴은 거의 보이지 않지만, 동양 여인의 실루엣이 나온다.

세 명의 기자 모두, 모자 쓴 여성의 얼굴과 걸음걸이에 집중한다. 잠시 후 이세진이 스마트폰으로 다혜를 찍는 척하며 이탈리아 남성의 얼굴을 당겨서 촬영한다. 메신저로 남자 사진을 정병대 사장에게 바로 전송한다. 세진과 다혜는 신혼부부인 양 포즈를 취하고, 구준혁은 모자 쓴 여성과 턱수염 남성을 쉬지 않고 촬영한다. 파랑새 잠입 취재에 성공했던 다혜가 한마디 내뱉는다.

"구준혁 씨, 너무 티 나지 않게 하세요. 계속 따라붙어야 하니까요."

다혜는 자신보다 입사 후배지만 나이가 많은 구준혁에게 말을 놓지 않았다. 세진의 휴대폰이 진동한다.

"정사장이 사진 확인해줬어. 아트디렉터 미카엘 조반니, 원나이트 돈벌이로 이중생활을 하는 것으로 알려진 인물이래. 저 파나마모자는 조경혜 맞는 거 같지 않아?"

다혜가 조심스레 대답한다.

"그런 거 같기는 한데…… 촬영 충분히 한 뒤에, 다가가서 확인해보자. 우리도 선글라스 쓰자."

커다란 조개 위에 사랑의 여신 아프로디테가 서 있는 모습의 〈비너스의 탄생〉으로 관람객들이 몰려간다. 미카엘 조반니로 확인된 턱수염이, 모자 쓴 여성에게 작품 설명을 하는 듯 보인다. 구준혁은 안정적으로 녹화 버튼을 눌러대며 영상을 확보한다.

봄을 축하하는 여성들이 몸이 비치는 옷을 입고 춤을 추는 〈프리마베라〉를 지나가자 타깃이 옥상으로 이동한다. 옥상 카페존에 들어서자 모자 쓴 여인이 휴대폰을 꺼내면서 테이블이 없는 한가한 쪽으로 이동한다. 구준혁이 능청스레 사진을 찍는 척, 모자 여인을 가까이 따라붙는다. 선글라스를 쓴 세진과 다혜도 신혼부부인 양 스냅 촬영기사의 지시대로 근처로 다가온다. 3, 4m 가까이로 접근하자 조경혜의 목소리가 들린다.

"알았어. 걱정하지 마. 그런 일은 없을 거야."

리라의 법적 어머니인 미미 킴의 전화를 받고 있다. 오늘 조경혜가 방문한 이탈리아 군수회사, 판킨티에리가 한국에 구축함을 팔지 못하게 막아달라는 로비를 하고 있는 것이다. 미미 킴의 남편이 다니는 제너럴 마틴도 한국에 구축함을 팔려고 경쟁하고 있기 때문이다.

"그래. 내가 지금 경황이 없어서, 이만 줄일게. 다음에 다시, 안녕."

다혜는 조경혜의 목소리라고 판단한 듯 고개를 아래위로 천천히 몇 차례 움직인다. 세진도 엄지손가락을 올려 세우며 동의했다.

"이제, 다음 스텝으로 넘어가자. 계획한 대로 다혜가 휴대폰 빌리는 거 시도하자!"

이탈리아 남자들이 동양 여성, 특히 한국 여자를 좋아하는 점을 이용하는 게 유리하다는 판단이다.

피렌체 시청사가 가까이 보이는 가장자리 테이블에 앉아 있던 조경혜가 의자에서 일어났다. 미카엘은 앉아 있고, 조경혜는 화장실 방향으로 빠른 걸음을 옮긴다. 다혜가 망설임 없이 턱수염을 향해 워킹을 시작한다. 허리를 살짝 굽혀 얼굴 사이의 거리를 줄이며 영어로 대화를 건넨다.

"Excuse me. I need your help. May I use your phone(실례합니다. 도움이 필요해요. 휴대폰을 빌려 쓸 수 있을까요)?"

다혜의 얼굴에서 종아리로 내려갔던, 미카엘의 시선이 다시 올라온다. 다혜와 눈동자를 마주친 미카엘이 거침없이 휴대폰을 넘겨주며 대답한다.

"My pleasure(기쁘게 빌려드리죠)."

고개를 숙여 오리엔탈 스타일로 감사를 표시한 다혜가 버튼을 누른다. 이세진이 현지에서 빌린 휴대폰에 미카엘의 전화번호가 표시된다.

"난 옥상 카페인데, 자기는 어디야?"

서로 길이 엇갈린 신혼부부인 양 짧게 통화를 마쳤다. 미카엘에게 전화를 건네려는 순간, 멀리 화장실 방향에서 조경혜가 나타났다.

"그라찌에 밀레(대단히 감사합니다)."

다혜가 환하게 미소 지은 뒤, 빠른 걸음으로 자리를 뜬다. 세진은 화이트 해커 백전무에게 메시지로 미카엘 조반니의 전화번호를 알린다.

미술관을 빠져나온 미카엘과 조경혜가 빨간 람보르기니에 오른다. 승용차 문이 위쪽으로 수직으로 올라가면서 열리는 모형이다. 람보르기니는 피렌체를 남쪽으로 빠져나와 몬탈치노로 향하는 국도를 질주한다. 취재팀은 뒷자리가 좁아, 다리를 다 펼 수 없는 소형 아우디로 뒤를 쫓는다. 이세진이 다그치듯 묻는다.

"방송 장비도 많은 데 왜 이렇게 작은 차를 빌렸어?"

어제 피렌체공항 허츠렌터카에서 구준혁이 빌린 차다. 와이너리 특집 다큐를 취재하느라 이탈리아에 한 달 가까이 체류한 적이 있는 그가 운전대도 잡았다.

"자율 주행이 가장 앞서 있는 '더 뉴 A8' 모델이에요. 정말 타보고 싶었던 차예요. 추적 중에 자율 주행은 하지 않을게요. 기자들도 이런 첨단을 빨리 체험해야 한다구요."

뒤에 앉은 다혜가 급히 끼어들며 분위기 메이커 역할을 맡는다.

"오케이. 괜찮아요. 장비 옆에 챙겨두고 앉으면 되죠. 그런데 어디로 가는 거 같아요?"

한산한 국도 양옆으로 평화롭게 보이는 낮은 구릉과 키 작은 포도나무밭이 끊임없이 이어졌다. 와인으로 유명한 토스카나 지역이 가까운 듯 보인다.

"남쪽 몬탈치노 방향으로 고풍스러운 와이너리가 많아요. 거기서 운영하는 농가 저택 체험 프로그램이 곳곳에 있어요. 그런데 와인 농가들은 마당에 개를 풀어놓는 경우가 많아, 걱정이네요."

이세진이 시차 때문에 피곤해서인지 계속 투덜거린다.

"뭐? 개라구? 그러면 잠복 취재하는 데 정말 어려움이 많은

데…… 난 개 짖는 소리 딱 질색이야."

구준혁이 다른 가능성을 언급한다.

"우리가 바라는 대로 조경혜와 미카엘이 로맨틱한 하룻밤을 보낼 거라면, 와이너리 사이사이에 있는 스파&리조트 독채를 빌려서 묵을 가능성이 높죠."

잠시 말없이 창밖을 바라보던 세진이 휴대폰을 체크한다.

"와! 다혜야 준혁아, 제대로 잡은 것 같다!"

다혜가 앞으로 몸을 내밀며 세진의 손에서 휴대폰을 잡아 뺀다. 커다란 침대에 하얀색 시트만 덮은 미카엘이 찍은 셀카 사진이다. 미카엘 바로 뒤에 조경혜가 베개를 겹쳐 놓고 기대 앉아 있다. 조경혜의 이탈리아 원정 성매매 의혹이 팩트로 확인되는 결정적 증거인 셈이다.

"화이트 해커 백전무가 미카엘 폰을 샅샅이 살펴본 거지?"

세진이 운전하는 구준혁에게 상황을 짧게 브리핑하며 사진을 보여준다.

"빰~ 빰~ 빰~~"

구준혁이 갑자기 자동차 경적을 울리며 기쁨을 조절하지 못한다. 다혜가 재빨리 진화에 나선다.

"이러면 안 돼, 준혁 씨. 앞에 조경혜 차량이 이상하게 볼 수 있어."

구준혁이 심호흡을 몇 차례 하며 감정을 가라앉힌다.

"근데 너무 궁금해요. 이중생활하는 아트디렉터, 저런 놈들은 한 번에 얼마나 받을까요?"

이세진이 윤팀장한테 전해 들은 이야기를 요약해서 전달한다.

"현지 취재원에 따르면, 천 유로는 넘는 게 일반적이라는데……남녀의 연령 차이와 여성의 사회적 지위 등이 변수가 된다네. 조경혜와 미카엘의 경우는 2천유로쯤으로 추정된대. 아이템으로 취재하기에는 너무 옐로우라서……."

"어! 준혁 씨. 람보르기니가 오른쪽으로 들어가는데요. 속도 늦추세요!"

피렌체를 출발한 지 230km를 지난 거리, '카스텔로 스파리조트'라는 간판에서 우회전을 한 것이다. 다혜가 서둘러 휴대폰으로 검색을 시도한다. 다행히 인터넷이 연결됐다.

"소설 속 궁전 같은 예쁜 3층 건물에, 멋진 정원과 수영장이 있네요. 건물 테라스에서는 드넓은 포도밭이 한눈에 들어오구요. 정말 낭만적인 곳이네요."

아우디를 국도 갓길에 조용히 세운다. 구준혁은 베테랑 카메라 기자답게 준비한 망원경으로 리조트를 살핀다. 잠시 후, 세 개의 독채 중 수영장이 가까운 서쪽 건물에 조명이 들어온다.

다음 날 새벽 6시, 국도에 차를 세워두고 걸어서 카스텔로 스파리조트로 접근한다. 세 기자는 논의 끝에 5km쯤 떨어진 와이너리 체험 숙소에서 눈을 붙였다. 유사시 추격전 등의 상황이 벌어질 경우, 최소한의 휴식이 필요하다는 판단 때문이다. 셋은 추위에 떨며 한참을 헤매다 서쪽 별채 정문이 보이는 삼나무숲에 몸을 숨겼다. 셋은 모두 아침을 먹지 않고, 물도 두 모금만 마셨다. 화장실을 갈 경우 취재에 방해가 될 수 있다는 판단 때문이다. 다혜가 미리 준비한 주머니 난로를 하나씩 던져서 나눠준다.

"우리가 왜 이런 개고생을 해야 하는 거야?"

세진과 준혁은 대꾸가 없고, 닭이 울고 개가 짖어대기 시작한다. 서쪽 별채 거실에 불이 켜지자, 취재팀은 영상 장비 점검을 서둘렀다. 구준혁은 망원렌즈를 부착한 6mm 카메라를 트라이포드에 세우고, 사격 명령을 기다리는 스나이퍼처럼 진지한 표정을 짓는다. 세진은 백팩에서 누런 서류 봉투를 꺼내 다혜에게 건넨다. 일출이 시작되면서, 잘 정돈된 포도밭이 서서히 자태를 드러냈다.

"삐이~걱."

육중한 현관문이 소음과 함께 열리기 시작했다. 30cm쯤 벌어지던 문이 잠시 멈췄다가, 다시 활짝 열린다. 모자를 쓰지 않은 조경혜가 미카엘 조반니의 팔짱을 끼고 현관 밖으로 걸음을 옮긴다. 조경혜의 얼굴은 평소와 달리 소녀 같은 수줍은 미소로 가득하다. 조경혜를 바라보는 미카엘의 표정은 여유롭고 자신감이 넘쳐 보인다. 그의 손목에는 어제는 없었던, 포르투기 가죽 시계가 빛나고 있다.

주차된 람보르기니까지의 거리는 20m 안팎. 조경혜와 미카엘이 차를 향해 걷기 시작하자, 세진이 그들을 향해 빠른 속도로 달려간다. 다혜도 뒤따라 스피드를 올린다. 준혁은 빠른 걸음으로 이동하며 카메라 촬영을 계속한다. 세진이 시니컬하지만 예의를 갖춰 인사한다.

"안녕하십니까? 조의원님. 여기서 뵈니 감회가 새롭습니다. ABC

보도국 이세진 기잡니다. 지금은 사라진 시사 프로그램 딥뉴스 출신입니다."

포커페이스로 유명한 조경혜가 흔들림 없이 받아친다.

"저는 개인적인 휴가 중인데요. 이른 아침부터 지나치게 무례하신 거 아닌가요? 보좌진 통해서 약속하고 나중에 다시 뵙죠."

다혜가 한 발 다가가서 누런 봉투를 건네며 설명한다.

"그 안에는 리라 폴링과 조의원님의 DNA 검사 결과가 들어 있습니다. 중앙정보국 채차장도 더러 리라 양을 만나시는지 여쭙고 싶었습니다. 참, 그리고 정확히 하자면, 개인 휴가는 아니시죠. 국방위 의원들과 함께 공식 행사에 오셨으니까요."

봉투를 받아 든 조경혜가 말이 없다. 움직임도 없다. 당황한 빛이 역력하다. 세진이 준혁에게 눈짓을 보낸다.

"조의원님, 이 사진을 한 장 더 보여드리죠."

준혁이 자신의 휴대폰 화면을 조경혜의 눈앞에 들이민다. 침대 시트를 나눠 덮은 조경혜와 미카엘의 모습이 선명하다. 치마 아래로 드러난 조경혜의 다리가 후들거린다. 준혁의 카메라는 여전히 촬영 모드다. 눈치 빠른 미카엘은 조용히 주차된 차로 걸어간다. 세진이 다소 긴 작별 인사를 던진다.

"조의원님, 아무리 공인이라도 사생활의 영역이 있을 수 있습니다. 하지만 상황에 따라서는 사생활도 취재와 보도의 대상에 포함될 수 있습니다. 빠른 시간 안에 현명한 판단 내리시길 기대합니다. 저희들이 기다릴 수 있는 시간은 24시간뿐입니다. 바빠 보이시는데, 먼저 가시죠. 조만간 한국에서 건강히 뵙기를 기대합니다."

조경혜는 더 이상 아무런 말도 하지 않았다. 카메라가 돌아가고 있다고 판단한 듯했다. 준혁이 카메라 장비를 세진에게 맡기고, 주차된 차량으로 달려간다. 미카엘이 람보르기니에 시동을 걸자, 조경혜가 차로 향한다.

구준혁이 운전하는 신형 아우디는 여전히 람보르기니를 쫓고 있다. 차는 어제와 역방향으로 북쪽의 피렌체로 향한다. 김다혜가 윤동우 팀장에게 전화를 걸어 상황을 보고한다.

"잘했어. 결판 날 때까지 놔주지 말고 끝까지 따라붙기를……"

30분쯤 달려 토스카나 지방을 벗어날 무렵, 구준혁이 소리쳤다.

"앗! 브레이크가 말을 듣지 않아!"

세진이 손가락으로 오른쪽을 가리키며 소리친다.

"저 앞 사거리에 차들이 밀려 있어. 일단 오른쪽 언덕으로 차를 틀어!"

어디서 본 듯한 검은 헬멧의 오토바이 한 대가 언덕 꼭대기에 서 있는 모습이 세진의 시야에 들어왔다. 검은 헬멧의 시선이 세진과 마주치는 순간, 다혜의 비명이 터져 나온다.

"아~ 아앗!"

자율 주행이 장착된 신형 아우디가 하늘로 떠오른다. 슬로우 비디오처럼 천천히 한 바퀴를 돈 아우디가 언덕의 잡목 숲에 처박힌다. 차가 가벼워서인지 나무 몇 그루가 부러졌지만 큰 충돌은 피했다. 먼저 문을 열고 나온 세진이 다혜를 밖으로 꺼냈다. 연기와 함께 차내 소음이 커져간다. 준혁과 세진이 서둘러 방송 장비를 꺼내, 차에서 멀어진다. 언덕 꼭대기의 오토바이 운전자가 검은 헬멧을 벗고 사고 난 아우디를 응시한다. 방배동 카페 골목에서 본 듯한 오토바이가 헬멧을 벗는다. 과천구치소 잠입 취재 때 마주쳤던 대머리, 아파치의 모습과 흡사하다.

세진의 두뇌가 빠르게 회전하기 시작한다.

'조경혜 의원과 사촌인 Y그룹의 경호 인력이 여기까지 왔다는 것인가? 그룹의 방위산업 계열사 때문에?'

눈치 빠른 구준혁이 카메라를 꼭대기 방향으로 향하자, 오토바이가 요란한 엔진 소리와 함께 모습을 감춘다.

렌터카 보험사의 도움으로 피렌체 병원에서 엑스레이 촬영을 마쳤을 무렵, 윤동우 팀장에게 메시지가 날아왔다.

'ABC 이사회, 사장 해임안 안건 상정. 모레 오전 안건 처리 예정.'

여권이 장기 파업의 책임을 물어 안형배 사장의 퇴진을 종용한 것이라는 분석 기사가 잇따라 올라왔다. 취재팀은 조경혜를 이탈리아에 남겨둔 채, 한국행 비행기를 예약했다.

베르길리우스

여의도 ABC방송사 8층 사무실에, 세 기자가 들어선다. 이마와 턱에 크고 작은 의료용 밴드를 붙인 상태지만, 눈빛만큼은 어떤 개선장군도 부럽지 않다. 윤동우와 최지웅, 조승헌 기자가 후배들을 차례차례 감싸 안으며 칭찬을 아끼지 않았다. 이겼다는 기쁨보다 살아남았다는 안도의 감정이 앞섰다.

그들이 비행기를 타고 오는 동안, 해고와 부당 징계의 칼춤을 추던 안형배 사장은 해임됐다. 기나긴 파업이 사실상 승리로 끝나가고 있는 것이다.

윤동우 팀장이 뜻밖의 얘기를 꺼낸다.

"너희들 단테의 〈신곡〉 읽어봤어? 신곡의 주인공은 지옥과 천국으로 여행을 하지. 천국을 안내하는 게 베아트리체고, 지옥과 연옥을 안내하는 게 베르길리우스잖아. 조경혜는 이번에 지옥을 구경한 셈이지 않을까? 그녀에게는 너희들이 베르길리우스일 거야. 그래서 이번 취재 파일 이름은 베르길리우스로 했으면 해."

세 명의 베르길리우스에게는 10일의 휴가가 주어졌다. 이미 파업 중인 기자에게 휴가라니……

휴가 중에 새 사장이 선임됐다. 하지만 새 사장은 해직자들의 조건 없는 복직을 받아들이지 않았다. 법원의 1심 판결을 지켜보겠다는 입장을 밝혔다. ABC 노동조합은 새 사장의 방침을 강력히 규탄하는 집회를 열었다. 하지만 전하영 노조위원장은 총회를 열어 파업을 마무리 짓고 해직자 문제를 계속 협상하기로 의견을 모았다. 이런 결정에는 해직자들의 뜻이 많이 반영됐다. 몇 달 뒤면 해고가 무효라는 판결이 나올 텐데, 수백 명이 무노동 무임금 파업을 계속할 수는 없다고 판단한 것이다. 제도권 언론은 물론 SNS에서도 ABC의 파업 승리와 해직자 복귀 지연 소식이 비중 있게 보도됐다. ABC기자회는 파업을 정리하는 호프데이 일정을 공고했다.

휴가 마지막 날, 다혜는 이세진과 백준섭, 나인을 멕시코 식당으로 불러 모았다.

"우리가 취재 성공하면 핫스팟 클럽에 가기로 했던 약속, 기억하시죠? 오늘이 바로 그날입니다. 제 예쁜 친구이자 친언니 같은 나인 언니를 소개합니다. 여기는 IT보안업계의 선두주자, 스가의 백준섭 전무님!"

클럽의 조명을 의식한 듯 나인의 의상이 예사롭지 않다. S라인을 강조한 오렌지빛 원피스가 백전무의 시선을 바로 사로잡아버렸다.

"안녕하세요? 나인이라고 합니다. 최고의 화이트 해커라고 들었어요."

"전에는 화이트 해커였지만, 요즘은 스마트폰에서 개개인의 사생활을 보호할 수 있는 소프트웨어 상품 개발에 주력하고 있습니다."

백전무의 설명에 나인이 적잖은 관심을 보인다.

"스마트폰을 쓰면 사생활이 다 노출되는 건가요?"

"사실상 그렇다고 볼 수 있죠. 하지만 막을 수 있는 방법이……."

세진이 둘의 대화를 끊고 들어온다.

"자기소개는 좀 천천히 하구요. 배고프니 일단 주문을 먼저 하시
는 게 어때요?"

다혜가 치킨퀘사디아와 코로나 맥주를 주문했다. 백전무는 어느
새 나인의 휴대폰을 손에 쥐고는 앱을 열어, 디테일한 보안 방법을
설명하기 시작했다. 불이 붙는 분위기가 감지된다. 다혜가 둘은 놔
두라는 눈짓을 보내며 세진에게 말을 건다.

"해직된 윤동우 현종민 조승헌 선배는 복직될 때까지 동영상 뉴
스를 만들어 유튜브에 올릴 계획이라던데."

"나도 듣기는 했어. 우리가 만들었던 파업 뉴스가 유튜브에서
100만 조회수가 나왔었잖아. 그런 트렌드를 믿고, 광고 없는 독립언
론 형태의 유료 뉴스를 준비한다구……."

"새로 온 사장은 폐지된 딥뉴스를 부활시킬 생각이 없다고 했다
네. 그래서 해직 선배들이 '딥뉴스'로 이름을 내걸기로 했대."

다혜의 〈딥뉴스〉 얘기에, 세진이 남은 코로나를 단숨에 비워버
렸다.

"김다혜 선수는 희망 부서 어디로 써냈어?"

"나는 더 늦기 전에 법조팀 한번 가보면 좋겠어. 자기는?"

"글쎄……. 일단 현재 속한 기획취재부 아이템으로 원양어선 동

승 취재 한번 해보려구. 우정우 부장한테 기획안 올렸는데, 해보라
고 하시네.”

“왜 갑자기 원양어선 동승?”

“뭐, 공식적인 취재 목적은 원양어업의 위기를 짚어보는 건데, 사
실 나는 선장들이 좋더라구. 왜 다들 책임을 전가하는데 익숙하잖
아. 대중 사우나든 식당이든 ‘책임지지 않습니다’라는 글귀가 난무
하잖아. 우리가 속한 방송사도 크게 다르지 않고……. 그런데 큰 원
양어선 선장들은 다르더라구. 다 자기 책임인 거야. 부하나 타인을
비난하거나 책임 떠넘기지 않고……. 그래서 선장들하고 술 마시고
어울리면, 푸근해지더라구.”

“이해되는 측면이 있네. 우리도 오래 파업하면서, 파업 참가자끼
리도 상처 주는 일들이 적지 않았으니……. 투쟁은 네가 하고, 승
리는 내가 하기를 원하는 즉자적인 분위기도 있었고…….”

다혜가 맥주잔을 들어 건배를 제의한다. 그러나 백전무와 나인
은 여전히 둘만의 대화에 빠져 있다. 세진이 말을 잇는다.

“나도 좀 상처를 입은 듯해. 당분간은 서로의 상처를 위로하고
감싸주는 그런 시간도 필요해 보이고……. 어찌 보면 나만 홀로 힐
링 떠나는 거 같아서 미안하네…….”

“별 말씀을……. 이세진 선수는 원양어선을 탈 자격이 있지, 파
이팅!”

“요즘은 남태평양 한가운데서도 통신이 가능하대. 비행기로 호주
거쳐 솔로몬제도에 이틀 뒤에 도착해. 거기서 원양어선을 기다릴
거야.”

하지만 쇼킹한 뉴스는 남태평양 원양어선이 아니라, 로마에서 날아왔다. 이한트래블 정병대 사장의 전화였다.

"동우야, 미카엘 조반니 말야. 조경혜와 밀회하던…… 피렌체 뒷골목에서 변사체로 발견됐어."

"뭐라구? 사인은?"

"약물 복용으로 추정되는데 부검을 해봐야 안다네. 현지 경찰서 발 기사로 떴어."

조경혜의 이탈리아 종마가 의문의 변사체로 발견된 것이다. 윤동우는 우연일 가능성은 희박하다고 판단했다. 최악의 경우에 대비해, 근거를 없애면서 강력한 경고의 메시지를 보냈다는 해석이 가능하다.

이세진은 파푸아뉴기니 먼바다의 참치 원양어선에서 이메일을 체크하다, 동공이 확대됐다.

'조경혜 의원, 공식 출장에서 이탈…… 몬탈치노 24시간 행적 묘연.'

재미 블로거 안재용 기자가 블로그에 올린 기사가 한국의 포털을 뜨겁게 달구고 있었다. 기사에는 이탈리아 스파&리조트에서 나오는 조경혜와 미카엘 조반니 사진이 실렸다. 안재용은 사진 속 남성이 얼마 전, 의문의 변사체로 숨진 남성이라는 설명을 붙이지는 않았다. 대신, 공식 일정 뒤에 홀로 사라진 그녀의 행적을 드라이하게 팩트와 함께 전달했다. 익명으로 미카엘 사진을 공개하면서 카운터블로를 날린 것이다. 그리고 미국과 이탈리아 군수업체의 구축함 한국 판매 경쟁과 관련된 로비 의혹을 덧붙였다. 물론 안재용은 기사를 작성하기 직전, 윤동우와 충분한 대화를 나누었다.

"쨍그랑!"

분노 조절에 실패한 조경혜가 작은 화분을 국회의원실 거울에 집어 던졌다. 제주에서부터 모유까지 주면서 20년 넘게 키운 그 난 화분이다. 조경혜가 쓰는 대포폰으로 한 장의 사진이 날아왔기 때문이다. 몬탈치노 리조트 앞에서 카메라 기자의 스마트폰으로 잠시 봤던, 미카엘과 침대 시트를 나눠 덮은 사진이다.

'이 사진이 SNS로 퍼진다면, 정치 생명이 끝나는 것은 시간문제야. 남성 유권자들이 다 떨어져 나갈 테고……'

안재용 블로거의 보도에 실린 미카엘과의 사진만으로도, 이미 한국유생연합은 '조경혜 퇴진'을 요구하고 나선 터였다. 의원실과 연결된 사무실에 있던 수석 보좌관이 쨍그랑 소리에 놀라 급히 뛰어 들어왔다.

"박보좌관 잘 들어. 이번 서울시장 후보 경선을 양보한다는 성명을 준비해. 서울시장 건너뛰고, 바로 당대표 거쳐 대권으로 가는 걸로 그랜드 플랜을 수정한다고 발표해. 그리고 출입기자들의 질문에는 원론적인 얘기만 하고, 더 이상 응하지 말아, 알아들었지?"

마카로니 가이와의 밀회 의혹이 불거질 가능성이 보이자, 과감히 진로를 수정한 것이다. 보좌관이 납득할 수 없다는 듯 고개를 갸우뚱거리자, 조경혜가 수첩을 던지며 더 신경질적으로 소리친다.

"나가서 빨리 초안 준비해!"

잠시 후 채석규 중앙정보국 차장의 대포폰에 익숙한 번호가 뜬다. 조경혜가 지극히 사무적인 말투로 인사 없이, 바로 용건을 언급한다.

　"이번 서울시장 선거는 접기로 했어요. 하지만 3년 뒤 대선 때까지는 청소 똑바로 하세요! 그 맹랑한 것들 사생활 비리 탈탈 털어서, 한 명씩 별건 처리하세요."

에필로그

인왕산 자락이 보이는 스무 평 남짓한 사무실. 가운데 큰 통유리에 새똥 흔적이 곳곳에 묻어 있다. 사무용 집기라고는 책상 네 개와 6인용 테이블, 의자 열 개뿐이다. 테이블 위에는 용산전자상가에서 구입한 가정용 6mm 카메라 두 대가 놓여 있다. 한쪽 벽에는 16절지 십여 장이 붙어 있는데, '진실' '공정' 'Fact' 같은 단어가 손바닥만 한 크기로 적혀 있다. 시청자들이 뉴스에 가장 바라는 소망들을 통계 내서 뽑은 단어들이다. 서대문 근처 낡은 건물 4층에 마련된 독립언론 〈딥뉴스〉 사무실이다.

〈딥뉴스〉는 방송진흥재단의 언론개혁기금을 지원받는 데 성공했다. 그 2천만 원으로 사무실을 임대하고, 카메라 두 대를 구입했다. 배임 누명을 쓰고 체포됐던 공중파방송 사장의 인터뷰를 첫 뉴스로 내보냈는데, 네티즌들의 호응이 컸다.

독립언론 〈딥뉴스〉를 출범시키며 해고 무효 소송을 진행 중인 윤동우, 최지웅, 현종민 기자가 테이블에 둘러앉았다. 두 번째 방송 아이템을 논의하기 위해서다. 삐걱거리는 소음과 함께 사무실 철문이 열린다.

"안녕들 하십니까?"

ABC방송에 남아 있는 이세진이 들어선다.

"저도 사표 내고 딥뉴스에 합류하렵니다!"

예상했던 상황에 윤동우가 재빨리 받아친다.

"야, 인마! 우리가 어서 복직해서 ABC뉴스를 잘 만들어야지, 무슨 소리야? 그리고 지금도 딥뉴스는 ABC와의 공조가 필요한 상황이야."

이세진의 꼴통 기질을 잘 아는 현종민이 다른 카드를 꺼내든다.

"저녁때도 다 됐는데, 나가서 한잔하면서 조경혜 의혹 공조 취재 방안 얘기해보자."

빙그레 웃고 있던 최지웅이 메뉴를 제안한다.

"여기 앞에 돼지등갈비 잘하는 집 있어. 세진이 너 돼지갈비 좋아하잖아?"

〈끝〉